渡辺 恒彦
**와타나베 츠네히코**
illustration 아야쿠라 쥬

# 이상적인 기둥서방 생활

**9**

「기다리게 해서 미안하구나, 루크레치아」

머리카락이 붉은 슈라, 청회색 머리카락인 나짐, 금발인 타라예, 검은 머리카락인 피크리야, 누구 한 명 빼놓기 어려운 네 명의 미녀와 미소녀들.

이상적인
기둥서방생활 9

「그런데 솔직히 놀랍군.
쌍왕국이 자랑하는 네 공작의 대리인이
모두 다 아름다운
묘령의 여성들일 줄이야.」

이상적인
기둥서방생활 ⑨

「안녕, 이제 깼어?」

눈을 뜬 젠지로의 시야에 들어온 것은 약 한 달 만에 만나는 사랑하는 아내의 미소였다.

「타라예. 이런 곳에서 만나다니, 우연이군」

「역시……아무리 발버둥쳐도 카파 왕국은 당해 낼 수가 없겠어」

붉은색 바탕의 연회복 차림으로
녹색 드레스를 입은 루크레치아를
에스코트하면서,
젠지로는 가만히 그렇게 중얼거렸다.

이상적인
기둥서방생활 ⑨

# 이상적인 기둥서방생활 9

**INTRODUCTION**

## 기둥서방, 말려들다

젠지로는 옆나라의 왕위 계승에 얽힌 **권력 투쟁**에 말려든다.

처음에는 정식 계승자인 왕태자 추세페와, 부당하게 옥좌를 노리는 남동생 라르고의 구도처럼 보였지만, 정보가 모임에 따라 그런 구도는 확 뒤집힌다.

브루노왕, 주세페 왕태자의 노림수는 주세페 왕태자의 새 왕위가 아니라 그 뒤에 비게 될 왕태자리에 손자인 프란체스코 왕자를 임명하는 것.

『부여마법』과 『치유마법』이란 양 왕가의 혈통마법에 눈을 뜬 프란체스코 왕자는 밀약에의 해왕위 계승권을부여받지 못했다.

하지만, 『완전 융합파』인 브루노왕, 주세페 왕태자는 그밀약을깨고프란체스코왕자를 장래의 왕으로 앉히고 싶어 한다.

그에더해젠지로의 아들 카를로스 젠키치도 음모에 말려드는데——.

# 이상적인 기둥서방 생활
## ❾

와타나베 츠네히코

길찾기

CONTENTS

이상적인
기둥서방생활 9

**일러스트** 아야쿠라 쥬　**장정·본문 디자인** 5GAS DESIGN STUDIO
**교정** 아이카와 카오리(도쿄출판서비스센터)　**편집** 다카하라 히데키(주부의 벗)
**한국어판 번역** 문기업　**교정** 정성학 김일철　**마케팅** 김정훈　**편집** 백진화　**주간** 박관형

# [프롤로그] 혼자뿐인 침실

남대륙 서부의 패권을 장악한 대국, 카파 왕국.

"……으응."

그날 아침, 평소대로 후궁 침실에서 눈을 뜬 여왕 아우라는 무심결에 오른손을 이리저리 움직이며 침대 오른쪽을 확인했다.

아직 잠에서 덜 깬 듯 멍하게 눈을 뜬 여왕은 최근에 다시 침실로 가져온 여분의 작은 침대를 보고 겨우 자신의 상황을 깨달았다.

"아, 그렇지. 그랬어. 젠지로는 쌍왕국에 갔구나."

그렇게 중얼거린 여왕은 천천히 침대 위에서 몸을 일으켰다.

평소에는 같은 침대에서 나란히 누워 자는 남편.

임신 중에는 만에 하나 잘못되는 일이 없게 여분 침대를 가져다 놓고 잠을 자는 사랑하는 남편.

그 남편은 지금 멀리 남대륙 중중부의 대국, 샤로와·지르벨 쌍왕국에 가 있었다.

"언제부터 혼자 자는 일이 이렇게 어색해진 것인지……."

침대에서 몸을 일으킨 여왕은 무심코 쓴웃음을 지었다.

하지만 사실을 말하자면 방금 그 말은 조금 적절치 않았다.

최근 젠지로는 항구 도시 발렌티아, 가질 변경백령, 그리고 지금 가 있는 쌍왕국 등, 꽤 바쁘게 이리저리 돌아다녔다.

특히 가질 변경백령에 갔을 때에는 한 달이나 왕도(王都)를 비웠는데, 그때는 지금처럼 무의식적으로 남편을 찾지 않았다.

두 번째라고는 하지만 자신이 임신 중이라는 것과 이번에 젠지로가 간 곳이 자신의 권력이 미치지 않는 다른 나라라는 점 때문에, 여걸 중의 여걸이라 할 수 있는 아우라도 무의식적으로 불안을 느낀 듯했다. 아무튼, 여왕은 얇은 잠옷 차림으로 침대 옆에 서서 은으로 만든 벨을 손에 들고 딸랑 울렸다.

"네, 실례합니다."

빈틈없이 빠르게 반응을 보이며 들어온 여러 시녀들이 척척 아우라의 잠옷을 벗기고 낙낙한 드레스를 준비해 주었다.

"폐하, 나무 창문은 어떻게 할까요?"

창문 쪽에 선 젊은 시녀가 물었다. 시녀들이 마침 잠옷을 벗겨 준 참이라 알몸이었던 여왕은 잠시 생각을 한 뒤, 고개를 저었다.

"아직 그렇게 공기도 탁하지 않으니, 지금은 열지 않아도 된다. 냉기를 놓치고 싶지 않으니까. 대신에 불을 켜 다오."

지금은 혹서기 중의 혹서기. 한밤중에도 35도 아래로 내려가지 않는 열대야가 계속되었다.

에어컨이 설치된 이 침실을 제외한 다른 곳은 이미 체온보다도 온도가 높았다. 나무 창문을 연다는 것은 에어컨의 냉기를 흘려보내는 것, 또는 밖의 열기를 실내로 불러들이는 것을 의미했다.

"네, 알겠습니다."

익숙한 손놀림으로 젊은 시녀가 LED 스탠드 라이트를 켜자, 방은 순식간에 밝아졌다.

나무 창문을 닫고 인공 불빛을 켠다는 것. 별로 건강한 생활이라고는 할 수 없지만, 들어오는 바람이 혹서기의 뜨거운 바람이라는 점을 생각해 보면, 방 안이 바깥 공기로 가득 차는 것보다는 이편이 더 건강에 좋을 듯했다. 시녀들의 도움을 받아 배를 압박하지 않는 낙낙한 드레스로 갈아입은 여왕 아우라는 아만다 시녀장에게 말했다.

"당분간은 여기서 식사를 하지. 이 방까지 가지고 오도록."

"네, 알겠습니다."

여왕의 말을 듣고 중년 시녀장은 침착한 목소리로 알겠다는 의사를 전달했다.

왕족에게 있어 식사란 비공식적인 외교이기도 했다. 그래서 보통은 왕궁에서 먹을 때가 많고, 후궁에서 먹을 때에도 식당에서 먹는 것이 일반적이었지만, 지금 아우라는 심신의 건강을 가장 우선적으로 생각했다.

아무리 익숙하다고는 하지만, 혹서기의 더위는 현지 사람도 매우 견디기 힘들다.

임산부의 경우, 피할 수 있다면 당연히 피하는 것이 좋다.

"아침을 먹기 전에 카를로스의 모습을 보러 가겠다."

여왕이 그렇게 말하자 시녀들이 모두 고개를 숙였다.

"알겠습니다. 저희도 동행하겠습니다."

걷기 시작하는 여왕 아우라를 지키듯이, 젊은 시녀들이 여왕의 좌우에 서서 따랐다.

평소에는 뒤를 따라 걷지만, 지금은 만에 하나 있을지 모르는 위험을 대비해 시녀들이 좌우에 서서 임신 중인 여왕이 혹시라도 넘어지지 않도록 주의를 기울였다.

젠지로라면 '숨이 막힌다'고 하며 거부할 정도로 시녀들과 가까운 거리였지만, 아우라는 아무렇지도 않게 받아들이는 이유는 왕족으로 태어나 이런 에스코트를 당연하게 여겨 왔기 때문이었다.

에어컨 바람이 가득한 침실을 나서 거실과 복도를 지나 아우라가 찾아간 곳은 카파 왕국 제1 왕자인 카를로스 젠키치가 잠든 침실이었다.

시녀가 문을 열고 들어가 보니, 안은 가슴이 절로 놓일 만큼 시원했다.

물론 에어컨을 틀어 놓은 여왕 부부 침실 정도는 아니었지만, 냉장고로 만든 얼음을 두고 계속 부채로 부쳤기 때문에, 확실히 기온이 30도 이하로 내려가 있는 듯했다.

이미 사람의 체온을 웃돌기 시작한 혹서기의 바깥 기온과 비교하면 이곳은 확실히 천국이라고도 할 수 있었다.

"잠시 실례하마."

"어서 오십시오, 폐하. 카를로스 전하는 아직 주무시고 계십니다."

여왕이 방 안으로 들어가자 카를로스 왕자의 유모인 카산드라가 의자에서 일어서서 작은 목소리로 말했다.

"알겠다."

그 말을 듣고 여왕도 작게 고개를 끄덕인 뒤, 소리를 내지 않고 살며시 아기가 잠든 작은 침대 쪽으로 다가갔다.

"……"

건강하게 잠들어 있는 아들의 얼굴을 보고, 여왕은 자연히 흐뭇한 표정을 지었다.

"아주 기분 좋게 잠들어 있구나."

"네."

여왕의 말에 맞장구를 치면서, 동시에 유모는 걱정되는 사항에 대한 전달도 잊지 않았다.

"단지, 카를로스 전하가 요즘 기분 좋게 지내시는 곳은 이 방뿐입니다. 최근에는 몸에 해롭지 않은 범위 내에서 방 밖으로 모시고 나갈 때도 있는데, 이 시기에는 방 밖으로 나가기만 해도 울기 시작하십니다."

유모의 말을 듣고 여왕은 천장을 보고 한숨을 내쉬었다.

"그래, 마음은 잘 알지만, 그러면 곤란하지. 조금씩이라도 좋으니, 이 나라의 기후에 적응할 수 있도록 해 다오."

"알겠습니다."

여왕 아우라와 국서인 젠지로 사이에서 태어난 카를로스 왕자는 젠지로가 전자제품을 후궁으로 가지고 온 뒤에 태어난 아이였다.

그래서 얼음 덩어리와 부채 같은 냉기의 도움 없이 혹서기를 버틴 경험이 아직 없었다.

물론 카를로스 왕자는 현재 만 나이로 1세 1개월. 세는나이로도 두 살밖에 되지 않았기 때문에, 조금 성급한 걱정이기는 하지만 장래를 생각하면 빨리 손을 써 두는 편이 좋다.

후궁은 원칙적으로 남편인 젠지로 이외에는 남자가 들어와서는 안 된다. 그 규칙은 아들인 왕자도 예외가 아니었다. 예외라고 한다면, 아직 남녀의 구별이 없다고 해도 과언이 아닌 세는나이로 7세 미만의 유아뿐이었다.

즉, 카를로스 왕자는 어떤 일이 있어도 앞으로 5년 후에는 후궁 밖으로 나가야 한다는 말이었다. 전자제품이 갖춰진 후궁이라는 특수한 공간에 익숙해지면 남은 평생 동안 고생을 할 것이라는 사실이 눈에 뻔히 보였다.

"미셸 주치의와 상의해서 건강에 해가 없는 범위 내에서 얼음 공급을 끊는 편이 좋을지도 모르겠군. 이대로 가다간 카를로스는 후궁 밖에서는 살기 힘든 아이가 될지도 모르니까."

이대로 가면 카를로스는 아우라의 뒤를 이어 왕이 된다. '혹서기 때는 더우니 후궁에 틀어박혀 있겠다' 처럼 약한 소리를 해도 될 입장이 아니다.

철이 들기 전에 전자제품이 없는 생활에 익숙해지지 않으면 나중에 고생하는 사람은 다름 아닌 카를로스 본인이다.

"이 아이가 여자였다면, 반대의 걱정을 했어야 했겠지만 말이야."

그렇게 중얼거린 여왕은 새근새근 잠을 자는 장남을 바라보며 오른손으로 겨우 눈에 보일 정도로 부풀기 시작한 자신의 배를 쓰다듬었다.

남자는 일곱 살이면 후궁 밖으로 나가야 하지만, 여자아이라면 시집을 갈 때까지 후궁에서 생활할 수 있다.

아우라는 배 속 아이가 여자아이라면, 전기제품을 전문적으로 다룰 수 있는 사람으로 키울 생각이었다.

에어컨, 냉장고, 텔레비전 같은 생활 가전이나 오락용 가전이면 몰라도, 표 계산 소프트웨어를 다룰 수 있는 컴퓨터만큼은 '왕가의 무기'로서 반드시 다음 세대에 계승해 주어야 했다.

왕족이 다른 사람의 손을 빌리지 않고 지면상으로나마 모든 영지의 세수를 짧은 시간 안에 확인할 수 있다는 것은 지방 영주에 대한 매우 큰 압력으로 작용했다.

그 때문에 여왕 아우라는 컴퓨터를 중심으로 한 전기제품을 다루는 법을 익히고, '시간역행' 마법을 습득해 전기제품의 보전을 전문으로 하는 모계 분가 왕족을 다음 세대에 남기고 싶었다.

"아무래도 서방님이 영 못 마땅해 하는 듯하지만, 이해는 해 주고 있으니까."

젠지로는 '태어날 때부터 후궁에 얽매여 살아야 하는 운명'이라고 하며 그런 삶에 감성적인 거부감을 표현했지만, 이성적으로는 아우라의 의견이 올바르다는 것을 잘 알았다.

기본적으로 일본어, 영어, 아라비아 숫자로 이루어진 표 계산 소프트웨어를 이쪽 세계의 사람이 익히기 위해서는 어릴 때부터 젠지로가 오랜 시간을 들여 일대일로 지도해 주는 수밖에 없었다. 그게 가능한 사람은 어느 정도 나이가 차도 후궁에 있을 수 있는 젠지로의 친딸뿐이다.

"음, 태어나지도 않았는데 걱정부터 해 봐야 소용이 없는 건가. 이 아이가 여자아이일지 아닐지도 모르니……."

여왕은 그렇게 말하고 크게 한숨을 내쉬었다.

하지만 욕심을 말하자면, 아우라는 가능한 한 둘째가 여자아이이길 바랐다.

예정대로 출산하면, 카를로스 왕자와 둘째는 세는나이로 두 살밖에 차이가 나지 않는다.

지금은 왕족을 늘리는 것이 최우선이기 때문에 임신·출산을 단행했지만, 같은 어머니와 아버지 사이에서 나이차가 얼마 되지 않는 형제가 있다는 것은 장래의 큰 불안 요소가 될 수밖에 없었다.

"그런 두 가지 이유가 있으니, 여자아이가 태어나길 바랄 수밖에."

사랑스러운 자신의 아이가 태어날 때에도 정치적인 사고에서 벗어날 수 없다니.

"정말이지, 지위라는 것은 자신의 아이에 대한 애정에까지 무참하게 쐐기를 박아 버리는구나……."

여왕은 우울한 마음을 뱉어내듯이 크게 심호흡을 했다.

# [제1장] **알현**

젠지로가 샤로와·지르벨 쌍왕국으로 전이(轉移)한 지 3일째의 오후.

젠지로는 쌍왕국이 자랑하는 두 개의 왕궁 중 하나이며, 샤로와 왕가의 본거지에 있는 '자란궁(紫卵宮)' 안을 걷고 있었다.

'자란궁'은 그 이름 그대로 샤로와 왕가의 상징색인 보라색을 도처에 사용한 이국적 정취가 넘치는 왕궁이었지만, 지금 젠지로는 그런 주변의 풍경에 관심을 둘 여유가 없었다.

'역시 긴장이 되네. 숨을 쉬는 것만으로도 내가 떨고 있다는 사실을 알 수 있을 정도야.'

움직이기 힘든 제1 정장을 두르고 있기도 해서 그런지, 젠지로는 누가 봐도 어색한 발걸음으로 자란궁의 통로를 걸었다.

목적지는 알현실.

이제부터 젠지로는 그곳에서 쌍왕국의 왕을 공식적으로 알현해야 했다.

긴장하지 마, 라는 것은 불가능한 주문이었다.

주변을 푸죠르 장군이 이끄는 카파 왕국군의 정예병이 둘러싼 가운데, 젠지로는 루크레치아 브로이의 안내를 받으며 양쪽으로 열리는 아주 큰 문 앞에 도착했다.

이 문 너머가 '알현실'이다.

이세계에 온 지 3년째. 드디어 아내인 아우라를 제외하고 처음으로 자신보다 신분이 높은 상대를 만나야 하는 상황에, 젠지로는 입이 메말랐지만 억지로 침을 집어삼켰다.

"젠지로 폐하, 괜찮을까요?"

"그래, 열어 다오."

그 덕분인지 루크레치아에게 대답할 때의 목소리는 떨리지도 잠기지도 않았다.

"네, 그럼 실례합니다."

몸집이 작은 소녀──루크레치아는 사이드 테일로 묶은 머리카락을 휘두르듯이 빙글 몸을 돌리더니, 문 옆에 달려 있는 마법 도구 같은 것에 손을 대고 마력을 흘렸다.

아무래도 그게 신호였던 듯하다.

문이 양쪽으로 안쪽에서부터 천천히 열리기 시작했다.

"카파 왕국의 젠지로 폐하, 납시오~!"

그 말에 이끌리듯이 젠지로는 무수히 많은 귀족들의 주목을 받으면서 보라색 카펫 위를 걸었다.

젠지로는 예의를 지키면서 계속 걸었다. 듣기만 해서는 매우 간단하지 않을까 생각할지 모른다.

실제로도 동작만이라면 아주 간단했다. 조금 철이 든 아이라도 1주일 정도만 배우면 충분히 배울 수 있는 동작에 지나지 않았다.

하지만 그것에 '다른 나라 왕후장상의 주목을 받으면서도 절대로 예법을 어겨서는 안 된다'는 조건이 붙으면, 난이도가 확 올라가 버린다.

예를 들어 말하자면 폭 2미터, 길이 100미터의 길을 엇나가지 않고 전속력으로 달려가라, 라는 말을 들은 것과 마찬가지였다.

그 길이 평범한 지면 위라면 실패할 가능성이 매우 적지만, 그 길의 좌우가 낭떠러지라고 하면, 웬만한 강심장이 아니고서야 전력 질주를 하기는 불가능하다.

적어도 양옆이 낭떠러지인 길인데도 개인 기록을 경신할 수 있는 사람이 있다면 스포츠 의학자가 뇌의 정밀 검사를 해 볼 것을 권할 게 틀림없다.

그만큼 인간의 능력은 정신 상태에 좌우된다.

그리고 지금, 젠지로의 정신 상태는 전혀 과장 없이 '한계, 한계' 그 자체였다.

'보폭은 평소보다 조금 더 좁게, 시선을 똑바로 앞쪽. 고개를 숙이지 않고, 턱을 올리지 않으며……'

가정교사인 옥타비아 부인의 가르침을 주문처럼 머릿속으로 몇 번이나 반복하면서, 젠지로는 손끝에서 표정 근육 하나에 이르기까지 의식적으로 제어하며 발걸음을 내디뎠다.

그리고 옥좌 앞까지 도착한 뒤, 발걸음을 멈추고 단상의 옥좌에 앉은 왕을 올려다보았다.

'이 사람이 쌍왕국 샤로와 왕가의 임금님인가. 프란체스코 왕자의 아버지치고는 상당히 젊어 보이는데?'

잔뜩 긴장에 휩싸인 상태에서도 젠지로는 그런 감상을 머릿속에 떠올렸다.

왕좌에 앉은 사람은 분명히 머리카락도 희고 수염도 희었지만, 뼈와 가죽만 남지도 않았고, 허리도 굽지 않았다.

쌍왕국에 온 뒤로 오늘까지 3일간, 젠지로는 나름대로 쌍왕국에 대한 지식을 열심히 공부했다.

그런 젠지로의 지식이 올바르다면 현 국왕은 일흔이 넘었을 텐데, 옥좌에 앉은 노인은 겉모습만 봐서는 기껏해야 예순 정도에 불과해 보였다.

'일흔이 넘어서도 현역 임금님이니, 젊게 보이는 게 당연한가? 비틀거릴 정도면 진작에 아들에게 왕위를 넘겨줬을 테니까.'

젠지로가 그런 생각을 하고 있을 때, 옥좌에 앉은 왕은 이쪽을 가만히 내려다보며 조용히 입을 열었다.

"아주 잘 오셨소. 짐이 샤로와·지르벨 쌍왕국의 국왕, 브루노 3세요. 샤로와·지르벨 쌍왕국을 대표해, 입국을 환영하는 바이오."

겉보기 이상으로 나이를 잊게 만드는 생기 넘치는 목소리를 듣고, 젠지로는 선 채로 작게 고개를 숙였다.

"네. 감사합니다, 브루노 폐하. 카파 왕국 국왕 아우라 1세의 반려, 젠지로라고 합니다. 브루노 폐하를 뵙게 될 기회를 얻어 기쁘기 그지없습니다."

알현실에서의 공식 대면은 대화의 90퍼센트가 형식적이라 해도 과언이 아니었다.

"오늘은 기쁜 날이구려. 먼 나라의 우호국에서 왕족이 직접 와 주셨으니."

"저도 명성 높은 대국, 샤로와·지르벨 쌍왕국을 찾는 행운을 곱

씹고 있습니다."

사전에 준비한 형식에 따라 대화가 이어지기 때문에, 생각하며 이야기를 하는 것이 아니라 떠올리며 이야기를 해야 했다. 그래서 대화를 나누고 있다고 하기보다 대본을 실수 없이 암기하고 있는 듯한 감각이었다.

그래서 엄격하게 평가하자면, 이때 젠지로는 조금 방심을 하고 있었다고 할 수 있었다.

"브루노 폐하의 치세가 오래 지속되기를 진심으로 바랍니다."

그렇게 말하며 머릿속으로는 멋대로 '젠지로 님의 배려, 매우 기쁘구려' 하는 대답이 돌아올 것이라는 미래를 그렸다.

그래서일까?

"으음. 젠지로 님의 말씀은 참으로 기쁘나, 그 바람은 이루어지지 않을 것 같소."

"……네?"

브루노 왕이 그렇게 사전에 예정되어 있지 않은 말을 해서, 젠지로는 얼빠진 표정으로 얼빠진 목소리를 내고 말았다.

공적인 자리, 그것도 다른 나라의 왕 앞에서의 태도라고는 하기 힘든 큰 실수였지만, 다행히 브루노 왕은 젠지로의 그런 태도를 나무랄 생각이 전혀 없었다.

"짐도 나이가 나이라 말이외다. 이번 일을 계기로 짐은 가까운 시일 내에 옥좌에서 물러날 생각이오."


늙은 왕의 퇴위 선언을 듣고 알현실에 모인 여러 장군과 제후 일동이 깜짝 놀라 술렁이기 시작한 바람에, 주변은 순식간에 어수선한 분위기에 휩싸였다.

"폐, 폐하. 무슨 말씀이십니까?!"

"그런 말씀은 처음 듣습니다."

"대체 어떻게 된 것입니까."

"지르벨 법왕가와의 균형은 어떻게 잡으실 생각이십니까?"

놀라는 모습을 보니, 브루노 왕의 퇴위 선언은 아무래도 젠지로뿐만이 아니라, 쌍왕국 귀족들에게도 아닌 밤중의 홍두깨인 모양이었다.

젠지로는 목을 고정한 채 눈만을 열심히 좌우로 돌려 주변의 모습을 살폈다.

그러다가 다들 크든 작든 놀란 표정을 짓는 가운데, 옥좌 근처에 서 있는 40대 후반으로 보이는 남자만이 묘하게 냉정한 표정을 짓고 있다는 사실을 깨달았다.

짙은 보라색 정장을 입고 있는 것을 봐서는 틀림없이 직계 왕족이었다.

'혹시 저 사람이 주세페 왕태자인가? 프란체스코 왕자의 아버지로, 브루노 왕의 아들. 나이를 보니 맞는 것 같아.'

브루노 왕이 퇴위하면 다음 왕은 현 왕태자인 주세페. 주세페 왕태자에게는 사전에 이 이야기를 해 주었을 가능성이 높았다.

한동안 알현실에는 소란스러운 목소리가 계속 울렸지만, 옥좌에 앉은 늙은 왕이 아무 말 없이 오른손을 들어 조용히 하라고 신호를 보내자, 금세 다시 정적을 되찾았다.

귀족들의 찌르는 듯한 시선을 한 몸에 받으면서도, 늙은 왕은 자신의 관록을 과시하듯 당당한 모습으로 입을 열었다.

"모두 놀라는 것도 이상한 것은 아니지. 옥좌에 관한 중대사를 이렇게 갑자기 꺼낸 이유는 아무리 왕이라지만 조금 거친 방법이라 하지 않을 수 없다. 하나, 모두 알고 있듯이 나도 나이가 나이다. 이제는 늙은 이 머리에 왕관을 짊어지고 있으려니 조금 무겁게 느껴지더군."

"무슨 말씀이십니까, 브루노 폐하! 폐하는 아직도 젊으십니다!"

늙었다고 주장하는 브루노 왕의 말을 곧바로 부정한 사람은 비교적 옥좌 가까이에 있던 사람으로, 이번에도 역시 보라색 옷을 입은 중년 남성이었다.

'누구지? 복장을 봐선 샤로와 왕가 사람인 건 분명한데, 역시 아직은 왕족을 전부 외우지 못했으니…….'

지난 대전(大戰) 때 왕족이 전멸 직전까지 갔던 카파 왕국과는 달리, 쌍왕국의 왕족은 숫자가 많다.

도저히 젠지로의 기억력으로는 모든 사람을 외우기가 불가능했다.

젠지로는 방금 말을 꺼낸 왕족 남자를 주시했다.

나이는 30대 중반 정도일까.

옥좌 앞이라 그런지 말투나 행동 자체는 예법의 허용 범위 내였지만, 눈에는 명백하게 핏발이 서 있어, 브루노 왕의 퇴위 선언을 환영하지 않음을 젠지로도 한눈에 알 수 있었다.

"폐하, 부디 다시 생각해 주십시오. 이 나라에는 아직 폐하의 힘이 필요합니다.”

“아니, 그렇지도 않아. 이미 이 나라에는 젊은 힘이 성장하고 있으니, 짐의 존재가 불가결하다고는 생각하지 않네.”

“하지만……!”

퇴위하고자 하는 왕과 말리는 왕족.

단순하게 생각하면 그만큼 왕을 따른다고 봐야 하겠지만, 대국의 권력 중추에 속한 자들의 인간관계가 그렇게 단순하다면 아무도 고생을 하지 않는다.

'쭉 들어 보면, 현재의 왕인 브루노 3세와 차기 국왕인 주세페 왕태자의 사이는 아주 양호하다고 볼 수 있는 거지? 게다가 주세페 왕태자는 브루노 왕과 그 정처 사이에서 태어난 첫째 아들로, 부여술사로서도 정치가로서도 오늘까지 충분한 실적을 남겼다는 보고였어. 인격적으로 큰 문제가 있다는 이야기도 없었고. 솔직히 말해 왕위 계승 문제로 분쟁이 일어날 만한 여지는 없는 것 같은데……'

혈통상으로 가장 정통성이 있는 후계자가 능력적으로도 인격적으로도 큰 흠이 없는 것이다.

그런 사람이 정식 왕태자로 왕위 계승 순위 제1위이니, 이런 상황에서는 왕위 계승 문제를 일으키고 싶어도 일으킬 수가 없다.

그런 점에서 보면, 이상한 쪽은 다시 생각해 보라고 하는 왕족이 아니라, 지금 이 자리에서 예고 없이 퇴위 선언을 한 브루노 왕이었다.

'정상적일 경우에는 전혀 문제가 없는데 왜 이렇게 굳이 풍파를

일으키는 방법을 선택한 걸까? 혹시 브루노 왕은 주세페 왕태자 이외의 사람을 차기 왕으로 삼을 생각인가?'

하지만 젠지로의 그런 예상은 늙은 왕의 다음 말로 부정당했다.

"현시점에도 국정의 반 이상은 주세페가 대행하고 있지 않은가. 정식으로 주세페에게 왕관을 물려줘도 큰 문제는 없겠지. 설마 라르고, 너는 왕태자인 주세페의 대관에 이의가 있다는 것인가?"

옥좌 위에서 왕이 날카롭게 노려보며 그렇게 말하자 30대로 보이는 왕족——라르고는 당황하며 부정했다.

"아닙니다. 당치도 않습니다! 차기 왕은 당연히 주세페 형님이십니다."

이 대화를 들어 보면, 어디까지나 차기 왕은 주세페 왕태자인 듯했다.

그리고 이름을 부른 덕분에 항의를 한 왕족이 누구인지, 젠지로도 알아챘다.

'라르고 왕자. 확실히 브루노 왕의 막내였었지? 왕태자인 주세페 왕자와는 배다른 형제. 나이는 세는나이로 35세, 였던가? 주세페 왕자가 마흔여덟, 마흔아홉 정도니까, 나이차는 열셋, 열넷?'

젠지로는 사흘 동안 머릿속에 때려 넣은 참인 정보를 끌어냈다.

하지만 아무리 정보와 대조해 봐도 상황은 전혀 이해가 가지 않았다.

원래 남대륙 중서부의 카파 왕국과 중중부의 쌍왕국은 거리가 너무 멀다. 그래서 아무리 노력한들 정보가 부족할 수밖에 없었다.

젠지로가 쌍왕국에 도착한 지 아직 3일밖에 지나지 않았다. 먼저 도착한 병사들을 통해 정보를 모으고는 있었지만, 그 정도로는 너무나도 부족했다.

"하지만 주세페 형님의 즉위에 동의하는 것과 폐하의 퇴위에 동의하는 것은 완전히 다른 문제입니다. 폐하, 왜 이런 자리에서 급히 말씀을 꺼내신 것입니까?"

"무슨 소린가. 어차피 주세페의 즉위는 규정대로인 것을. 짐의 상황 여하에 따라 앞당겨도 아무런 문제가 없다. 주세페의 즉위에 는 너도 찬성을 하고 있을 텐데? 네가 짐을 존경하기 때문에 한 말이 아니란 것쯤은 아주 잘 알고 있다. 하나, 자꾸 고집 세게 그런 주장을 계속하면, 멀리서 오신 존귀한 손님이 불필요한 오해를 하실 수도 있음을 왜 알지 못하는가."

조금 낮은 목소리로 늙은 왕이 말하자, 라르고 왕자는 이제 와서 깨달았다는 듯이 젠지로를 한 번 돌아보았다.

그리고 스윽 표정 없는 얼굴로 정중하게 고개를 숙였다.

"이것 참 실례했습니다, 젠지로 폐하. 보기 흉한 모습을 보여 드리고 말았군요."

예법도 완벽하고, 표정도 멋진 포커페이스였지만, 젠지로는 순간 남자의 뺨이 떨리는 모습을 눈으로 확인했다.

아마도 강하게 어금니를 물며 감정을 억눌렀던 모양이다.

"아니요. 왕족이 나라를 생각하며 기탄없이 의견을 나누는 샤로와 왕가 여러분이 부러울 따름입니다."

젠지로는 일부러 '사정에 대해서는 잘 모른다'고 어필하는 듯한 미소를 지으면서도 요점이 빗나간 말을 했다. 실제로도 90퍼센트 정도 사정을 모르기 때문에, 꼭 미소가 연기라고는 할 수 없었지만.

그리고 지금까지의 대화를 듣고 젠지로도 딱 한 가지, 눈치챈 것이 있었다.

'무엇을 위해 이런 일을 벌였는지는 모르겠지만, 왜 이런 타이밍에 이런 일을 했는지는 알겠어. 이 임금님, 나를 구실로 이용한 거야!'

정확하게 말하면 자신을 일종의 증인이 되도록 만들었다고 해야 할까.

샤로와·지르벨 쌍왕국은 두 개의 왕가, 두 명의 왕을 섬기는 특수한 나라이지만, 본질적으로는 봉건국가였다.

봉건국가의 왕이란 일반적으로 생각하는 왕처럼 절대적인 권력자가 아니다. 국내의 유력 귀족들이 한목소리로 반대할 경우, 자신의 의사를 관철하지 못할 때도 많다.

이번 왕위 계승 문제도 국내의 유력 귀족이나 다른 왕족들이 결탁하여 '조금 더 브루노 폐하께서 옥좌에 앉아 계시길 바랍니다'라고 말하면, 이야기가 그대로 흘러갈 가능성이 높다.

하지만 이런 자리를 통해 선언을 함으로써 사태는 급변했다.

원래의 출신이 어떻든 젠지로는 남대륙 중서부의 패권을 장악한 대국, 카파 왕국의 왕족이다.

그런 젠지로가 있는 공식 석상에서 브루노 왕이 '가까운 시일 내에 왕위를 주세페 왕태자에게 물려주겠다'고 선언한 것이다.

실제로는 왕과 권력을 다투기도 하는 유력 귀족이나 다른 왕족들도 겉으로는 왕에게 충성을 맹세한 부하라는 입장이다.

따라서 다른 나라의 왕족이 있는 곳에서는 '그 충성을 맹세하는 부하'라는 겉모습을 버릴 수 없고, 공식적인 왕태자인 아들에게 왕위를 물려주는 일에 부하가 반대하는 모양새를 연출할 수도 없다.

그 결과, 조금 억지스럽기는 했지만, 브루노 왕의 퇴위와 주세페 왕태자의 즉위는 만장일치로 결정되었다. 브루노 왕의 입장에서는 그야말로 회심의 일격이라고 할 수 있을 듯했다.

그렇게 할 수밖에 없다는 것은 알겠다. 알겠지만, 젠지로는

'그렇다고 나를 말려들게 하면 안 되지! 엄청 민폐거든?!'

이라고 비명을 지르고픈, 지극히 당연한 심정이었다.

──────◆──────

무사하다는 말을 사용해도 좋을지 조금 애매했지만, 일단은 브루노 왕과의 공식 알현을 끝낸 젠지로는 자신에게 할당된 별채의 방으로 돌아가 호위 부대의 책임자인 푸죠르 장군과 조금 전에 있었던 일에 대해 이야기를 나누었다.

"저도 자세히는 모릅니다만, 라르고 왕자가 브루노 왕의 퇴위에 반대하는 것은 아주 간단한 이유입니다. 라르고 왕자는 기회만 되면 자신이 왕위에 오르고 싶은 듯하더군요."

담담한 푸죠르 장군의 말을 듣고 젠지로는 아직 별로 익숙지 못한 이국 정취가 강한 의자 위에서 고개를 갸웃했다.

"으음? 잘 이해가 안 되는데. 차기 왕은 주세페 왕태자로 결정된

것이 아닌 건가? 주세페 왕태자에게 흠이 없는 이상, 동생인 라르고 왕자가 왕이 될 가능성은 없다고 생각한다만."

젠지로는 그렇게 말한 뒤, 맞은편 소파에 앉은 거한의 장군이 대답하기를 기다렸다.

솔직히 말해 푸죠르 장군의 궁정 내부 정보 수집 능력은 결코 높다고 할 수 없었지만, 푸죠르 장군은 한 달이라는 시간을 들여 쌍왕국의 기사와 병사들과 함께 쌍왕국까지 육로를 여행했기 때문에 어느 정도는 이 나라의 사정에 밝았다.

그런 젠지로의 내심을 아는지 모르는지, 거한의 장군은 그 탄탄한 어깨를 작게 움츠리며 간결하게 대답했다.

"확실히 주세페 왕태자는 현재로선 흠을 찾아볼 수 없습니다. 하지만 앞으로 10년 정도 더 있으면 나이라는 흠이 생깁니다. 그리고 브루노 왕은 이미 일흔을 넘긴 노인이지만, 보시다시피 아직도 정정합니다. 앞으로 10년, 여든까지 왕위를 지키는 것은 결코 불가능한 이야기가 아니지요. 라르고 왕자는 그 점에 희망을 걸고 있었다, 라는 것이 한결같은 소문입니다."

"아하, 나이라는 문제가 있었군."

푸죠르 장군의 설명을 듣고 젠지로는 일단은 납득했다.

일반적으로 형제일 경우, 계승 순위가 나이순이라는 것은 남대륙 전체에 공통되는 가치관이지만, 후계자가 너무 나이가 많으면 그 상식이 뒤집히는 일도 없지는 않다.

현재의 왕인 브루노 왕은 일흔 살.

차기 왕으로 즉위할 예정인 주세페 왕태자는 마흔아홉.

한편 왕위에 손을 뻗으려 하는 라르고 왕자는 서른다섯.

지금 당장 왕위를 넘겨준다고 한다면 주세페 왕태자도 아직은 장년이라고 할 만한 나이다.

재위 기간도 상식적인 범위로 따지면 10년, 브루노 왕과 똑같이 일흔 살까지 왕위를 유지할 경우는 20년 정도 된다는 계산이다.

하지만 그게 10년 후라면 이야기가 다르다. 10년 후, 주세페 왕태자는 쉰아홉 살, 라르고 왕자는 마흔다섯 살이다.

예순 가까운 '새로운 왕'이어서는 불안하다고 말하는 사람들이 필연적으로 나온다.

그렇게 되면 아예 라르고 왕자를 새 왕으로 삼자는 주장이 나오는 것도 부자연스럽지 않다.

"하지만 그럴 경우엔 세대를 하나 건너뛰는 선택지도 있을 텐데?"

젠지로는 작게 고개를 갸웃하며 물었다.

아버지에게서 아들로 왕위를 계승하는 것이 아니라, 아들을 건너뛰고 할아버지가 손자에게 직접 왕위를 물려주는 것이다.

이번 브루노 왕처럼 왕이 노년기까지 계속 재위했을 경우에는 그런 케이스도 존재할 수 있다.

젠지로의 그런 의문을 푸죠르 장군은 고개를 저으며 부정했다.

"그것도 어려울 겁니다. 주세페 왕태자는 정실, 측실을 포함해 일곱 명의 아이가 있다고 알려져 있는데, 공교롭게도 남자는 두 사람뿐입니다. 한 사람은 젠지로 님도 알고 계신 프란체스코 왕자. 프란체스코 왕자는 스물다섯 살이라 연령적으로는 문제가 없지만,

'인격에 문제가 있다'는 평으로, 애초에 왕위 계승 자격이 없습니다. 그리고 또 다른 한 명인 베토르 왕자는 현재 일곱 살입니다. 다행히 이쪽도 정실인 토스카 왕태자비의 아이이지만, 10년 후라도 성인이 된 지 몇 년 되지 않았을 정도의 나이입니다. 브루노 폐하에게 직접 옥좌를 물려받기는 힘들겠지요."

"브루노 폐하의 치세가 너무 길어서 문제가 생기고 있다, 그 말인가?"

내심(20년이나 사이를 두고 아이를 낳은 토스카 왕태자비, 정말 대단하다) 감탄하면서 젠지로가 내린 결론에, 거한인 장군은 고개를 끄덕이며 동의했다.

"네. 우리 카파 왕국에서 보면 실로 얄궂은 결과입니다. 왕의 재위가 길어도 짧아도, 왕족이 많아도 적어도, 세상에는 문제가 끊이지 않는군요."

한 명의 왕 아래에서 50년 가까운 안정적인 치세를 보내는 중에 어정쩡한 왕족이 너무 많아진 탓에, 소외된 왕족들을 중심으로 차기 계승 문제가 일어나려고 하는 샤로와 왕가.

지난 대전 때에 재위 기간이 1년도 되지 않는 왕이 셋이나 나온 탓에 전시의 대혼란을 수습하지 못하고 왕족이 거의 전멸하여 차세대 왕족이 부족해진 카파 왕국.

확실히 양쪽 왕가를 비교하면 치세를 안정시킨다는 것이 얼마나 어려운지 새삼 깨닫게 된다.

"대략적인 사정은 알겠다. 하지만 하필이면 그런 쌍왕국의 국내 문제에 우리가 말려들 줄이야."

미간을 찌푸리며 말하는 젠지로를 보고 푸죠르 장군은 한쪽 눈썹을 끌어올리며 조금 재미있다는 듯이 대답했다.

"그만큼 브루노 왕에게는 외부에 보여줄 만한 패가 적다는 것이겠지요. 쌍왕국에서는 타국과의 절충을 주로 지르벨 법왕가가 맡고 있으니 말입니다."

"내정은 샤로와, 외교는 지르벨인가."

쌍왕국에 대한 기초적인 정보를 떠올리고 젠지로는 그렇게 중얼거렸다.

"네. 그렇기 때문에 샤로와 왕가가 공식 석상에서 타국의 왕족과 만날 기회가 적은 것입니다. 게다가 젠지로 님은 카파 왕국의 중추 중의 중추이신 왕족. 브루노 왕에게는 그야말로 둘도 없는 기회였겠지요."

한마디로 타국의 왕족이라 표현하지만, 왕족에도 명확한 격의 차이가 존재한다.

쌍왕국 주변에 있는 소국 등은 경제적으로 쌍왕국에 종속되어 있어 사실상 위성국으로 전락한 나라도 많았다. 그런 나라에서는 설사 국왕이라고 해도 쌍왕국의 대귀족에게 기를 펴지 못하는 경우도 드물지 않다.

또 나라 자체가 대국이라도 본인이 말단 방계 귀족일 경우에는 역시 큰 견제 세력이 될 수 없다. 그에 비해 젠지로는 쌍왕국과 맞서는 대국 카파 왕국의 왕족이자 여왕의 남편으로, 중추 중의 중추에 가까운 존재다.

그렇기에 쌍왕국의 왕족이나 대귀족들도 젠지로 앞에서 나눈 약속을 어기기는 조금 어려웠다.

"그거야 잘 알지만, 그다지 기분 좋은 이야기는 아니야."

한숨을 내쉬는 젠지로를 보고 푸죠르 장군이 입매를 일그러뜨리며 웃었다.

"분명히 말씀대로입니다만, 이건 기회라고도 할 수 있지 않을까요? 아무리 포장한다고 해도, 이것은 브루노 왕이 우리에게 큰 빚을 진 것입니다. 그 점을 강조하면 젠지로 님의 목적을 달성하는 데에 힘이 되지 않을지요?"

푸죠르 장군의 시원스러운 말투를 듣고 젠지로는 무심코 쓴웃음을 지었다.

"그거야 그렇지만, 이미 지나가 버린 일이라 말이지. 입을 닦고 모른 척하면 그냥 그뿐인 이야기 아닌가."

상대는 이미 목적을 달성했기 때문에, 이제 와서 이번 일을 '빚'이라며 이야기를 꺼내기는 꽤 어려운 일이었다. 그러자 푸죠르 장군은 씨익 대담한 미소를 지으며 그런 젠지로의 말을 부정했다.

"그건 너무 성급한 결론이 아닐는지요. 그 자리에서 브루노 왕은 '가까운 시일 내에 왕좌에서 물러나겠다'라고 선언했습니다. 젠지로 님은 '가까운 시일 내'라는 말이 구체적으로 어느 정도라고 생각하십니까?"

푸죠르 장군의 의미심장한 말을 듣고 젠지로는 고개를 갸웃하면서도 잠시 생각해 보았다.

"글쎄……. 가까운 시일 내라고 했으니, 1년 이내. 아니, 왕위 계승이라는 중대한 일이니 1년은 아니려나? 그렇다면 1년에서 2년 이

내 정도일까?"

젠지로의 말을 듣고 거한의 장군은 짐짓 놀란 표정을 지어 보였다.

"호오, 젠지로 님은 가까운 시일 내를 1년 이상 2년 이내로 보십니까? 저는 중요한 왕위 계승이니 3년 정도는 걸릴 것이라고 생각했습니다. 저와 젠지로 님도 1년의 차이가 있으니, 쌍왕국의 왕족·귀족 사이에서는 '가까운 시일 내'를 5년 이내, 경우에 따라서는 10년 이내라고 생각하는 자가 있을지도 모르겠군요."

"그런, 가."

푸죠르 장군이 하고자 하는 말을 깨달은 젠지로는 크게 한숨을 내쉬었다.

브루노 왕은 공식 석상에서 국내 귀족에게 '가까운 시일 내에 왕위를 주세페 왕태자에게 물려준다'고 확약했다. 하지만 그 '가까운 시일 내'의 구체적인 해석에 대해서는 이제부터 논의할 필요가 있었다.

그리고 그 발표의 구실이 되었던 젠지로에게는 시일의 해석에 대해 가장 강력한 발언권이 있다. 그것이 푸죠르 장군의 주장이었다.

예를 들어 젠지로가 '그러고 보니, 주세페 전하의 즉위는 언제쯤입니까? 가까운 시일 내라고 말씀하셨으니, 내년쯤이라고 생각합니다만' 이라고 말을 하면, 가까운 시일은 곧 내년 이내라는 인식을 다른 사람에게도 강요하는 셈이다.

물론 조금 전 푸죠르 장군이 말한 10년 이내나 약 한 달 뒤라는 시간은 명백하게 비상식적인 시간 설정이었기 때문에 무리가 있었지만, 상식적인 범위 이내라면 젠지로의 발언이 그대로 '가까운 시일 내'라는 시간 설정으로 채용될 가능성이 높았다.

'응? 그러면 처음부터 그 자리에서 확실한 시기를 못 박았으면 좋았을 텐데, 왜 브루노 왕은 가까운 시일 내라는 애매한 표현을 사용한 거지? 슬기로운 왕으로 알려진 브루노 왕이 그 정도도 생각하지 못했을 리가 없는데……'

잠시 생각을 한 뒤, 젠지로가 내린 결론은 매우 단순했다.

'혹시 브루노 왕은 의도적으로 한 발 물러나 준 건가?'

그렇게 생각하니, 여러모로 앞뒤가 맞았다.

처음부터 위화감은 있었다.

젠지로의 쌍왕국 방문은 '여왕 아우라의 둘째 출산까지 치유술사를 초빙할 수 있는 태세를 갖춘다'는 젠지로 측의 희망 때문이었지만, 동시에 샤로와 왕국으로서도 '카파 왕가와 샤로와 왕가 양쪽의 피를 잇는 젠지로를 자국 쪽에 끌어들이고 싶다'는 의도가 있었을 것이 틀림없다.

그런데 첫 공식 대면 때에 갑자기 속임수를 쓰는 식으로 젠지로를 이용했다.

그렇게 일방적으로 이용을 당하고도 기분 좋게 생각할 사람은 아무도 없다.

어떻게 해서든 젠지로를 자신들의 편으로 끌어들이거나, 설사 그렇게까지 되지는 않더라도 자신들의 입김이 닿은 여자를 측실로 붙여 주어 아이를 낳게 하고자 하는 의도를 가진 샤로와 왕가에게 있어, 젠지로가 싫어하는 일은 원칙적으로 피하고 싶은 게 당연했다.

'안 되겠어. 전제가 되는 정보가 부족하다 보니, 아무리 생각해도 정확한 결론을 못 내릴 것 같아.'

일단 추측을 포기한 젠지로가 큰 한숨을 내쉬었을 때, 누군가가 문을 노크했다.

"뭐지?"

그렇게 묻는 젠지로에게 문지기 병사가 대답했다.

"실례합니다, 젠지로 님. 루크레치아 님이 뵙기를 희망하십니다. 어떻게 할까요?"

루크레치아. 그 사람은 쌍왕국에 온 지 3일째인 젠지로가 얼굴과 이름을 쉽게 일치시킬 수 있는 몇 안 되는 쌍왕국 사람 중 한 명이었다.

브로이 후작 가문의 딸, 루크레치아.
쌍왕국이 젠지로를 시중들라고 붙여 준 사람.

"만나지. 이네스, 미안하지만 서둘러 실내를 청소해 주게. 푸죠르 장군은 물러가도 좋다."

"네, 알겠습니다."

"넷, 실례합니다."

젠지로의 말을 듣고 등 뒤에 대기하고 있던 중년 시녀와 맞은편에 앉아 있던 거한의 장군이 빠르게 움직이기 시작했다.

그리고 약 30분 뒤.

젠지로의 맞은편에는 거한의 장군 대신 금발을 사이드 테일로 묶은 소녀가 앉아 있었다.

예의 바르게 소파에 앉아는 있지만, 명백하게 다리의 길이가 모자라 양쪽 발이 공중에 떠 있는 상태였다.

천진난만한 미소를 지은 표정 덕분도 있어, 상당히 어려 보이지만, 이래 봬도 일단은 성인이라는 모양이다.

물론 세는나이로 열다섯 살에 불과한 소년소녀를 '성인'으로 취급하는 일은 현대 일본인의 감각이 여전히 남아 있는 젠지로에게는 별로 와닿지 않았지만.

어쨌든 간에 이쪽 세계의 관습이니, 비록 어린 티가 남아 있는 소녀이지만 성인이 된 한 사람의 여성으로 대해 주어야 한다는 것만은 분명했다.

"기다리게 해서 미안하다, 루크레치아."

최대한 부드러운 표정을 지으며 젠지로가 그렇게 말하자, 금발 소녀는 사이드 테일을 흔들며 작게 고개를 저었다.

"당치도 않습니다, 젠지로 폐하. 저야말로 갑자기 찾아왔는데, 이렇게 대접해 주셔서 감사합니다."

"아니, 별것은 아니야. 그런데 무슨 일로 왔지?"

그렇게 대답하면서 젠지로는 순간적으로 루크레치아 뒤에 서 있는 시녀를 바라보았다.

시녀는 손에 봉인된 용피지 뭉치를 가지고 있었다. 아마 '초대장'이라는 것인 듯했다.

오늘 왕과의 공식 알현을 끝내자, 벌써부터 쌍왕국의 귀족들이 젠지로를 자기편으로 끌어들이기 위해 움직이기 시작했다.

별로 환영할 만한 일은 아니었지만, 젠지로서도 그것은 각오한 바였다.

하지만 그런 젠지로의 시선을 깨닫고도 루크레치아가 처음으로 꺼낸 말은 그것과는 조금 다른 이야기였다.

"젠지로 폐하. 오늘은 알현실에서 볼썽사나운 모습을 보여 드려, 브루노 폐하를 대신해 거듭 사과드립니다."

그렇게 말하며 금발 소녀는 한 번 더 정중하게 고개를 숙였다.

소녀의 사과를 받고 젠지로는 한쪽 손을 올리고 말했다.

"아니, 그 일이라면 루크레치아가 사과할 문제가 아니다. 신경 쓰지 않아도 된다."

그리고 될 수 있는 한 밝은 모습을 보여 주기 위해 미소를 지었다.

하지만 말투만 부드럽지, 명백하게 루크레치아의 사과를 거절하는 내용이었다.

당연하다면 당연하다. 일국의 왕이 상대라고는 하지만 왕족이 그렇게 예의를 벗어난 대접을 받았는데, 귀족 아가씨의 말만으로 사과를 받고 없었던 일로 해서는 젠지로가 자신의 입장을 가볍게 여기는 셈이 된다.

그 점에 관해서는 예상했던 범위 내였던 듯, 루크레치아는 특별히 표정을 바꾸지 않고 말을 계속했다.

"네. 그 건에 관해서는 브루노 폐하께서 나중에 따로 시간을 내고 싶다고 말씀하셨습니다. 플로라."

"네, 여기 있습니다."

루크레치아의 말을 듣고 뒤에 대기하고 있던 젊은 시녀가 가장 위쪽에 있던 초대장 한 장을 예의바르게 루크레치아에게 건네주었다.

초대장을 건네받은 루크레치아는 받는 사람 등이 틀리지 않았는지 확인한 후, 그것을 시녀인 플로라에게 되돌려주었다.

그리고 초대장을 다시 받은 루크레치아의 시녀는 예의바른 발걸음으로 젠지로가 앉아 있는 소파로 다가와 공손하게 초대장을 내밀었다.

"받아 두겠습니다."

그렇게 말하며 초대장을 받은 사람은 젠지로의 뒤에 대기하고 있던 시녀 이네스였다.

이네스는 익숙한 손놀림으로 초대장을 확인한 뒤, 주인인 젠지로의 허가를 받고 봉인을 풀어 젠지로 앞에 펼쳐 보였다.

카파 왕국의 용피지는 옅은 녹색이 많지만, 이곳의 용피지는 크림색이었다. 소재가 되는 용의 종류가 다른지도 모른다.

"괜찮으시다면, 제가 읽을까요?"

"그래, 부탁한다."

이네스의 제안에 젠지로는 순순히 고개를 끄덕였다.

오늘까지 연습을 한 덕분에 쌍왕국 문자도 어느 정도는 읽고 쓸 수 있게 되었지만, 젠지로는 절대로 잘못 읽어서는 안 되는 공식 문서 교환을 혼자 힘으로 할 수 있으리라고는 생각하지 않았다.

"그럼 실례합니다. '멀리서 오신 존귀한 귀인, 젠지로 님에게…….'"

이네스가 읽어 준 긴긴 인사말부터 시작되는 초대장의 내용은 젠지로가 용피지를 훑어보며 이해했던 내용과 거의 다르지 않았다.

요약하자면, 알현실에서 있었던 일에 대한 변명과 앞으로의 대화를 위해 사적인 자리를 마련하겠다는 이야기였다.

조금 마음에 걸리는 것이 있던 젠지로는 살짝 용피지의 문자 부분을 손가락으로 문질러 보았다. 손가락을 바라봤지만, 손가락에는 잉크가 묻어나지 않았다.

"……그래, 알겠다. 브루노 폐하에게는 '시간을 거슬러 올라간 듯한 신속한 대처, 감사합니다' 라고 전해 두었으면 한다."

"……알겠습니다. 반드시 그렇게 전달하도록 하겠습니다."

아무래도 젠지로가 무슨 말을 하고 싶었는지 이해한 모양이었다.

루크레치아는 푸른 눈동자를 조금 치켜뜬 후, 생긋 미소를 지으며 대답했다.

일반적으로 용피지에 사용하는 잉크는 그렇게 빨리 마르지 않는다.

적어도 오늘 공식 알현을 마친 뒤에 이 초대장을 썼다면, 아직 잉크가 다 말라 있지 않아야 했다.

하지만 지금은 젠지로가 확인했듯이, 잉크는 완벽하게 말라 있었다.

필연적으로 이 '초대장'을 쓴 시기는 오늘, 공식 알현이 있기도 전이라는 말이었다.

그런데 '초대장'에는 '공식 알현에서 있었던 일에 대해 변명을 하고자 한다'는 취지의 글이 적혀 있었다.

젠지로는 여전히 웃는 표정을 지었지만, 마음속으로는 한숨을 내쉬었다.

'즉, 오늘 일은 브루노 왕이 계획했던 대로의 전개였다는 건가. 앞으로의 일을 생각하니 머리가 아파.'

역시 50년 가까이 대국의 옥좌를 지킨 왕이었다. 방심하면 완벽하게 그쪽의 뜻대로 이용당하고 만다.

새삼 그런 사실을 깨달은 젠지로는 마음을 가다듬고 맞은편에 앉은 소녀를 마주 보았다.

"그럼 나머지도 같은 서간이라고 생각하면 될까?"

"네, 이해하신 대로입니다. 플로라, 건네도록 해."

"알겠습니다."

시녀 플로라에게서 시녀 이네스에게로. 시녀 이네스에게서 젠지로 앞으로. 조금 전과 같은 루트 그대로 초대장 뭉치가 젠지로의 손에 전달되었다.

하지만 브루노 왕의 초대장이야 어쨌든, 다른 왕족과 귀족의 초대장까지 이곳에서 열어 볼 수는 없었다.

일단 젠지로는 위에서 몇 장 정도, 보낸 사람의 이름을 쭈욱 확인했다.


'엘레하류코 공작, 리야폰 공작, 엘레멘타카트 공작, 아니미얌 공작. 우와아, 예상은 했지만, 네 공작이 다 등장하는 건가. 쌍왕국의 공작은 기본적으로 자신의 영지에서 나오지 않는다고 하니, 초대한 사람은 왕도에 있는 대리인이겠지만.'


예상대로 거물의 이름이 연속으로 보여 젠지로는 내심 또 한숨을 내쉬었다.

쌍왕국에 관해서는 아직 벼락치기로 공부한 지식밖에 없었던 젠지로였지만, 그래도 네 명의 공작에 관해서는 그럭저럭 알았다.

카파 왕국과 샤로와·지르벨 쌍왕국은 같은 왕국이라 해도, 세세한 차이점이 많다.

그중에서도 '공작'이라는 지위의 차이점은 비교적 큰 편이었다.

일반적으로는 공작이라고 뭉뚱그려 부르지만, 사실 공작은 프린스와 듀크로 나뉜다고 보는 게 좋다. 그 중 카파 왕국에는 프린스, 쌍왕국은 그 반대로 듀크만이 존재한다.

프린스는 직계에 가까운 왕족에게 주어지는 작위이며, 듀크는 귀족 계급의 최고위다. 젠지로에게 초대장을 보낸 네 공작은 그 듀크에 해당했다.

당연히 그 권력은 절대적이었다. 현실적인 재력과 권력은 물론, 공적인 지위도 네 공작의 위치는 샤로와 국왕, 샤로와 왕태자, 지르벨 법왕, 지르벨 법왕태자 다음이다.

왕 두 사람과 왕태자 두 사람 이외에는 왕족이라고 하더라도 네 공작의 아래라 할 수 있는 것이다.

그 점에 관해서는 쌍왕국의 역사를 되돌아보면 당연하다고도 할 수 있었다.

원래 네 공작은 네 부족의 족장 가문으로, 이곳 남대륙 중중부의 사막에서 살았다.

네 부족은 규모가 크고 용감한 전사가 많았지만, 유감스럽게도 그 어떤 부족장도 혈통마법을 보유하고 있지 않았다.

북대륙이라면 몰라도, 남대륙에서 이것은 치명적인 약점이었다.

남대륙의 왕가는 혈통마법의 계승자를 가리켰다. 네 부족이 아무리 목소리를 높여도 주변 제국은 그들을 '왕가', 더 나아가서는 '나라'로 인정해 주지 않았다.

어디까지나 나라가 없는 사막의 유목민으로만 바라보았다. 당연히 주변국에게 한 단계, 두 단계 아래급으로 대우받았다.

그때 나타난 것이 샤로와 왕가와 지르벨 법왕가가 이끄는 북대륙의 이민단이었다.

북대륙에서 도망쳐 온 양 왕가도 당연히 남대륙에는 거주할 곳이 없었다.

당연하다. 짙은 머리카락색, 검은 피부가 당연한 남대륙에서 옅은 머리카락색, 흰 피부의 집단은 너무나도 눈에 띄었다.

북대륙에서 도망쳐 온 이민단은 남대륙에 도착한 뒤에도 도피 생활을 계속하다 결국 남대륙 중중부의 대사막에 도착했다.

중앙 사막을 실효 지배하고 있었지만, 혈통마법이 없어서 주변 제국에게 나라로서 인정받지 못하던 사막의 네 부족.

북대륙에서 도망쳐 왔기 때문에 정착할 땅이 없었던 샤로와 왕가와 지르벨 법왕가.

딱 마주친 두 진영은 우여곡절 끝에 서로 손을 잡고 사막에 새로운 나라를 건설했다.

그것이 샤로와·지르벨 쌍왕국이었다.


그런 건국 비화를 생각하면, 네 부족의 족장가——현재의 네 공작이 한없이 양 왕가에 가까운 권력을 지니고 있는 것도 당연한 일이었다.

그도 그럴 것이, 이 나라에 있는 사막 자체가 원래는 네 공작의 토지였던 것이다.

현재에도 네 공작의 영지는 개별적으로 봐도 샤로와·지르벨 양 국가의 왕이 지닌 영지보다도 훨씬 넓었다. 심지어 영지의 인구가 왕이 지배한 영지보다 많은 곳도 있었다.

물론 샤로와 왕가에는 '부여마법', 지르벨 법왕가에는 '치료마법'이라는 결정적인 무기가 있기 때문에, 재력이나 권력에서는 양 왕가가 압도적이긴 했다.

젠지로가 네 공작의 서명을 확인했다는 사실을 깨달은 걸까.

"젠지로 폐하의 내방은 쌍왕국에게도 비할 데 없는 중대사입니다. 당연히 모두가 젠지로 폐하와 만나고자 희망하고 있습니다."

금발 소녀는 그렇게 호들갑스러운 말투로 쌍왕국은 나라 전체가 젠지로의 내방을 환영하고 있다는 사실을 알려주었다.

"그런 것 같군."

두꺼운 초대장 뭉치를 바라보며 젠지로는 일부러 쓴웃음을 지었다.

그런 젠지로의 쓴웃음을 보고 금발 소녀는 명랑하게 웃더니.

"물론 온도차가 있는 것도 사실입니다. 직접 폐하를 뵈려는 사람도 있을 테고, 대리를 보내는 사람도 있겠지요. 그런 열의의 차이를 느껴 주셨으면 합니다."

그렇게 조금 톤이 높은 목소리로 말했다.

"⋯⋯호오."

반비례하듯이 젠지로의 짧은 대답은 평소보다 조금 톤이 낮았다.

연기가 아니었다. 실제로 경계심이 들었기 때문이다.

네 공작은 광대한 영지를 지닌 지방 영주, 반독립국의 왕 같은 존재다. 때문에 네 공작은 각각 자신의 영지에 있다. 왕도에는 대리인이 존재할 뿐이다.

왕도에 있는 공작 저택에 초대됐지만, 그곳에 공작이 체류하고 있을 가능성은 낮다.

'즉, 루크레치아의 말은 네 공작은 일단 뒷전으로 미뤄 두라는 뜻인가? 왜 그런 말을 하는 거지?'

전제가 될 만한 정보가 너무나 부족한데 사람들은 각각 다른 의도를 지니고 접촉을 시도하고 있기 때문에 처음부터 크지 않았던 젠지로의 처리 능력은 거의 한계에 다다랐다.

아무튼, 이곳에서 생각을 해 봐야 전혀 해결되지 않을 문제인

것은 확실했다.

젠지로는 마음을 가다듬고 남은 초대장의 서명도 훑어보았다.

알현실에서 소동을 일으킨 라르고 왕자 등, 왕족의 이름은 벼락치기 공부 덕에 알아볼 수 있었지만, 그 이외의 귀족은 전혀 누가 누군지 알 수 없었다.

하지만 있지 않을까 하고 예상했던 사람의 이름이 없다는 사실을 깨달았다.


'주세페 왕태자가 보낸 초대장이 없네. 브루노 왕이 초대한 자리에 동석할 생각인가? 그렇다면 적어도 이번 일에 관해서는 브루노 왕과 주세페 왕태자는 완벽하게 결탁하고 있다고 볼 수 있어. 음, 그다지 부자연스럽지는 않지만……'


그리고 또 하나, 젠지로가 아마 있지 않을까 생각했는데, 없었던 이름이 있었다.

"루크레치아."

"네, 왜 그러시죠, 젠지로 폐하?"

주눅이 들지 않는 성격인지 여전히 천진난만한 미소를 짓고 있는 금발 소녀에게 젠지로는 일부러 한 번 더 초대장 뭉치를 확인한 뒤 물었다.

"'브로이 후작'의 초대장이 안 보이는 것 같은데?"

젠지로의 말을 듣고 루크레치아——브로이 후작의 딸 루크레치아는 예상했던 질문이라는 듯이 깊게 미소 지으며 대답했다.

"네. 보시다시피 젠지로 폐하를 초대하고자 하는 자는 지위가 높고 낮고를 가리지 않고 너무나도 많습니다. 그래서 저희 가문은 굳이 초대하지 않기로 결정하였습니다. 대신에 저, 루크레치아가 브로이 후작의 대리인으로서 젠지로 폐하께서 쌍왕국에 머무시는 동안 함께할 생각이니, 브로이 후작 가문에 무언가 볼일이 있으시면 저를 통해 말씀해 주시길 부탁드립니다."

"그런 거였구나."

젠지로는 조금 전에 넘겨받은 초대장의 서명이 가장 신분이 낮은 자라도 백작이라는 사실을 떠올렸다.

'이 두꺼운 초대장 뭉치도 상당히 엄선된 것이었어.'

신분이 낮은 자, 윗선과의 인맥이 약한 자, 그리고 브로이 후작처럼 다른 루트로 이미 젠지로 측에 사람을 가까이에 두도록 허용된 자.

그런 사람들을 제외한 나머지 사람들만이 이 초대장 뭉치에 들어 있는 모양이었다.

"그럼 머무는 중에 따님을 빌리겠습니다, 라고 브로이 후작에게 전해 줄 수 있을까?"

"네, 꼭 전해 드리겠습니다."

젠지로의 말을 듣고 금발 소녀는 기쁘다는 듯이 미소를 지었다.

———————◆———————

그리고 약 한 시간 후.

할당된 별채 중에서도 가장 안쪽에 있는 방 안에서 젠지로는 호위 병사들도 내쫓고 자신과 신뢰할 수 있는 후궁 시녀만을 남긴 채 의자에 앉아 힘없이 책상 위에 엎드렸다.

"피곤해……."

만감이 교차하는 젠지로의 말을 듣고 시녀인 이네스는 미소와 위로의 말을 건넸다.

"직무 수행하시느라 수고하셨습니다, 젠지로 님. 옷을 갈아입으시겠습니까?"

"응, 부탁해."

멍한 표정으로 젠지로가 그렇게 고개를 끄덕이자 시녀 이네스는 젊은 시녀들에게 눈짓을 한 뒤, 앉아 있는 젠지로 주변을 시녀들과 함께 빙 둘러쌌다.

지금 젠지로가 입고 있는 옷은 카파 왕족의 제1 정장이었다.

이번에는 검대(劍帶)와 장식 동검은 차지 않았지만, 그 이외에는 제1 정장 그 자체였다.

약식인 제3 정장과는 달리, 제1 정장은 젠지로가 아니더라도 혼자서 벗고 입기가 매우 힘들었다.

시녀들은 옷 갈아입히기 인형처럼 젠지로를 의자에서 일으킨 뒤, 마치 마법을 부리듯 멋진 실력으로 젠지로의 제1 정장을 벗겼다.

다행히 이 뒤에는 아무런 약속도 없다.

속옷 차림이 된 젠지로는 아무런 망설임 없이 실내복——현대 일본에서 가져온 티셔츠와 면바지로 갈아입고, 털썩 의자에 다시

앉았다.

그러자 절묘한 타이밍에 이네스가 은잔에 물을 따라 젠지로 앞에 가져다주었다.

"고마워."

평소대로 짧게 인사를 한 젠지로는 그 은잔의 물을 단숨에 들이켰다.

지금은 한창 혹서기인 때다. 하지만 샤로와 왕가의 본거지인 이곳 자란궁에서는 안개와 바람을 발생시키는 마법 도구로 시원한 바람을 발생시키고 가습을 했기 때문에 거의 더위를 느끼지 못했다.

육로를 통해 온 병사들의 말을 들어 보면, 바깥에서는 고온다습한 카파 왕국과는 또 다른 가혹함을 맛보았다고 하지만.

그렇기 때문에, 지금 젠지로가 온몸에 땀을 흘리고 유독 목말라 했던 이유는 외부 기온의 문제가 아니라 단순히 조금 전 교섭 자리의 피로가 누적되었기 때문이었다.

카파 왕국의 후궁과는 달리 냉장고는 없지만, 이곳의 음료수는 지하 깊은 곳의 수맥에서 직접 끌어올렸기 때문인지 비교적 차가웠다.

"후우, 살 것 같아."

냉수를 한 잔 마시고 간신히 기력을 회복한 젠지로는 자세를 고쳐 앉은 뒤, 불평을 늘어놓는 말투로 신뢰할 수 있는 중년 시녀와 상의를 해 보려고 말을 걸었다.

"아아, 정말이지 쌍왕국의 내부 사정은 너무 어려워. 어디가 어디랑 대립하고 어디가 어디랑 손을 잡고 있는지 하나도 모르겠어."

"확실히 쌍왕국은 여러모로 특수하니까요. 하나의 나라에 왕가가 두 개인 것도, 그 왕가를 중심으로 한 북대륙에서 온 이민(移民)족과 네 공작을 중심으로 한 현지인인 사막 민족이라는 두 민족이 동거하고 있다는 것도 말이죠. 오히려 이런 상태에서 수백 년간 대외적으로야 어쨌든 하나의 나라로서 운영되어 왔다는 점은 칭찬을 받아 마땅합니다."

"그건 그래."

시녀 이네스의 말을 들고 젠지로는 깊게 고개를 끄덕이며 동의했다.

들으면 들을수록, 하나로 뭉쳐 있다는 것이 신기한 나라였다.

"먼저 양 왕가를 축으로 한 북대륙의 이민족과 네 공작을 축으로 한 사막 민족의 대립이 있습니다. 그리고 양 왕가끼리도 수면하에서는 대립이 있다고 하고, 네 공작 사이에도 권력 투쟁은 존재합니다. 게다가 같은 샤로와 왕가 안에서도 브루노 왕 및 주세페 왕태자와 라르고 왕자의 대립이 얽혀 있으니까요. 솔직히 젠지로 님처럼 다른 나라 사람은 물론, 쌍왕국의 귀족이라도 모든 대립축을 정확하게 파악하고 있는 사람은 없을지도 모르겠네요."

"……쌍왕국의 권력 구조는 복잡하고 기이하군."

시녀 이네스의 말을 들은 젠지로는 질렸다는 듯한 얼굴로 천장을 올려다보았다.

하지만 그런 이야기를 들으니, 조금 전 루크레치아의 태도를 보고 짚이는 곳이 생기기도 했다.

"그렇다면 루크레치아가 네 공작에 대해 조금 신랄하게 말을 한 것도 이민 민족과 사막 민족 간 대립의 일환이라고 보면 되는 건가?"

루크레치아는 말했다. 젠지로를 초대할 때 '직접 폐하를 보려는 사람도 있고, 대리를 보내는 사람도 있다. 그것은 열의의 차이다' 라고.

공작령에 있는 네 공작은 당연히 대리를 세운다.

명백하게 네 공작의 우선순위를 끌어내리는 말이었는데, 그것도 이민 민족과 사막 민족의 대립 때문에 나온 말일지도 모른다.

그런 젠지로의 예상에 시녀 이네스는 고개를 끄덕여 동의하면서도 다른 가능성에 대해서도 지적해 주었다.

"그럴 가능성은 충분합니다. 단지, 민족 간의 대립은 수많은 대립축 중에서도 느슨한 편에 속한다고 들었으니, 단정하는 것은 금물입니다. 혈통마법의 보유라는 명확한 목적이 있는 양 왕가는 아무래도 예외겠지만, 그 이외에는 고위 귀족 간에도 역사를 거쳐 오며 한두 번은 다른 민족과 결혼을 했던 경험이 있다고 들었습니다."

"그렇구나. 이러니저러니 해도 역사가 몇 백 년이나 되는 나라니까. 피는 이미 섞였다 그건가."

"네. 무엇보다도 나라가 세워질 시점의 인구는 사막 민족 쪽이 100배 이상 많았다고 하니까요. 왕도야 어쨌든 지방으로 가면 평민의 대부분은 순혈 사막 민족이었다고 합니다."

"와아, 자세히 아네."

예상을 뛰어넘는 자세한 설명에 젠지로가 신기하다는 표정을 지었다는 사실을 깨달은 걸까.

시녀 이네스가 작게 웃더니,

"기사나 병사들에게 들었습니다. 병사들은 카파 왕국 왕도에서 이곳 쌍왕국 왕도까지 한 달이나 쌍왕국 병사들과 동행했으니까요. 나름 친해져서 자세한 정보 교환을 한 자도 많이 있는 모양입니다."

하고, 정보원에 대해서 밝혀 주었다.

그 말을 듣고 젠지로는 짝 소리를 내며 손을 맞댔다.

"아, 그렇구나. 우리는 마법으로 순간이동을 했지만 호위 병사의 대부분은 한 달에 걸쳐 쌍왕국의 병사들과 같이 걸었으니까."

카파 왕국에서 쌍왕국까지의 여정은 상당히 가혹했다고 들었다.

그 긴 여정을 함께하면 나라를 넘어 친분을 맺는 사람이 나오는 것도 당연했다. 그렇게 아랫사람들끼리 무의식적으로 교환하는 정보도 무시할 수 없다.

그것이야말로 어떤 의미로는 그 나라 내부의 가장 정확한 평가라고 할 수 있기 때문이다.

"그렇다면 앞으로도 그 병사들이 정보 수집을 계속해 줬으면 좋겠어. '교제비'라는 명목으로 병사들이 함께 음식과 술을 먹으러 가는 비용을 대 줄 테니까. 아, 그런데 병사들에게는 이게 정보 수집이라는 사실을 안 들키도록 주의해 줘. 정보 수집이라는 사실을 쌍왕국 병사들에게 교묘히 숨길 수 있을 정도로 우리 병사들도 요령이 좋지는 않을 테니 말이야."

어디까지나 병사들끼리 친목을 다지는 것이 명목이라고 다짐을 받아 두는 젠지로에게 시녀 이네스는 "명심하겠습니다." 하고 부드러운 미소를 지으며 대답했다.

"그렇다면 병사들의 정보를 모으는 역할을 나탈리오 님에게 부탁하면 어떨까요? 그 후에 나탈리오 님과의 연락 역할을 케이트에게 맡기면 다른 사람들이 봐도 부자연스럽게 비치지 않을 겁니다."

현재, 유일하게 젠지로의 직속 기사인 나탈리오 말도나도와 후궁 시녀의 한 명인 케이트 말도나도는 그 이름을 보면 알 수 있듯이 친남매이다.

몇 년 만에 후궁에서 밖으로 나온 여동생 케이트와 오빠 나탈리오가 이번 기회를 이용해 빈번하게 만나는 것은 자연스러운 흐름으로 보일 게 틀림없다.

"응, 세세한 점은 이네스에게 맡길게. 아무튼 정보를 모으지 않으면 움직이기가 힘드니까. 물론 지르벨 법왕가와 치유술사 파견 계약을 맺고 얼른 카파 왕국으로 돌아가는 게 이상적이긴 하지만 말이야."

그렇게 말한 뒤, 젠지로는 크게 한숨을 내쉬었다.

"이런 상황이 됐으니 그건 불가능하리라 생각합니다."

"응, 알아……."

안타깝다는 듯이 쓴웃음을 짓는 시녀 이네스에게 젠지로는 어깨를 풀썩 늘어뜨리며 대답했다.

공식적으로 대면하는 자리에서 완벽하게 차기 왕위 계승 문제에 말려들었다.

최소한 왕위 계승 문제의 대략적인 로드맵이 나오기 전에는 자신을 놓아 주지 않을 거라고 생각하는 편이 좋았다.

　"아무튼 그건 그거고, 브루노 왕과의 사적인 면담이 문제구나. 거기서 상대가 어떻게 나올지 보지 않으면 결론이 어떻게 될지 예측할 수 없으니까."

　"그렇습니다. 그때는 부족하지만 저도 동행하겠습니다."

　"응, 잘 부탁해."

　일개 시녀에게 비서 역할을 맡기고 있는데도 이제는 전혀 이상한 점을 못 느끼게 된 젠지로는 그렇게 말하며 중년 시녀를 보고 미소를 지었다.

# [제2장] 사적 면담

　다른 나라의 왕족인 젠지로를 일국의 국왕이 사적으로 초대하려면 나름의 준비가 필요하다.

　카파 왕국 국왕의 배우자인 젠지로와 샤로와·지르벨 쌍왕국의 국왕 브루노 3세의 사적인 면담은 공식 알현을 한 지 이틀 뒤에 이루어졌다.

　도중의 복도까지는 십 수 명의 호위를 데리고 간 젠지로였지만 왕의 개인실까지 데리고 갈 수 있는 인원은 다섯 명까지였다.

　데리고 온 시녀들을 이끄는 이네스와 젊은 시녀 케이트. 호위 기사인 나탈리오와 호위대의 책임자인 푸죠르 장군. 그리고 젠지로 입장에서는 별로 친숙하지 않은 젊은 기사 대대장.

　남녀 다섯 명이 뒤에서 대기해 있는 가운데, 젠지로는 소파에 앉았다.

　맞은편 소파에 앉아 있는 사람은 백발의 노인——브루노 왕, 그리고 그 왼쪽에는 40대 후반으로 보이는 중년 남자가 앉아 있었다.

　'역시 주세페 왕태자가 동석한 건가.'

　"오늘은 초대해 주셔서 대단히 감사합니다. 브루노 폐하, 그리고 주세페 전하."

　"아니, 이쪽이야말로 이곳까지 오게 하여 황송할 따름이오, 젠지로 폐하."

"저도 같이 동석하니 아무쪼록 허용해 주십시오, 젠지로 폐하."

"아닙니다, 주세페 전하. 브루노 폐하뿐만이 아니라, 전하까지 이렇게 가까운 곳에서 뵐 수 있어 그저 기쁠 따름입니다."

카파 왕국 국왕의 배우자와 쌍왕국의 왕 및 왕태자가 간단히 인사를 나누었다.

초대장에는 주세페 왕태자가 동석할 것이라는 말이 적혀 있지 않았지만, 이것은 충분히 예상할 수 있는 일이었다. 주세페 왕태자에게 인사를 하면서도 전혀 동요하지 않는 젠지로를 보고, 머리가 흰 늙은 왕은 입가에 작은 미소를 지었다.

"앞날이 얼마 남지 않은 노인은 성급해서 탈이라고 생각할지 모르나, 이것도 성격이라 말이오. 무례한 줄 알지만, 바로 본론으로 들어가겠소, 젠지로 폐하."

"네, 상관없습니다. 저도 바라던 바입니다."

하나마나한 잡담을 생략하고 곧장 본론을 꺼낸 브루노 왕을 보고 젠지로는 애써 미소를 지으며 고개를 끄덕였다.

실제로 잡담을 생략하는 것은 젠지로 입장에서도 바라마지 않던 일이었다.

라파엘로 마르케스나 기젠 후작 부인 루신다 같은 관찰력, 통찰력, 그리고 교섭력이 뛰어난 사람이라면 잡담도 정보 수집 및 정보를 의도적으로 흘리는 기회로 유용하게 이용하겠지만, 왕족 경력이 이제 3년째에 불과한 젠지로는 그런 세심한 대화를 하지 못했다.

젠지로의 긍정적인 대답이 만족스러웠는지, 늙은 왕은 작게 고개를 한 번 끄덕인 뒤 말을 꺼냈다.

"일단은 무엇보다도 알현실에서 있었던 일을 사과하고 싶소. 정말 미안하오."

"사전에 아무런 언질도 없이 그런 일을 벌인 점, 저도 사과 말씀 드립니다. 정말 죄송합니다."

브루노 왕과 주세페 왕태자는 입을 맞춰 정말 아주 작게지만 살짝 고개를 숙였다.

말할 것도 없이 왕족으로서는 좀처럼 하지 않는 행동이다.

아무리 사적인 장소라고는 하지만, 이곳에는 젠지로 외에 다른 사람도 있다.

이네스와 케이트라는 두 시녀야 어쨌든, 호위 기사인 나탈리오, 푸죠르 장군, 그리고 젊은 대대장까지 나름의 지위를 지닌 카파 왕국 사람이 젠지로 외에도 여러 명이었다.

쌍왕국의 현재 왕과 차기 왕이 카파 왕국 국왕의 배우자에게 고개를 숙였다는 사실은 아무래도 숨길 수가 없었다. 물론 이곳은 사적인 자리이기 때문에 그것만으로 양국의 결정적인 상하 관계가 생겼다고는 할 수 없었지만, 무시할 수 없을 만큼 큰 영향을 남기는 일이었다.

'아하, 진심이 담긴 『사과』라고 할 수 있겠구나. 예고 없이 나를 이용한 대가로서 왕과 왕태자가 사과했다는 실적을 안겨 준 건가?'

사적인 자리라고는 하지만 다른 사람이 있는 곳에서 사과를 했다는 것은 굳이 비밀로 할 필요가 없다는 말이었다. 따라서 더 이상 그 일을 걸고넘어지면 이야기가 복잡해진다.

"폐하와 전하께서 입을 맞춰 그렇게 말씀하시니, 어쩔 수 없군요."

원래 교섭을 할 때에는 최대한의 이익을 얻기보다 화근을 남기지 않으려는 경향이 있는 젠지로는 그렇게 말함으로써 비공식 사죄를 받은 것을 끝으로 알현실의 그 사건은 더 이상 추궁하지 않기로 했다. 그렇다고는 하지만 이야기가 그것으로 끝인 것은 아니었다.

"그럼 그 일에 관해서는 이걸로 끝이라고 보면 좋을까요?"

젠지로가 그렇게 확인하자, 역시나 늙은 왕과 중년의 왕태자는 모두 쓴웃음을 지으며 부정했다.

"아니, 어중간하게 내부 사정을 밝혀서는 나중에 화근이 남지 않겠소? 이곳까지 온 이상 솔직하게 이야기를 해야 한다고 생각하오."

"저희들이 지금 어떤 상황에 놓여 있는지 젠지로 폐하게 설명해 드리겠습니다."

역시 부자지간이라고 해야 할까? 마치 한 사람이 목소리를 바꾸어 말을 하는 것처럼 브루노 왕과 주세페 왕태자는 그렇게 하나로 연결되게 말을 이어 갔다.

'아하. 사죄는 어디까지나 예고 없이 사건에 말려들게 한 것에 대한 것이고, 내가 말려든 문제 자체는 아직 현재진행형이라는 거구나.'

이제 더 이상 그 문제를 회피할 수 없다. 그 사실을 깨달은 것인지 확실하게 각오가 선 젠지로는 미묘하게 자세를 고쳐 잡고 똑똑히 말했다.

"알겠습니다. 말씀 부탁드립니다."

당연한 이야기이지만, 국왕이 다른 나라의 왕족에게 국내 사정에 관한 일을 백 퍼센트 솔직하게 밝혀 줄 리가 없었다.

'솔직하게' 이야기를 하는 것치고는 브루노 왕의 입에서 나온 설명은 수박 겉핥기 설명이 반 이상을 차지할 만큼 대외적인 것에 불과했다.

"가장 근본적인 문제는 역시 짐의 재위가 너무 길었다는 것이오. 50년이나 한 명의 왕이 왕좌에 앉아 있으면 주변에서 섬기는 자들은 그게 당연한 일이 되어 버리니 말이외다. 물론 섬기는 자들도 바보는 아니오. 왕이라 하더라도 불사가 아니니, 왕 한 명의 치세가 영원히 계속되지 않을 거란 사실을 머릿속으로는 잘 알고 있소. 하나, 어중간하게 큰 문제 없이 나라가 운영되니 조금만 더, 적어도 살아 있는 동안에는 현재의 상황——즉, 짐의 치세가 계속되기 바라는 그런 마음이 생기고 마는 것이외다."

"그렇군요."

브루노 왕의 설명은 비교적 듣기에 좋은 대외적인 이유였지만, 결코 거짓말은 아니었다. 때문에 젠지로의 귀에도 나름 설득력이 있는 변명처럼 들렸다.

"확실히 브루노 폐하의 치세가 하루라도 더 오래 지속되기를 원하는 신민의 마음은 저도 충분히 이해가 갑니다."

"그렇소. 짐에 대한 충성심에서 나오는 말이라고 생각하면, 아무래도 완전히 무시하기는 힘드오. 허나, 몇 번을 말했듯이 짐도 불노불사가 아니지 않소. 짐의 체제가 단단하게 굳은 상태에서 짐이 서거할 수도 있다는 점을 생각하면, 다소 혼란이 일어날지는 모르겠지만 지금 왕위를 넘겨주는 것이 훨씬 좋지 않을까 하는 것이외다."

물론 실제로는 그렇게 허울 좋은 이유만으로 왕위계승을 반대하는 귀족만 있다고는 할 수 없었다.

계승을 나중으로 연기한 뒤 기회를 틈 타 자신이 왕좌에 앉으려고 하는 자.

브루노 왕과는 좋은 관계를 유지하고 있지만, 주세페 왕태자와는 소원하여 세대교체를 환영할 수 없는 자.

개중에는 계승 문제가 발발해 국내 정치가 혼란해지기를 바라는 매국노 같은 자들이 있을 수도 있다.

하지만 그런 점은 다른 나라의 왕족인 젠지로가 너무 자세하게 캐물으면 자칫 문제를 수렁에 빠지게 만들 수도 있었다.

'물론 지금도 양다리가 수렁에 빠져 있는 것이나 마찬가지이지만.'

자꾸만 부정적으로 흐르려는 생각을 떨쳐 내듯이 젠지로가 입을 열었다.

"깊은 생각이 있으시다는 점은 이해했습니다. 먼 훗날까지 생각하시는 폐하의 혜안에는 그저 경탄할 뿐입니다. 저는 부끄럽지만 사랑하는 아내를 생각하기만 하면, 그것 이외에는 전혀 머릿속에 떠오르지 않을 정도인데 말입니다."

참, 부끄럽습니다. 젠지로는 일부러 이마의 땀을 닦았다.

젠지로가 하고자 하는 말은 간단했다.

'나는 아내인 여왕 아우라를 위해 치유술사를 부르러 왔다. 그건에 대해 확약을 받기 전에는 이야기를 진행시킬 생각이 없다'고 견제하는 것이었다.

젠지로가 무슨 말을 하고 싶은지 곧장 파악한 늙은 왕은 껄껄 웃더니 말했다.

"후하하, 카파 왕국의 여왕 부부는 소문대로 사이가 아주 좋은 듯하구려. 실로 부럽소이다. 그 일에 관해서라면 걱정할 것 없소. 이미 지르벨 법왕가에게 말을 해 두었으니 말이오. 아우라 폐하의 출산 예정일이 다가오기 한 달 전쯤부터 지르벨 법왕가의 치유술사를 한 명 카파 왕국에 머물게 할 준비는 이미 다 끝내 두었소."

젠지로로서는 전혀 예상 밖의 낭보였다.

"정말이십니까?"

예상외로 일이 너무나 쉽게 진행되어 젠지로는 당혹감과 의심이 먼저 샘솟을 뿐, 기쁜 감정이 전혀 생기지 않았다.

그리고 그 반응은 어떻게 보면 당연한 것이었다.

"물론이외다. 단, 지금 약속할 수 있는 기간은 한 달뿐이오. 그 이외에는 긴급 호출을 하더라도 보내 줄 수 없소. 긴급 호출에 대응하려면 누군가 일정을 비워 두어야 하는데, 지르벨 법왕가의 치유술사들은 일정이 굉장히 촘촘하다오."

"……이해는 됩니다."

못을 박아 두는 브루노 왕에게 젠지로는 일단 숨을 내쉬고 그렇게 대답했다.

모자가 모두 가장 위험할 시기가 출산할 때라는 사실은 분명하지만, 그전의 임신 기간 중에도 전혀 문제가 없을 것인가 하면 그렇지는 않았다.

이상적으로는 아우라의 상태가 갑자기 이상해지면 '순간이동'으로 치유술사를 데리고 가는 것이었지만, 브루노 왕은 그런 부탁은 들어 줄 수 없다고 미리 차단막을 친 것이었다.

물론 브루노 왕의 주장도 이해는 할 수 있었다.

긴급할 때 치유술사를 부르는 것은 노골적으로 말하자면 '새치기'를 하는 것이기 때문이다.

당연하지만 지르벨 법왕가의 고객은 거의 모두가 다른 수단으로는 나을 가능성이 없는 부상자나 병자들이자, 동시에 일정 이상의 재력과 권력을 지닌 각국의 왕족이나 귀족들뿐이다.

그런데 중간에 끼어들면 끼어든 카파 왕국은 물론, 새치기를 허용한 쌍왕국도 자칫 쓸데없는 원한을 살 수도 있다.

"그래서 제안하는 것인데, 그렇게 아우라 폐하의 몸이 걱정된다면 6개월 단위로 치유술사를 한 명 고용해 귀국에 데리고 가는 것은 어떻소? 물론 금전적으로는 조금 부담이 될 수 있으나, 그렇게 하면 마찰을 최소한으로 줄일 수 있을 것이라 생각하오만."

도중에 '긴급'이라고 하면서 끼어들면 순서가 뒤로 밀린 사람과의 사이에 마찰이 생긴다.

그렇다면 처음부터 정식으로 장기 계약을 맺어 치유술사 한 명의 일정을 통째로 사 두면 된다. 비용은 상당히 많이 들겠지만, 젠지로로서도 가능하다면 그보다 더 좋은 것은 없었다.

하지만 그래서는 역시 이야기 진행이 너무 매끄럽다.

"그게 가능한가요?"

의심을 표정에 숨기지 않고 고개를 갸웃하는 젠지로에게 늙은 왕은 미소를 지어 얼굴의 주름을 더욱 깊게 새기면서 고개를 끄덕였다.

"적어도 전례는 있소. 단지, 그런 이야기가 나올 경우엔 짐도 베네딕트에게 그냥 언질을 해 두는 것이 고작이오. 그러니 거기서부터는 젠지로 폐하가 직접 교섭할 필요가 있을 것이외다."

베네딕트란, 지르벨 법왕가의 현 법왕 베네딕트 1세를 말한다.

쌍왕국은 그 이름 그대로 두 왕가에서 배출된 두 왕이 동시에 다스리는 왕국.

샤로와 왕가의 국왕인 브루노 3세와 지르벨 법왕가의 법왕인 베네딕트 1세는 원칙적으로는 완벽한 동격이다.

지르벨 법왕가에 속한 치유술사들은 당연하게도 모두 베네딕트 법왕의 관할하에 놓여 있다. 아무리 브루노 왕이라고 하더라도 치유술사에 관해서는 권력을 행사할 수 없다.

"그렇군요……."

젠지로는 잠시 생각했다.

아우라의 몸을 생각하면 될 수 있는 한 이른 시기에 치유술사가 곁에 대기해 주는 것이 좋다.

문제는 그 리스크와 리턴의 균형이다.

'브루노 왕 쪽에서 먼저 이야기를 꺼낸 것으로 보아 그냥 맨입으로 해 주겠다는 것은 아니야. 게다가 브루노 왕은 어디까지나 베네딕트 법왕에게 언질만 해 주는 것일 뿐. 그 다음부터는 내가 베네딕트 법왕을 비롯한 지르벨 법왕가를 설득해야 해. 그때 시간을 들이는 것보다는 이미 출산 예정 달에 파견 약속을 받았으니, 빨리 철수하는 것도 생각해 볼 만한 일인 것 같아.'

가장 위험한 출산 때만 치유술사의 도움을 받고, 그때까지의 임신 기간 동안은 주치의 미셸에게 맡겨 두어도 상당한 안전은 보장받을 수 있다.

젠지로가 자칫 쌍왕국에 너무 오래 머물러 임신 중인 아우라에게 걱정을 끼쳐서는 그야말로 본말전도이기도 하다.

"단지, 이쪽도 나름의 사정이 있어서 말이오. 사태를 이렇게 만든 짐이 이런 말을 하여 참으로 미안할 따름이나, 짐의 퇴위와 주세페가 즉위할 때까지의 대략적인 일정이 잡히기 전까지는 젠지로 폐하를 베네딕트에게 소개할 여유가 없소."

"⋯⋯⋯⋯⋯그러시군요."

브루노 왕이 하고자 하는 말을 이해한 젠지로는 이 자리에서 한숨을 크게 내쉬고 싶은 충동과 필사적으로 다퉈야 했다.

간신히 이성이 충동에게 승리한 덕분에 그런 심정이 표정에 드러나지는 않았지만, 한숨을 쉬고 싶다는 충동은 여전히 마음 아래에 가라앉아 있었다.

'아아, 그런 속셈이구나. 즉, 치유술사를 오랫동안 빌리고 싶으면 이번 왕위 계승 문제의 해결을 지켜보고 가라, 그거였어. 이 하얀 너구리 자식.'

브루노 왕은 젠지로의 능동적인 행동이나 능력에 기대를 하는 것이 아니었다.

한마디로 젠지로는 살아 있는 액막이 인형이었다.

다른 나라의 왕족이라는 간판을 지닌 젠지로 앞에서는 쌍왕국의 귀족들도 '왕의 신하'라는 입장을 무너뜨리기 어렵다. 즉, 그만큼 브루노 왕의 페이스로 이야기를 이끌고 가기가 쉽다는 말이었다.

"젠지로 폐하가 원한다면 짐도 하루라도 빨리 젠지로 폐하가 치유술사와 함께 귀국할 수 있도록 사태의 수습을 위해 최선의 노력을 다할 생각이오."

그렇게 덧붙인 브루노 왕의 말을 번역하면, '치유술사의 장기 파견을 실현하고 싶으면 이쪽의 왕위 계승 문제 해결에 당분간 얼굴을 비춰라' 였다.

"그렇게 하면 아무래도 체재 기간이 길어지겠으나, 젠지로 폐하가 어려움 없이 지내실 수 있도록 충분한 편의를 제공하겠소. 원하는 것이 있다면 브로이 후작 가문의 루크레치아에게 말씀만 하시오. 그 아이에게는 그만한 권한을 부여해 뒀으니."

아무래도 젠지로를 시중들 금발 소녀는 국왕에게 직접 명령을 받은 필두 미인계 요원이 틀림없는 듯했다.

젠지로는 일부러 다 들으라고 크게 한숨을 내쉰 뒤,

"배려를 해 주셔서 감사합니다. 단지 저는 맨 처음 약속했던 것처럼 정기적으로 카파 왕국으로 귀환할 생각이니, 웬만한 일이 없는 한 불편함을 느끼지는 않을 것이라 생각합니다."

그렇게 최대한 못을 박아 두었다.

그것은 '순간이동'이라는 반칙이나 마찬가지인 마법을 지닌 카파 왕족의 강점이었다.

젠지로의 마력량으로는 하루에 두 번이라는 제한이 있지만, 활동기라도 이동에 한 달, 우기나 혹서기의 경우에는 아예 이동할 수 없는 카파 왕국과 쌍왕국 사이를 순식간에 이동할 수 있다.

젠지로의 대답을 듣고 브루노 왕은 흰 수염으로 둘러싸인 턱을 쓰다듬으면서 물었다.

"흐음? 그렇다면 이쪽의 상황이 진정될 때까지 체재해 줄 수 있다고 생각해도 된다고 봐도 좋소이가, 젠지로 폐하?"

늙은 왕의 말을 듣고 젠지로는 조금 생각을 한 뒤, 고개를 끄덕였다.

"네. 하지만 저의 최우선 사항은 아내인 아우라 폐하의 건강. 본국의 상황에 따라서는 예정이 변경될 수 있으니, 마지막까지 체재하고 있을 수 있다고 단언하기는 어렵습니다."

"아아, 만약 그런 일이 있다면 어쩔 수 없는 일. 그 경우에는 치료술사의 파견이 출산 예정일 전후의 한 달로 한정되기야 하겠소만."

"그것은 당연합니다."

이렇게 해서 대략적으로 구두 약속이라는 이름의 계약이 성립되었다.

샤로와 왕가의 왕위 계승 문제가 대략적으로 완료될 때까지, 젠지로는 쌍왕국에 머물며 문제 해결에 최선을 다한다.

그리고 계승 문제의 해결에 젠지로가 일정 이상의 기여를 했다고 인정을 받게 되면, 치유술사의 파견에 대해 브루노 왕이 베네딕트 법왕에게 언질을 준다.

　여기까지만 들으면 균형이 맞지 않는 것처럼도 보이지만, 출산 예정월 한 달은 무조건 치유술사를 파견해 준다는 약속을 선불이라고 생각하면 충분히 채산이 맞다고 할 수 있었다.

　솔직히 말해, 한 달간 치유술사 파견을 확실히 약속받은 것만으로도 젠지로서는 쌍왕국에 온 목적을 90퍼센트 정도 달성한 것이나 마찬가지였다.

　그래서 젠지로는 확실하게 대답했다.

　"알겠습니다. 제가 과연 얼마나 힘이 될 수 있을지도 모르고, 마지막까지 함께 할 수 있으리라고 보증은 할 수 없으나, 그래도 좋다고 하신다면, 미력하나마 최선을 다하겠습니다."

　"그래, 잘 부탁드리외다, 젠지로 폐하."

　젠지로의 대답을 듣고 머리가 흰 늙은 왕은 만족스럽다는 듯이 미소를 지었다.

　첫 인사 이후로 계약이 성립될 때까지 장식품처럼 아무런 말도 하지 않았던 주세페 왕태자가 계약이 성립되자 소파에서 예의바르게 일어나더니, 살짝 몸을 앞으로 굽히며 말했다.

　"그럼 젠지로 폐하. 제가 바로 부탁드리고자 하는 것이 있습니다만, 잠시 귀를 빌려 주실 수 있겠습니까?"

　그때까지 시야 안으로 들어오지 않아 거의 의식하지 않았던 주세페 왕태자의 발언에 젠지로는 조금 의표를 찔렀다.

"네, 말씀하시지요."

앉은 위치를 브루노 왕과 마주 본 형태에서 주세페 왕태자를 바라보도록 수정을 하면서 젠지로는 새삼 샤로와 왕가의 차기 국왕을 바라보았다.

샤로와 왕가 제1 왕자 주세페.

나이는 마흔아홉 살. 외모도 대충 그 정도 나이로 보였다.

머리카락은 밝은 갈색이지만, 나이에 어울리게 군데군데 흰머리도 보였다.

눈동자는 짙은 갈색. 원래 살짝 처진 눈인데, 지금은 미소를 짓고 있어 매우 온화한 신사처럼 보였다. 어딘가 아버지인 브루노 왕과의 공통점이 엿보이는 이목구비였지만, 아들인 프란체스코와는 별로 닮지 않았다.

프란체스코 왕자는 금발에 녹색 눈동자다 보니, 그런 색 조합의 차이가 가장 큰 원인일 테지만.

서로 소파에 앉은 채로 마주 보고 있기 때문에, 정확하게 키가 어느 정도인지는 알 수 없었지만, 시선의 높이가 그다지 다르지 않는 것을 보면 특별히 크지도 작지도 않은 듯했다.

전체적으로 보면 온화하고 품위 있는 중년 신사 같은 이미지였다. 물론 대국의 차기 국왕이 그냥 무골호인일 리는 없었기 때문에 당연히 방심은 금물이었다.

주세페 왕태자는 젠지로의 눈을 똑바로 마주 보며 천천히 입을 열었다.

"가장 먼저 확인해 두고자 합니다만, 젠지로 폐하는 우리 쌍왕국의 내력에 대해 알고 계십니까?"

"네. 물론 대략적으로 수박 겉핥기 정도입니다만, 분명히 샤로와, 지르벨 양 가문이 이끌고 내려온 북대륙의 이민족과 선주민인 사막 부족이 힘을 합쳐 건국했다고 들었습니다."

젠지로의 설명을 듣고 주세페 왕태자는 몇 번인가 고개를 끄덕이면서 동의를 표했다.

"그 말씀대로입니다. 그리고 그런 이민족인 우리를 받아들여 준 이 땅의 선주민이 사막의 네 부족이며, 그 족장 가문이 현재의 네 공작입니다."

"네."

그 정도는 젠지로도 들어서 알았다.

이곳 남대륙에서는 혈통마법을 지니지 않은 부족은 아무리 역사가 길어도, 따르는 백성이 아무리 많아도, 절대 '왕가'로 인정받지 못했다.

때문에 역사적으로는 이민족인 샤로와 가문과 지르벨 가문이 왕위에 오르고, 그들을 받아들여 준 선주민인 네 부족장은 공작으로서 그 아래로 들어간 것이다.

"그런 역사상의 경위로 인해, 우리 샤로와 왕가의 왕은 즉위할 때 네 공작 가문에게 마법 도구를 증여하는 것이 전통입니다."

주세페 왕태자의 설명을 듣고 젠지로는 '확실히 있을 법한 이야기다'라고 생각했다.

이민족인 샤로와, 지르벨 가문이 선주민인 네 부족에게 왕으로서 인정을 받을 때까지 우여곡절이 있었을 것이라는 사실은 상상하기 어렵지 않았다.

그 타협점의 하나로서, 왕이 즉위할 때마다 네 부족에게 마법 도구를 수여한다. 그런 약속이 되어 있다. 그 정도는 충분히 이해할 수 있을 만한 이야기였다.

"새 왕은 네 공작에게 마법 도구를 증여하고, 선물을 받은 네 공작은 답례로서 선물을 줍니다. 그러면 그것으로 새 왕은 비로소 왕으로서 정식 인정을 받는 것이지요. 물론 네 공작에게는 '선물을 받지 않는다', '답례를 하지 않는다' 라는 선택지가 없기 때문에, 사실상 의례적인 절차에 불과합니다만."

하지만 그 절차에는 혼탁한 정치가 얽혀 있다.

선물을 받고 답례를 하는 외길 수순이라 하더라도, 그 외길을 걸을 때 다양한 의지를 전달할 수 있는 것이 바로 정치라는 생물이다.

바로 받고 눈이 번쩍 뜨일 만한 멋진 답례품을 보내 새 왕의 탄생을 진심으로 환영한다는 의사를 표할 수도 있고.

또는 반대로 실례가 되지 않을 정도로 아슬아슬한 이유를 붙여 선물을 받지 않고, 답례품도 호화스럽기는 하지만 일부러 선대 때보다 격이 낮은 물품을 보내 실은 왕의 교체를 환영하지 않는다는 의사를 표할 수도 있다.

"그 마법 도구 말씀입니다만, 젠지로 폐하의 힘을 빌리고자 합니다."

"마법 도구용 보석 제공, 말씀이신가요?"

마법 도구에 관해 도움을 받고자 한다는 말을 듣고, 젠지로의 머릿속에 떠오르는 것은 유리구슬뿐이었다.

조금 몸을 움츠리는 바람에 심경이 겉으로 드러났는지, 주세페 왕태자는 젠지로의 경계를 풀어 주려는 듯이 부드럽게 미소를 지으며 말했다.

"아니요, 그런 것이 아닙니다. 제가 원하는 것은 '조언'입니다. 차기 왕으로서 네 공작에게 증여할 마법 도구는 무엇이 좋은가? 하는 점 말이지요. 그에 대해 젠지로 폐하의 지혜를 빌리고자 합니다."

"조언, 말인가요? 저는 마법에 대해 그다지 정통한 사람이 아닙니다만……."

머뭇거리며 한 젠지로의 말은 전면적으로 사실이었다.

남대륙에서는 혈통마법이야말로 왕족의 증명이기 때문에 왕족이나 고위 귀족은 마법 숙달자가 많다. 그런 사람들과 비교하면 20대 중반까지 마법이 없던 세계에서 살았던 젠지로의 마법 지식은 지식이라고 표현하기에도 민망했다.

하지만 주세페 왕태자는 고개를 흔들며 말했다.

"그거라면 역대 왕이 네 공작에게 보낸 마법 도구 목록을 보여 드리겠습니다. 제가 보내고자 하는 후보도 몇 개인가 있으니, 그것도 함께 표시해 두겠습니다."

젠지로는 순간적으로 '그렇게 다 결정해 두었으면, 굳이 저의 조언은 필요 없는 것 아닌가요?' 라고 말을 하려다가, 아슬아슬하게 말을 집어삼켰다.

'아니, 반대야. 그렇게까지 다 결정을 해 두었으면서도 굳이 내 조언이 필요한 이유가 있는 거겠지. 필요한 것은 유용한 조언이 아니라, 그냥 내 조언 그 자체인가?'

그런 생각까지 했으니, 다음 결론을 내는 것은 간단했다. 특별할 것은 없다. 지금까지와 똑같은 흐름이다.

이번 왕위 계승은 반쯤은 브루노 왕과 주세페 왕태자에 의한 불의의 습격 같은 것이었다. 시간을 들이면 들일수록 반대파에게 틈을 보이고 만다.

그렇기 때문에 네 공작에게 마법 도구를 증여할 때도 될 수 있으면 빨리 받아 주기를 바라는 것이다.

그럴 때, 젠지로의 이름은 확실히 도움이 된다.

'카파 국왕의 배우자 젠지로 폐하와 함께 고른 마법 도구'라는 설명이 더해지면, 트집을 잡을 만한 여지를 조금이라도 줄일 수 있다. 대충 그런 것이겠지.

'어차피 알고 있긴 했지만, 내 개인적인 능력 따위, 아우라의 남편이라는 지위 앞에서는 진짜 별것 아니구나.'

젠지로는 내심 그렇게 생각하며 쓴웃음을 지었다.

지금까지 젠지로에게 접근한 사람들은 젠지로를 '여왕의 배우자'라며 공경했고, 권위를 이용하려고 접근하거나 지위를 이용해 무언가를 이루어 달라고 부탁하는 사람이 대부분이었다.

젠지로 자신도 자신의 능력과 대국의 국왕 배우자라는 지위가 전혀 어울리지 않는다는 사실을 자각하고 있기 때문에 쓴웃음은 지어도 그것을 불만스럽다고 생각하지는 않았다.

오히려 주세페 왕태자가 그렇게까지 해서 도움도 안 될 자신의 '조언'을 원하는 이유가 뭔지 깨달아 속이 개운할 정도였다.

"알겠습니다. 도움이 될 만한 지혜는 없지만, 미력하나마 조언을 해 보겠습니다."

"다행입니다. 잘 부탁드립니다, 젠지로 폐하."

젠지로의 대답을 듣고 중년의 왕태자는 밝은 표정으로 웃었다.

그리고 능청스럽게 다음 말을 계속했다.

"그럼 네 공작에게 그렇게 전달하겠습니다."

태연한 말투였지만, 말의 내용 자체는 꽤나 노골적이었다.

젠지로는 네 공작의 대리인들과 사적 면담을 하기로 예정되어 있었다.

사전에 네 공작에게 '젠지로가 주세페 왕태자의 마법 도구 증여 상담 역할을 받아들였다'는 말이 전해지면, 더욱 열을 띠고 교섭을 하려고 할 게 틀림없었다.

솔직히 젠지로에게는 성가신 일이었다.

'하지만 처음부터 사정을 확실히 밝혀 주어야 더 일을 진행하기 편하긴 하려나?'

원래 천생 왕후귀족인 사람들과 속 떠보기 경쟁을 해서는 승산이 없는 젠지로였다.

그래서 처음부터 패가 다 드러나 있어야 더 대화하기 편한 감도 있었다.

그렇게 생각하며 정신을 가다듬은 젠지로는 미소를 계속 유지하며 말했다.

"그렇다면 네 공작 가문에게도 직접 어떤 마법 도구를 원하는지 물어봐도 괜찮을까요? 그런 행동이 만약 예법에 어긋난다면 물론 묻지 않겠습니다."

"아니요. 젠지로 폐하가 여쭤 주신다면 저희로서도 나쁠 것이 없습니다. 그러고 보니 네 공작 가문은 각각 따로 젠지로 폐하에게 초대장을 보냈었지요? 같은 일로 손님이 몇 번이나 같은 곳을 찾게 하는 것은 대단히 실례되는 일. 장소는 저희가 마련하겠으니, 네 분을 한꺼번에 만나 주십시오."

"······괜찮으신가요?"

허를 찔린 젠지로는 그렇게 확인했지만, 중년의 왕태자는 껄껄 웃으며 고개를 끄덕였다.

"네, 네 공작 본인이라면 몰라도, 왕도에 있는 대리인이라면 네 명 동시에 만나도 아무런 문제가 없습니다. 바쁘신 젠지로 님의 시간을 개별 방문으로 쓸데없이 낭비할 수는 없지요."

"그런가요······."

일단 표면상으로는 왕태자의 말에 동의했지만, 젠지로는 내심 이상하다는 생각이 들었다.

'네 공작을 가볍게 여긴다, 아니, 싫어하는 건가? 일단 표면상으로는 샤로와 왕가와 네 공작 사이에 갈등이 없는 듯했는데, 이건 주세페 왕태자 개인 문제인가?'

그런 생각이 들어 젠지로는 시야 끝에 있는 브루노 왕의 모습을 살폈지만, 적어도 늙은 왕은 아들의 말을 부정할 생각이 없는 듯했다.

'브루노 왕도 주세페 왕태자의 말을 부정하지 않네? 그렇다면 역시 네 공작과 사이가 그다지 좋지 않은 건가? 아니면 네 공작의 대리인의 문제? 착각인지는 모르겠지만, 주세페 왕태자가 네 공작의 대리인에 대해 말할 때의 말투가 꼭 루크레치아와 굉장히 비슷한 것 같은 기분이 들었어.'

딱 그런 생각을 했을 때였다.

"그런데 젠지로 폐하. 폐하를 돕도록 붙여 준 브로이 후작 가문의 루크레치아는 어떠셨습니까? 개인적으로도 브로이 후작 가문과는 모르는 사이가 아니라, 조금 신경이 쓰입니다."

마치 머릿속을 들여다본 것처럼 타이밍이 절묘한 질문을 듣고, 젠지로는 무심결에 반사적으로 대답을 하고 말았다.

"매우 배려심 넘치는 아가씨로, 아주 좋은 대접을 받고 있습니다. 그런데 주세페 전하가 직접 말을 걸어 주실 정도라니, 루크레치아 양의 생가인 브로이 후작 가문은 쌍왕국에서도 중요한 축에 속하는 가문인가 보군요."

"그렇습니다. 루크레치아의 '본가'인 브로이 후작 가문은 건국 이전부터 존재했던 명문입니다. 쌍왕국에는 없어서는 안 될 기둥 중 하나라고 할 수 있지요. 선대 브로이 후작 부인은 저의 바로 아래 남동생——제2 왕자인 필리베르토의 유모였던 인물입니다. 현재의 브로이 후작은 필리베르토의 젖형제에 해당하는 셈이지요."

갑자기 제2 왕자의 이름이 나와 이상하다고 생각하면서도, 젠지로는 감탄을 한 것 같은 표정으로 몇 번이나 고개를 끄덕였다.

"아주 중요한 가문의 따님이었군요. 그런 분일 줄은 몰랐습니다. 각별히 배려해 주셔서 정말 감사합니다."

표정을 숨기듯 고개를 숙이는 젠지로를 보고 중년의 황태자는 의젓하게 오른손을 흔들면서 대답했다.

"아닙니다, 당치도 않습니다. 카파 왕국 국왕의 배우자 되시는 젠지로 폐하이니, 이 정도 배려는 아주 당연한 일입니다. 루크레치아는 아직 젊지만, 자신이 귀족이라는 자각이 확실합니다. 폐하께서는 어렵게 생각 마시고, 자유롭게 부려 주십시오."

자유롭게 부린다, 라는 말에는 미인계와 관련된 의미도 포함되어 있을지 모른다. 샤로와 왕가는 젠지로의 혈통을 원한다. 젠지로가 루크레치아에게 손을 대더라도 환영을 할지언정 비난은 하지 않을 가능성이 높았다.

아마 루크레치아 자신도 그런 각오를 하고 있을 게 분명했다.

브루노 왕도 '원하는 것이 있다면 브로이 후작 가문의 루크레치아에게 말씀만 하시오'라고 말했다.

루크레치아라는 이름의 그 금발 소녀는 아무래도 샤로와 왕가에서 보낸 미인계 요인이 틀림없는 듯했다.

하지만 그런 것치고는 외모가 너무 어려서, 이런 상황에도 백 퍼센트 확신은 하지 못했지만.

아무튼 루크레치아와 샤로와 왕가 사이에 깊은 관련성이 있다는 사실을 알게 된 덕분에, 루크레치아와 주세페 왕태자가 공작가의 대리인을 경시하는 듯한 태도가 왜 비슷한지 언뜻언뜻 이해가 되었다.

'샤로와 왕가와 네 공작 가문. 어쩌면 뿌리 깊은 불화가 있을지도 모르겠어.'

"알겠습니다. 저에게 있어 이곳은 미지의 땅이니, 루크레치아 양을 의지하도록 하겠습니다."

젠지로는 내심 더욱 경계를 하면서도, 미소를 지으며 그렇게 대답했다.

◆

그리고 3일 후.

젠지로는 '자란궁'의 한 방에서 네 공작 가문의 대리라고 하는 사람들과 만났다.

"처음 뵙겠습니다, 젠지로 폐하. 저는 엘레하류코 족장 가문의 장녀, 슈라입니다."

그렇게 말하며 아우라와 닮은 붉은 머리카락을 포니테일로 묶은 눈초리가 위로 올라간 '미소녀'가 고개를 숙였다. 나이대는 십 대 중반에서 후반 정도일까. 일본 기준으로 하면 고등학생 정도로 보였다.

"현재 리야폰 족장의 셋째 딸, 나짐이라고 합니다. 젠지로 폐하, 잘 부탁드립니다."

이어서 그렇게 자기소개를 한 사람은 옆에 서 있던 사람이었는데, 이번에도 역시 '미소녀'였다.

푸른빛을 띤 회색 머리카락을 똑바로 내린 모습으로, 역시 푸른색이 섞인 회색 눈동자를 가늘게 뜨며 온화하게 웃고 있었다. 키는 옆에 서 있는 붉은 포니테일 소녀——슈라보다도 머리 반 개 정도 작았지만, 나이는 거의 비슷해 보였다.

그리고 그 옆에 서 있던 두 '미녀'가 말을 계속했다.

"엘레멘타카트 공작의 대리인으로서 찾아왔습니다. 타라예라고 합니다, 젠지로 폐하. 만나 뵐 수 있는 행운을 얻어 매우 기쁘기 그지없습니다."

엘레멘타카트 공작의 대리인, 타라예는 네 사람 중에서 유일하게 외모가 서양 쪽에 가까웠다. 머리카락은 완만한 웨이브가 진 금발로, 눈동자도 짙은 호박색이었다. 단지, 피부는 조금 거무스름했고, 얼굴도 이목구비가 아주 뚜렷하지는 않아서 완전히 서양 쪽이라고는 하기 힘든 것을 보면, 아마도 사막 민족과 이민족의 혼혈인 듯했다. 나이는 스무 살 안팎이 아닐는지.

"아니미얌 공작 가문의 피크리야라고 합니다. 오늘은 저희들을 위해서 시간을 내 주셔서 진심으로 감사드립니다. 젠지로 폐하."

그리고 마지막으로 이름을 말한 아니미얌 공작 가문의 피크리야
는 대조적으로 딱 사막 민족 같은 외모였다.

검은 머리카락, 검은 눈동자, 거무스름한 피부. 나이는 스무 살
을 몇 살 정도 넘은 정도일까. 키는 네 사람 중에 가장 작았지만,
나이는 네 사람 중에서 가장 많은 듯했다.

매끄러운 검은 머리카락을 아깝게도 목덜미가 보일 정도로 짧게
자른 모습으로, 흑요석같이 빛나는 커다란 두 눈동자에서는 전혀
감정다운 감정이 느껴지지 않았다.

그 탓에 여성적인 매력은 상당히 줄어들었지만, 얼굴 그 자체는
'미녀'라고 부르기에 전혀 부족함이 없을 만큼 단정했다.

붉은 머리카락의 슈라, 청회색 머리카락의 나짐, 금발의 타라예,
검은 머리카락의 피크리야.

누구 한 명 빼놓기 어려운 네 명의 미녀, 미소녀들.

네 공작의 대리로서 파견된 사람들이 모두 묘령의 미인인 것을
보고도 상황을 파악하지 못할 만큼 젠지로도 둔하지는 않았다.

'아아, 그렇구나. 루크레치아가 네 공작 대리에게 신랄한 말을
한 이유를 이제 좀 알겠어. 심오한 사정으로 대립했기 때문이 아니
라, 그냥 『라이벌』이라 그런 거였구나.'

그런 사정을 깨달은 젠지로는 눈끝으로 힐끔 옆에 대기하고 있

는 루크레치아의 표정을 들여다보았다.

루크레치아는 나이보다 어려 보이는 얼굴에 천진난만한 미소를 띠고 있었지만, 표정근은 조금 전부터 전혀 움직일 생각을 하지 않았다.

그야말로 '눌어붙은' 것처럼 부자연스럽기 그지없는 미소였다.

루크레치아 브로이가 샤로와 왕가의 미인계 요원이듯이, 이 여자들 네 사람도 네 공작 가문이 보낸 미인계 요원인 듯했다.

당연히 목적은 루크레치아와 일치했다. 루크레치아나 그 배후에 있는 주세페 왕태자나 브루노 3세가 이 네 사람에게 호의적이지 않은 것도 당연한 이야기였다.

하지만 각 소녀들에게 어떤 목적이 있든 간에, 젠지로는 그들에게 어울려 줄 필요가 전혀 없었다.

"카파 왕국 여왕, 아우라 1세 폐하의 반려, 젠지로다. 모두의 인사는 잘 받았다."

젠지로는 그렇게 말한 뒤, 우아하게 인사한 네 여자들에게 앉을 것을 권했다.

허가를 얻은 네 여자들이 우아하게 의자에 앉은 모습을 확인한 다음, 젠지로가 천천히 입을 열었다.

"그런데 솔직히 놀랍군. 쌍왕국이 자랑하는 네 공작의 대리인이 모두 다 아름다운 한창때의 여성들일 줄이야. 정말로 '전혀 예상 밖'이야."

이때 젠지로가 말한 '전혀 예상 밖'이라는 말은 '이쪽은 처음부터 남녀 사이가 될 생각이 전혀 없다'라는 뜻을 은연중에 내비친 것이었다.

하지만 비록 젊지만 네 공작의 처녀들은 그 정도로 동요한 모습을 드러낼 정도로 경솔하지 않았다.

"저도 사실은 매우 놀라는 중이랍니다. 비록 족장인 아버지의 대행으로서 조금 힘에 부치기는 하지만, 부족의 대표로서 부끄럽지 않도록 열심히 노력할 작정입니다."

붉은 머리카락을 포니테일로 묶은 슈라는 당당하게 미소를 지으며 그렇게 말했고.

"그러신가요? 그럼 이 예상치 못했던 만남을 좋은 기회라고 생각하실 수 있도록 저도 최선의 노력을 다하겠습니다."

청회색 머리카락을 똑바로 늘어뜨린 나짐은 그렇게 말하며 입매에 살짝 미소를 지었다.

"젠지로 폐하께서 놀라게 하여 정말 죄송합니다. 엘레멘타카트 공작 가문은 카파 왕가와 좋은 관계를 맺기를 원하고 있으니, 아무쪼록 만회할 기회를 주셨으면 합니다."

완만한 웨이브가 진 금발의 타라예는 친해지고 싶다는 사실을 전혀 숨기지 않은 채, 정숙한 미소를 던졌고.

"저도 아니미얌 공작에게 대리를 맡으라는 이야기를 듣고 매우 놀랐습니다. 하지만 저에게도 틀림없는 호기이기 때문에 기쁘게 받아들였습니다. 젠지로 폐하. 부디 폐하의 나라가 어떠한지 이야기를 들려 주십시오."

둥그런 광택이 날 정도로 윤기 넘치는 머리카락을 지닌 피크리야는 고개를 작게 갸웃하며 미소를 지었다.

각각 마음속에 지닌 감정이 모두 다르다는 것을 알 수 있는 다양한 미소였지만, 젠지로로서도 그 미소가 모두 매력적이라는 사실만큼은 인정할 수밖에 없었다.

적어도 옆에 서 있는 금발의 사이드 테일 소녀──루크레치아의 딱 봐도 억지웃음인 그것보다는 확실히 매력적이었다.

'그런 점에서 루크레치아는 조금 미숙한 편이지? 나이를 생각하면 당연한 이야기일지도 모르지만.'

조금 실례되는 그런 생각을 하면서, 젠지로는 적어도 겉으로는 웃으며, 네 미녀들과 담소를 나누기 시작했다.


처음에는 오늘의 날씨나 좋아하는 색, 각각의 취미 등, 비교적 아무래도 좋은 잡담을 하다가, 젠지로는 미녀 네 명을 두 종류로 분류할 수 있다는 사실을 깨달았다.

아니, 정확하게 말하면 그 분류 자체는 만난 순간부터 눈치챘지만, 그게 단순히 겉보기의 문제가 아니라 더 근본적인 문제라는 점을 깨달았다.

"그건 그렇고, 슈라와 나짐은 사막 민족 의상이지만, 타라예와 피크리야는 북대륙에서 유래한 의상인데, 그건 각자 개인의 취향일 뿐인 건가?"

젠지로의 말대로 슈라와 나짐은 기마 민족 같은 의상을 두르고 있는 반면, 타라예와 피크리야는 서양풍 드레스 차림이었다.

지금까지 대화를 나누면서 의상이 다른 이유가 단순히 취미의 문제가 아니라는 점을 눈치챘지만, 젠지로는 시치미를 떼고 아무렇지도 않은 표정으로 그렇게 말을 꺼냈다.

　가장 처음에 반응한 사람은 네 사람 중 가장 젊은 슈라였다.

　"취향이라고 한다면 취향이지만, 마음가짐의 문제라고도 할 수 있습니다. 족장 가문의 딸로서 주룡을 타지 못하는 옷은 처음부터 선택을 하지 않았으니까요."

　그렇게 말하며 슈라는 자랑스럽게 살집이 적은 가슴을 쭉 폈다.

　슈라의 말대로 슈라와 나짐이 입은 민족 의상은 장식이 반짝여서 한눈에 봐도 여자 옷이긴 했지만, 아래쪽은 바지와 비슷했다.

　확실히 용의 등에 올라타도 큰 문제는 없을 듯했다.

　"엘레멘타카트 공작 가문은 정착해 살고 있어 복식을 포함한 생활 양식은 모두 왕족과 동일합니다. 여성의 이동에는 항상 용차를 사용하니, 이런 드레스가 가장 일반적이지요."

　그렇게 슈라와 상반되는 내용을 슈라와는 상반되게 풍만한 가슴을 펴고 말한 사람은 바로 타라예였다.

　슈라의 치켜 올라간 눈의 갈색 눈동자와 타라예의 처진 눈의 호박색 눈동자가 서로의 모습을 비춘 찰나의 시간, 두 사람 사이에서 튄 불꽃을 젠지로는 민감하게 포착했다.

　남은 두 사람, 나짐과 피크리야가 쓴웃음을 짓고 있는 모습을 보니, 슈라와 타라예의 대립은 이미 잘 알려진 사실인 듯했다.

　"호오. 네 공작 가문, 네 족장 가문이라고 뭉뚱그려 말할 때가 많지만 풍습은 상당히 다르다는 거군. 아주 흥미로워."

　일단 그렇게 무난한 말을 늘어놓으면서 젠지로는 머릿속으로 생각했다.

'아하. 엘레하류코 공작 가문과 리야폰 공작 가문은 쌍왕국 성립 후에도 지금까지 방랑 민족의 생활 양식을 계속 유지하고 있는 거야. 반대로 엘레멘타카트 공작 가문과 아니미얌 공작 가문은 왕가의 영향을 받아 방랑을 멈추고 정착민이 된 거고. 그러니 문화나 풍습이 각자 다를 수밖에.'

조금 대략적인 구분이긴 하지만, 네 공작 가문은 독자적인 사막 민족이라는 것을 자랑스럽게 생각하는 엘레하류코, 리야폰 가문과 확실하게 왕가의 신하가 되어 주룡을 타고 방랑하는 생활 대신 정착을 선택한 엘레멘타카트, 아니미얌 가문으로 나눌 수 있었다.

수백 년의 시간이 흐르자 그 차이가 이런 형태로 나타나고 있는 것이다.

사막 부족에 전해지는 민족 의상과 북대륙에서 전래된 드레스라는 복장이 가장 알기 쉬운 차이점이지만, 차이점은 그 외에도 또 있었다.

조금 전부터 엘레하류코 가문의 슈라와 리야폰 가문의 나짐은 자신의 집안을 '족장 가문'이라고 부른 데 반해, 엘레멘타카트 가문의 타라예와 아니미얌 가문의 피크리야는 자신의 집안을 '공작 가문'이라고 불렀다.

양쪽 호칭 모두 틀린 것은 아니지만, '족장 가문'이라는 말에서는 독립된 부족이라는 자부심이 느껴졌고, '공작 가문'이라는 호칭에서는 쌍왕국의 중진이라는 자신들의 입장을 의식하고 있다는 사실이 느껴졌다.

젠지로는 새삼 머릿속에서 정리를 해 보았다.

'으으음, 쌍왕국은 북대륙에서 건너온 이민족과 처음부터 이 사막에 살던 사막의 방랑민 두 종류가 있다. 오랜 세월 동안 융화되긴 했지만, 어느 정도는 대립하고 있다. 그리고 이민족의 수장인 왕족은 샤로와 왕가와 지르벨 법왕가 두 가문이 완전히 동격으로 병립되어 있지만, 수면하에서는 대립하는 중이다. 한편, 현지 민족인 사막의 방랑 민족은 네 부족으로 이루어져 있고, 각 부족의 족장 가문이 네 공작이기도 하다. 그중 엘레하류코 공작 가문과 리야폰 공작 가문은 사막 방랑 민족의 생활 양식을 바꾸지 않고 왕가와도 거리를 둔 반면, 엘레멘타카트 공작 가문과 아니미얌 공작 가문은 정착하여 왕가와 거리를 좁히고 있다. 당연히 엘레하류코 공작, 리야폰 공작 가문과 엘레멘타카트 공작, 아니미얌 공작 가문 사이에는 어느 정도 간극이 있다. 그리고 이번 샤로와 왕가 왕위 계승의 정당한 왕위 계승자인 주세페 왕태자와 막내 남동생인 라르고 왕자 사이에도 대립의 징조가 보인다……. 이 나라, 완전히 대립투성이잖아.'

어떤 나라나 권력 중추에서의 인간관계가 매우 복잡해 미궁 상태라고 들었는데, 역시 이 정도면 남대륙 모든 국가 가운데에서도 톱클래스가 아닐지.

적어도 자신이 함부로 목을 들이밀었다가는 그냥 데이는 정도로는 끝나지 않을 듯했다. 그런 사실을 확신한 젠지로는 가능한 한 어느 진영도 편들지 않기로 새삼 마음속으로 맹세했다.

그렇다면 어설프게 잡담을 계속해서 친밀해지는 것보다 얼른 용건을 끝내는 편이 좋다.

　"그건 그렇고, 그대들도 주세페 왕태자에게 이야기를 아마 들었으리라 생각한다만. 주세페 왕태자가 왕위를 이을 때 네 공작에게 어떤 마법 도구를 증여하면 좋을지 주세페 왕태자는 나에게 조언을 구했다."

　"네, 알고 있습니다."

　그렇게 소리를 내어 대답한 사람은 슈라 한 사람이었지만, 다른 세 사람도 모두 그때까지의 웃음을 그치고 진지한 표정을 지었다.

　당연하다고 하면 당연하지만, 네 공작 가문의 사람에게도 마법 도구 증여는 자연히 표정이 심각해지는 문제인 모양이었다.

　"하지만 나는 마법도, 네 공작에 대해서도 잘 모른다. 그래서 무미건조하긴 하지만 그대들에게 직접 물어보기로 했다. 네 공작은 각각 어떤 마법도구를 원하지?"

　젠지로의 말을 듣고 네 공작의 대리를 맡은 여자들은 잠시 긴장감 넘치는 침묵을 지켰다.

　각각 원하는 마법 도구가 있다고 하더라도 다른 집안의 사람이 있는 곳에서 솔직히 말을 해도 좋은지 판단하기가 어려운 듯했다.

　서로 견제하듯 시선을 주고받으며 침묵이 잠시 계속되었다.

　가장 처음으로 입을 연 사람은 조금 전과 마찬가지로 붉은 포니테일을 한 소녀――엘레하류코 공작 가문의 슈라였다.


　"젠지로 폐하. 그렇다면 저는 '화염책(火炎柵)'을 희망합니다."

아무래도 슈라는 기가 세 보이는 얼굴대로, 시원스런 성격인 듯 했다.

'화염책'이란 마법 도구는 젠지로도 들은 적이 있었다. 며칠 전, 주세페 왕태자가 건네준 과거 샤로와 왕족이 네 공작에게 보낸 마법 도구 리스트 안에 그 이름이 적혀 있기도 했다.

효과는 이름 그대로다. 화염 울타리로 임의의 한정된 범위를 둘러싸는 것.

가축으로 키우는 용종(龍種)을 야생의 육식 용종에게서 지킬 때에도 사용할 수 있고, 야생 용종을 사냥할 때에도 덫으로 사용할 수 있다.

주된 산업이 광대한 사막에서의 유목과 수렵인 엘레하류코 공작 가문에게는 확실히 유용한 마법 도구다.

처음으로 말을 꺼낸 슈라에게 이끌리듯이 남은 세 사람도 각자 원하는 물건이 무엇인지 말을 하기 시작했다.


"저는 '쌍연지(雙燃紙)'를 몇 장 정도 받고 싶습니다. 계속 움직이는 '공도(公都)'와 왕도가 서로 연락할 수 있는 수단이 하나라도 많았으면 하니까요."


그렇게 말한 사람은 리야폰 공작 가문의 나짐이었다. 리야폰 공작 가문도 엘레하류코 공작 가문과 마찬가지로, 아직 사막의 유랑민족 시절의 생활을 그대로 유지하는 일족이었다.

그렇기에 '공도'란 리야폰 공작이 이끌고 움직이는 부족의 텐트촌을 가리켰다.

'공도'는 그때그때의 바람 방향이나 물가의 수량, 초원의 우거진 정도로 간단히 이동 루트를 변경하는데, 그곳에 뒤늦게 합류하기란 같은 리야폰 가문의 사람이라도 꽤 어려운 일이었다.

그런 점에서 보면, '공도'에 있는 사람에게 직접 '지금 어디 있어?' 하고 구체적으로 물어볼 수 있는 '쌍연지'는 아무리 많아도 모자라다는 것이 왕도에 사는 리야폰 공작 가문 가신들의 본심이었다.

"그렇다면 저는 '진수화(眞水化)'라는 마법 도구가 가장 필요불가결하지 않을까 하고 생각합니다. 우리 나라의 국토 대부분은 사막이니, 물은 그 무엇보다 귀중하기 때문입니다."

짧지만 윤기가 넘치는 검은 머리카락을 찰랑거리며 그렇게 말한 사람은 아니미얌 공작 가문의 피크리야였다.

이쪽도 아니미얌 공작 가문으로서는 지극히 당연한 요구였다.

정착민이 된 아니미얌 공작 가문의 영지에는 쌍왕국 유일의 호수가 존재한다. 단, 그 호수에는 매우 염도가 높은 물이 담겨 있다.

바닷물의 두 배가 넘는 농도를 자랑하는 그 소금물에는 당연히 일부 적응력이 매우 뛰어난 특이 수룡 이외에는 아무것도 살지 않는다.

염분 농도가 너무 높아서 그대로는 음료수로 사용할 수도 없고,

농업용수로도 사용할 수 없지만, 다행히 이쪽 세계에는 편리하게 도 마법을 사용할 수 있다.

'진수화' 마법을 사용하면 목을 태우는 듯한 소금물도 순식간에 사람과 용의 목을 촉촉하게 만드는 담수로 변해 버린다. 게다가 부 산물로 소금도 얻을 수 있다.

그리고 '진수화' 마법 도구가 있으면 아니미얌 공작 가문은 평소 보다 더욱 대량의 담수를 생산할 수 있다.

물론 지금도 아니미얌 공작 가문은 샤로와 왕가와 교섭하여 여 러 '진수화' 마법 도구를 구입한 상태지만, 이번 기회에 하나 더 손 에 넣으면 물론 그보다 더 좋은 일은 없다.

그리고 여성 세 사람이 원하는 물건을 말한 이상, 당연하게도 모두의 시선은 남은 한 명에게로 쏠릴 수밖에 없었다.

젠지로를 비롯한 그 자리에 있던 사람들의 시선을 한 몸에 받은 금발 미녀는 그 풍만한 가슴을 앞으로 내밀듯이 등을 쭉 뻗더니, 생긋 웃으며 말을 꺼냈다.


"젠지로 폐하. 저는 '공간 차단 결계' 마법 도구를 원합니다."


그것은 아무리 진정하려고 해도 엄청난 충격을 안겨 줄 수밖에 없는 발언이었다.

아니나 다를까.

"타라예?! 이 자식. 지금 자기가 무슨 말을 했는지 알고는 있는 거야?!"

슈라는 갈색 얼굴을 머리카락처럼 붉게 물들이며 엄청나게 격분했고,

"타라예?!"

나짐은 청회색 눈동자를 번쩍 뜨며 경악에 가까운 놀라움을 표했다. 그리고,

"타라예. 의도는 알지만, 역시 그 요망은 받아들여지기 어려울 거예요."

피크니야는 검은 두 눈동자를 가늘게 뜨더니, 윤기 넘치는 검은 머리카락을 흔들 듯 고개를 저으며 타일렀다.

실제로도 세 사람의 말이 옳았다.

타라예가 원한 '공간 차단 결계'란, 이름을 보면 알 수 있듯이 '시공마법'이다. 당연히 사용할 수 있는 사람은 카파 왕국의 왕족뿐이었다.

즉, 타라예는 젠지로에게 마법 도구를 만드는 데 협력해 달라고 말한 것이다.

마법 도구를 만들려면 보통은 간단한 것이라도 몇 개월, 어떤 물건인가에 따라서는 연(年) 단위의 시간이 필요한 경우도 적지 않다.

임신 중인 사랑하는 아내를 나라에 남겨 두고 온 젠지로에게 있어, 그 제안은 고려조차 할 수 없는 것이었다.

그렇지만 이쪽이 의견을 물어 놓고, 네 공작 대리의 의견을 단칼에 거절하는 것도 모양새가 좋지 않았다.

"역시 그건 조금 어려울 것 같은데, 타라예는 왜 '공간 차단 결

계' 마법 도구를 원하는 거지?"

'공간 차단 결계'는 젠지로가 현재 사용 가능한 세 가지 마법 중 하나이다.

그 이름대로 공간을 차단하여 안쪽을 지키는 매우 강력한 결계 마법이지만, 효과 시간이 매우 짧기 때문에 그 마법 하나만으로는 거의 마법 효과를 얻을 수 없었다.

하지만 그것을 마법 도구로 만든다면, 이야기가 달라진다. 오랜 시간 발동할 수 있으면 '공간 차단 결계'는 매우 도움이 된다.

젠지로의 질문에 금발 미녀는 더욱 유혹적인 요염한 미소를 지으면서 속삭이는 듯한 말투로 대답했다.

"바로 '광산' 때문입니다. 부끄러운 이야기이지만, 저희 영지의 광산에서는 매년 적지 않은 광부가 사고로 죽습니다. 광부라고 하면 다들 그냥 힘만 쓰는 일이라고 생각하지만, 실은 상당한 전문직입니다. 그러다 보니, 인재의 손실을 가능한 한 줄일 수 없을까 항상 생각하고 있었습니다."

예상보다 훨씬 정당하고 올바른 주장이었다.

"그 광산은 '금광'인가?"

질문이라기보다는 확인에 가까운 말투로 젠지로가 묻자, 타라예는 계속 요염한 미소를 지은 채 고개를 끄덕였다.

"네. 말씀대로입니다."

샤로와·지르벨 쌍왕국은 남대륙에서 두 국가밖에 없는 금화 제조국 중 하나이지만, 금광을 보유한 곳은 샤로와 왕가도 지르벨 법왕가도 아니었다.

바로 타라예의 본가인 엘레멘타카트 공작 가문이었다.

엘레멘타카트 공작령에 존재하는 금광맥은 100년 이상의 역사가 있는데도 불구하고 전혀 마를 생각을 안 할 정도의 대광맥이지만, 그만큼 오랜 세월에 걸쳐 계속 파다 보니 지금 채굴이 진행되는 곳은 필연적으로 땅속 깊숙한 곳이 될 수밖에 없었다.

게다가 금광맥이 있는 곳은 광대한 사막의 한가운데라는 최악의 지형이었다. 흙 마법을 사용해 벽이나 천장을 강화하기는 했지만, 지반이 약하기 때문에 붕괴는 일상다반사였다.

지하에서 솟구치는 유독 가스나 어느 정도의 모래와 작은 암석이라면 바람 마법으로 막을 수 있지만, 대규모로 붕괴될 경우에는 바람 마법을 사용해 봐야 무력한 저항에 불과했다.

그러나 '공간 차단 결계'는 설사 천장이 완전히 붕괴되더라도 꿈쩍도 하지 않는다. 완전히 밀폐되어 있기 때문에 장시간 사용하려면 바람 마법으로 안의 공기를 정기적으로 정화해 줄 필요가 있었지만, 광부의 안전을 확보한다는 의미에서는 매우 크나큰 의의가 있었다.

"그래, 그게 있으면 확실히 유리하겠지. 하지만 역시 이번에는 단념해 달라고 할 수밖에 없겠군."

엘레멘타카트 공작 가문의 입장에 이해를 표하면서도, 젠지로는 그렇게 확실히 거절했다.

아마 그런 대답이 나오리라 예상하고 있었겠지.

타라예는 계속 웃으며 고개를 끄덕인 뒤,

"네. 알겠습니다. 그런데 젠지로 폐하. 우리 나라의 프란체스코 전하와 보나 전하가 카파 왕국에 머물고 계시다고 들었는데, 폐하께서는 두 분과 친하신가요?"

그렇게 조금 어긋난 질문을 던졌다.

"글쎄, 친하다고 하기는 어려울지 모르지만, 두 전하께서 나를 친근하게 대해 주시기는 하지."

의도를 모른 채, 젠지로가 그렇게 솔직히 대답하자, 타라예는 몸을 살짝 앞으로 내밀면서 말했다.


"그러신가요? 그렇다면 나중에 '카파 왕국에 머물고 계시는 두 전하'에게 엘레멘타카트 공작 가문에서 정식으로 마법 도구 제작 의뢰를 드릴지도 모릅니다. 그때는 아무쪼록 잘 부탁드립니다."


그 말을 듣고 젠지로는 겨우 깨달았다.

'아, 맞아, 그렇구나. 마법 도구를 손에 넣는 경로가 새 왕의 즉위 기념 증여만 있는 것은 아니니까. 그냥 샤로와 왕가 사람에게 의뢰해서 구입하는 것도 가능해.'

꼭 젠지로가 쌍왕국 왕도 체재 기간을 연장해서 만들어야 할 필요는 없는 것이다.

현재 카파 왕국의 왕도에는 프란체스코 왕자와 보나 왕녀라는 부여마법 사용자가 머물고 있다. 그러니 젠지로가 카파 왕국에 돌아가 그쪽에서 느긋하게 만들어도 아무런 문제도 없다.

물론 그 경우에는 증여가 아니기 때문에 상당한 고액의 보수를 지불할 필요가 있겠지만, 커다란 금맥을 보유한 엘레멘타카트 공작 가문으로서는 결코 지불하기 힘든 금액이 아니었다.

　"하지만 이번에는 역시 받을 수 없다는 말씀이군요. 잘 알았습니다. 그렇다면 저는 '토경화(土硬化)' 마법 도구를 얻었으면 하고 희망합니다."

　역시나라고 해야 할지, 타라예는 '공간 차단 결계' 마법 도구는 나중에 의뢰와 구입을 하겠다고 의사 표시만을 한 채, 더 이상 재촉하지 않고 다음 제안을 꺼냈다.
　이쯤에서 젠지로는 확신했다.
　'이 아이들. 당연하지만 단순한 미인계 요원들은 아니야. 그 이전에 각자가 모두 공작 가문을 대표하는 교섭인인 거였어.'
　젠지로에게 자신의 혈족을 접근시켜, 기회만 되면 혈통마법을 훔치려 한다.
　그것이 주목적이긴 하더라도, 이 여자들의 목적이 오직 그것 하나라고 단정하는 것은 너무나도 성급한 일이었다.
　적어도 풍성한 금발과 풍만한 가슴을 자랑하는 요염한 미녀——엘레멘타카트 공작 가문의 타라예는 자신의 매력을 어필하는 것이 아니라 엘레멘타카트 공작 가문과 카파 왕가 사이에 직접적인 교역 루트를 뚫는 것이 주된 목적 같았다.
　'위험해, 너무 위험해. 젊고 외모가 아름다우니까 그만 방심을

하고 말았어. 이 아이들, 교섭인으로서의 실력은 나보다도 위야.'

"좋다. 너희들의 의견은 주세페 폐하에게도 반드시 전달하겠다고 약속하지. 나도 비록 지혜가 부족하지만 최대한 좋은 제안이 없을까 고민해 보겠다."

새삼 자신을 타이른 젠지로는 이 이야기를 얼른 끝내려고 그렇게 말했다.
"네, 잘 부탁드립니다."
"모두 맡기겠습니다, 젠지로 폐하."
"양쪽이 모두 최선의 결과를 얻기를 바랍니다."
"괜찮으시다면 앞으로도 계속 의견을 교환하고자 합니다, 젠지로 폐하."

젠지로의 말을 듣고 미녀 네 명은 정중하게 고개를 숙였다.

◆

네 공작의 대리인인 네 미녀와 면담을 마친 젠지로는 호위 기사와 병사들에게 둘러싸인 채 '자란궁'의 별채로 돌아갔다.
이 별채가 쌍왕국에 머무는 동안 젠지로의 집이나 마찬가지였지만, 역시 이곳은 돌아오더라도 좀처럼 '집에 왔다'는 기분이 들지는 않았다.

게다가 옆에는 금발 사이드 테일 소녀가 대기하고 있으니 더욱더 그랬다.

루크레치아 브로이.

샤로와 왕국이 젠지로를 도우라고 붙여 준 필두 미인계 요원.

나이는 이제 막 성인이 됐다고 하니 아마도 세는나이로 열다섯 살 정도이겠지만, 겉보기에는 두세 살 정도 더 어려 보였다.

귀여운 얼굴로 보호욕을 자극하는 작고 가냘픈 몸은 확실히 매력적이라 할 만했지만, '미인계'가 가능한 여성이라는 의미의 매력은 아니었다.

그 때문에 젠지로도 본격적인 위기감을 느끼지 못해, 노골적으로 거리를 두고 있지는 않았다.

"수고하셨습니다, 젠지로 폐하."

"루크레치아야말로 수고 많았다. 그곳에 앉아 잠시 같이 차를 마시는 게 어떤가?"

젠지로는 그렇게 말하며 루크레치아에게 맞은편 소파에 앉으라고 재촉했다.

"네, 그럼 말씀대로 따르겠습니다. 실례합니다."

"이네스, 차 두 잔 좀 부탁하네."

"알겠습니다."

시녀 이네스가 솜씨 좋게 내 온 차가 젠지로와 루크레치아의 앞에 한 잔씩 놓였을 때, 젠지로가 천천히 입을 열었다.

"그런데 네 공작의 대리인들을 보고 무척 놀랐다. 루크레치아는 그 사람들과 친분이 있는가?"

젠지로의 질문을 듣고 루크레치아는 백자 티컵을 손에 든 채, 작게 고개를 기울였다.

"음, 사교장 같은 곳에서 최소한 한 번은 얼굴을 마주친 적이 있습니다. 하지만, 슈라 님과 나짐 님은 평소에는 '공도'에 살고 계시니, 거의 처음 만나는 것이나 다름없습니다."

슈라의 본가인 엘레하류코 공작 가문과 나짐의 본가인 리야폰 공작 가문은 모두 아직도 사막에서 방랑 생활을 계속하는 일족이었다.

그 '공도'에 산다고 하는 것은 두 사람도 여전히 주룡을 타고 사막을 방랑하는 생활을 한다는 말이었다.

"굉장한걸. 부끄럽게도 주룡에 타지 못하는 나로서는 그것만으로도 존경스러워."

농담을 섞으며 그렇게 말했지만, 사실은 젠지로의 본심이었다.

젠지로는 주룡이라는 판타지스러운 생물의 등에 말처럼 올라타 달리는 모습을 동경했다.

그것도 한두 사람이 아니라, 몇 백, 몇 천에 달하는 사람들이 주룡에 올라타 사막을 방랑하며 살아가고 있다니, 상상만 해도 가슴이 마구 두근거렸다.

사랑하는 아내인 아우라가 임신을 하지만 않았어도 교섭을 하여 한 번쯤 그 사람들의 '공도'에 합류해 보고 싶을 정도였다.

"그럼 루크레치아는 그 사람들에 대해 잘 모르겠군."

아쉬운 듯 어깨를 늘어뜨리는 젠지로를 보고, 루크레치아는 큰 녹색 눈동자를 빙글빙글 돌려 무언가를 떠올리려고 하며 필사적으로 말을 이었다.

"아니요. 교류는 없지만 모두 저명한 분들이니, 전혀 모르는 것은 아닙니다."

"호오."

그 목소리와 시선만으로도 젠지로가 계속 말을 해 달라고 재촉한다는 사실을 깨달은 듯, 루크레치아는 시원스러운 말투로 말을 계속했다.

"슈라 님은 현 엘레하류코 공작 정실의 장녀로, 매우 자부심이 강한 분이라고 들었습니다. 네 공작이 아직 네 부족이라고 불렸을 무렵에 가장 지위가 높았던 엘레하류코 공작 가문의 피와 역사를 그 누구보다도 자랑스럽게 생각하고, 그 피를 이은 자로서 부끄럽지 않기 위해, 매일 자신을 갈고 닦으신다 합니다."

"그래, 확실히 그런 인상이었다."

젠지로는 동의하면서도 내심으론 조금 위화감을 느꼈다.

네 공작, 또는 네 부족의 피와 역사에 긍지를 가지고 있다고 한다면, 슈라는 사실 다른 나라의 왕족인 젠지로와 맺어지기를 원하지 않는 것이 아닐까?

젠지로가 그렇게 작은 의문을 떠올리는 와중에도 루크레치아는 설명을 계속했다.

"나짐 님은 현 리야폰 공작의 셋째 딸입니다. 어머니는 둘째 부인으로, 온화하고 대인 관계가 좋은 분이라고 들었습니다. 또, 젊은 여성임에도 드물게 용을 좋아하셔서, 솔선해 주룡을 돌보기도 하신다고 합니다. 알을 낳을 때에는 용의 텐트 안에서 하룻밤을 지내기도 하신다고 하네요."

"호오, 주룡을."

매우 흥미로운 정보기는 했지만, 역시 조금 위화감이 느껴졌다.

주룡은 당연하지만 엄연한 가축이다. 주룡을 돌보는 일은 아무래도 깔끔한 일이 아니었다. 그런데 공작의 딸이 가축이 사는 오두막에서 밤을 보내다니, 자칫하면 뒷말이 무성해질 수도 있는 일이었다.

"타라예 님은 엘레멘타카트 공작의 조카에 해당하는 분입니다. 어머니는 저희처럼 북쪽 대륙을 조상으로 둔 귀족이라, 용모는 저희 쪽에 가까우시죠. 귀족 여성으로서는 매우 선진적인 생각을 가진 분으로, 집안을 풍요롭게 만들기 위해 상인을 비롯한 다양한 사람들과 직접적으로 교류하는 것도 개의치 않으시는 분입니다."

"확실히 참 보기 드문 여성이군."

젠지로의 입장에서는 직접 상인과 교섭하여 집과 영지를 풍요롭게 하려는 그 생각이 매우 멋지게 보였지만, 이곳 남대륙의 가치관에서는 별로 칭찬받지 못하는 행동이었다.

'거짓말을 하지야 않았겠지만, 이 아이, 일부러 네 사람의 단점으로 보일 만한 점을 가르쳐 주고 있는 것 같은데.'

그런 생각은 다음 설명 덕분에 확신으로 변했다.

"마지막으로 피크리야 님은 아니미얌 공작 가문의 방계 출신입니다. 현재는 아니미얌 공작의 양녀가 되셨지요. 매우 총명하고 지적 호기심이 왕성한 분이라고 어렸을 때부터 유명하셔서 네 사람 중에서는 가장 이름이 잘 알려져 있는 분입니다. 물 마법을 중심으로 놀라우리만치 많은 마법을 습득하셨고, 나중에는 몇 가지인가 독자적인 마법까지 만드셨다고 하더군요. 단지, 공작 가문의 피를 이었다고는 하지만 말단에 가까운 방계 출신이라, 마력량이 적어 대마법은 지식으로만 알고 있을 뿐 발동은 하지 못한다고 합니다."

마력량이 적다는 것은 왕족의 반려로서 매우 불리한 점이다. 특히 젠지로의 경우에는 왕족의 기준으로 보면 결코 마력이 풍부하다고는 하기 어려웠기 때문에, 상대가 되는 여성의 마력이 너무 낮으면 그 영향을 받아 태어나는 아이가 혈통 마법을 발동하지 못할 가능성이 높았다.

'아…… 틀림없어. 일부러야. 일부러 내가 네 사람에게 흥미를 가지지 못하도록, 결점이 될 만한 정보를 알려주고 있어.'

루크레치아의 입장을 생각해 보면, 당연하다고도 할 수 있는 행동이었다.

그리고 그런 행동은 루크레치아가 젠지로를 유혹하는 미인계 역할을 진심으로 수행하고 있다는 증거라고도 할 수 있었다.

하지만 젠지로로서는 쓴웃음이 나올 뿐이었다.

애초에 젠지로는 측실을 들일 생각이 전혀 없었다. 도저히 도망칠 곳이 없어 어쩔 수 없이 받아들일 수밖에 없었던 웁살라 왕국의 프레야 공주는 어디까지나 예외로, 매력이 있다고 해서 여자를 가까이 두고 싶은 마음은 일절 없었다.

'게다가 네 사람의 결점도 특별히 결점이 아니잖아. 오히려 멀쩡

한 얼굴로 다른 사람의 결점을 퍼뜨리는 루크레치아의 태도가 가장 큰 결점처럼 보여.'

실제로는 그 누구와도 맺어질 생각이 없는 젠지로라 별 영향은 없었지만, 현재 가장 크게 점수가 깎인 사람이 바로 자신이라는 말을 듣는다면, 루크레치아는 과연 어떻게 반응할까?

조금 심술궂은 생각을 하면서, 젠지로는 아무렇지도 않은 말투로 이야기를 계속했다.

"그렇군. 참고가 되었다. 루크레치아, 고맙다."

"아니요, 그런 말씀을 하실 정도는 아닙니다."

앉은 채, 금색 사이드 테일을 살짝 튕기며 고개를 숙인 루크레치아에게 젠지로는 오른손을 살짝 들어 대답한 뒤,

"그건 그렇고, 네 공작의 대리인들은 각자의 입장에서 희망하는 마법 도구가 무엇인지 말해 주었는데, 루크레치아, 그대에게도 같은 질문을 하고 싶다. 네 공작에게 증여하는 마법 도구는 어떤 것이 적절하다고 생각하지?"

그렇게 주제를 바꾸지 않은 채, 다음 화제를 꺼냈다.

젠지로의 질문을 듣고, 루크레치아는 그 커다란 녹색 눈동자를 번쩍 뜨며 잠시 생각하더니, 조용히 입을 열었다.

"글쎄요. 저는 어디까지나 선물을 보내는 샤로와 왕가와 가까운 입장이다 보니 그쪽의 입장을 먼저 생각하게 되는데, '부동화구(不動火球)'에 의한 조명 마법 도구가 무난하지 않을까 생각합니다."

'부동화구'란 그 이름 그대로, 구형의 흔들리지 않는 불꽃을 만드는 마법이었다.

평범한 화염 마법과 다른 점은 불꽃의 형태와 흔들리지 않는다는 점뿐인데도 필요한 마력량은 매우 많기 때문에 일반적으로는 거의 사용하는 사람이 없었다.

하지만 효과 시간이 짧을 때는 거의 사용되지 않는 '부동화구'도 마법 도구로 오랜 시간 사용할 수 있게 되면 이야기가 달라진다.

흔들리지 않는다는 특징 덕분에 눈이 쉽게 지치지 않고, 구형이라는 형태 덕분에 불빛이 전체적으로 골고루 퍼진다는 장점이 있었다.

물론 형태가 부자연스럽기는 해도 불꽃이라는 점은 변함이 없기 때문에 불씨로서도 사용할 수 있다.

그래서 '부동화구'는 누구에게 보내 주어도 모두 귀하게 여기는 무난한 마법 도구였다.

게다가 과거에 제조된 개수가 많아서 주문을 습득한 부여술사도 많아, 비교적 짧은 시간에 여러 개를 제조하는 것도 가능했다.

재빨리 왕위 계승을 끝내고 싶은 브루노 왕과 주세페 왕태자 입장에서 보면, 확실히 효과적인 선택이라 할 수 있었다.

'아아, 루크레치아는 정말로 샤로와 왕가 쪽 귀족이구나.'

새삼 그런 생각을 하면서 젠지로는 말했다.

"음, 참고가 되었다. 고맙다, 루크레치아."

"과분한 말씀입니다."

루크레치아는 얼굴 가득 기쁜 미소를 지으며 작게 고개를 숙였다.

# [막간] 작전 회의

그날 밤.

카파 왕국 국왕의 배우자, 젠지로라는 빈객을 옆에서 보좌하고 돌아온 루크레치아 브로이는 브로이 후작 가문이 내어 준 왕국의 한 방으로 돌아와 큰 드레스와 함께 입고 있던 내숭을 벗어 던졌다.

"아~. 짜증나, 짜증나, 짜~증~나~! 오늘 태도를 보고 알았어. 네 공작도 진심이야! 빼앗지 마! 젠지로 폐하는 내 거니까 끼어들지 말란 말이야~!!"

값비싼 실크제 속옷 한 장만 입은 루크레치아는 그 작은 발로 힘껏 바닥을 동동 구르면서 양손을 들어 올리고 절규했다.

"루시 님. 젠지로 폐하는 그 누구의 것도 아니에요. 굳이 말하자면 아우라 폐하의 것이라고 할 수야 있지만, 적어도 루시 님의 것은 아니랍니다."

"알아! 그냥 해 본 말이야!"

심복인 시녀 플로라의 날카로운 지적에 루크레치아는 난폭하게 사이드 테일을 묶고 있던 리본을 풀더니, 슬립 속옷 한 장만을 입은 채 침대로 다이빙했다.

"아아, 대체 왜, 왜, 왜, 이렇게 뜻대로 안 되는 거지?!"

금발 소녀는 침대 위에서 베개에 얼굴을 묻은 채, 양팔과 양다리를 마구 버둥거리며 침구를 때렸다.

"그리고 계시니 딱 부모님 말을 안 듣는 떼쟁이 어린아이 같아요, 루시 님."

시녀가 눈을 반쯤 뜨고 가차 없이 그렇게 지적하자, 금발 소녀는 얼굴을 묻고 있던 베개를 양손으로 붙잡고 얼굴을 숨기며 힐끔 푸른 눈동자의 시녀를 바라보았다.

"그거, 의외로 귀엽지 않아?"

"손이 많이 가는 아이일수록 귀엽다고 생각하는 경지에 이른 사람이라면 혹여 그렇게 생각할지도 모르지만요."

"······쳇."

노골적인 시녀의 반응에, 루크레치아는 뚱한 표정으로 침대 위에서 일어나 이번에는 책상다리를 하고 앉았다.

슬립 속옷 한 장만 입고 책상다리를 하고 앉았기 때문에 아래쪽 팬티까지 훤히 보였지만, 너무 몸매가 어려서 솔직히 전혀 야릇한 분위기가 들지는 않았다.

보고 느끼는 인상을 그대로 말하자면, 그냥 버릇 없는 어린아이였다.

하지만 평소에도 그런 행동을 자주 봤었는지, 시녀 플로라는 일부러 들으라는 듯이 한숨을 내쉬었을 뿐, 소리를 내어 뭐라고 지적을 하지는 않았다.

"자자, 바보 같은 소리 말고, 머리를 풀었으면 빗질을 해야 하니 이쪽으로 와 주세요."

"응."

시녀의 말을 듣고 금발 소녀는 뒤쪽으로 엉덩이를 밀며 순순히 시녀의 앞, 침대 가장자리까지 이동했다.

"자, 거기 계시면 됩니다. 머리를 빗겨 드릴게요."

"으응……."

속마음을 잘 아는 시녀가 머리를 빗겨 줄 때의 편한 마음에 루크레치아는 고양이처럼 눈을 가늘게 뜨고 기분 좋다는 듯이 말했다.

"……저어, 플로라?"

"네, 왜 그러시죠, 루시 님?"

"솔직히 대답해 줘. 젠지로 폐하는 그 네 사람을 어떻게 생각하는 것 같았어?"

네 사람이란 말할 것도 없이 네 공작의 대리인인 슈라, 나짐, 타라예, 피크리야, 네 명을 말했다.

주인의 질문에 시녀는 머리를 빗기던 손길을 멈추고 대답했다.

"그러네요. 어디까지나 제 개인적인 견해이지만, 젠지로 폐하가 그 네 사람에게 전혀 흥미가 없다는 것만큼은 틀림없다고 생각합니다."

"핫. 당연히 그렇겠지!"

시녀의 대답을 듣고, 루크레치아는 비웃듯이 그렇게 말했다.

"덧붙이자면 루시 님에게 흥미를 보이지 않으시는 것만큼 흥미가 없다, 라고 할 수 있겠군요."

"하하, 그렇겠지……."

시녀의 추가 정보를 듣고 루크레치아는 자조하듯이 웃었다.

풀썩 고개를 숙인 루크레치아를 보고 시녀 플로라는 그대로 한 손을 이용해 금색 머리카락을 들어 올리고는 계속해서 정성스럽게 머리를 빗으로 빗겼다.

"근데 전혀 모르겠어. 백 번 양보해서 젠지로 폐하가 나에게 흥미가 없다는 것이야 이해가 돼. 근데 그 네 사람에게도 전혀 흥미를 보이지 않다니, 어떻게 된 거지?"

루크레치아는 자신의 여성스러운 매력이 일반인에게는 통하지 않는다는 사실을 잘 알았다.

하지만 그 네 사람에게도 전혀 흥미를 보이지 않을 줄은 좋든 싫든 정말 예상 밖이었다.

아니꼽기는 하지만, 그 네 사람이 여자로서의 매력이 넘친다는 사실은 루크레치아도 인정할 수밖에 없었다.

기가 세고 당당한 외모를 자랑하는 슈라.

조금 수수하지만 매우 순종적인 숙녀 같은 분위기를 풍기는 나짐.

화려한 얼굴로 풍만한 신체를 자랑하는 타라예.

그리고 표정이 다양하지는 못하지만 대신에 흑요석 같은 두 눈동자에서 깊은 지성의 빛이 엿보이는 피크리야.

각각 마치 노렸다는 듯이 개성적인 매력을 가진 미녀들이다.

루크레치아를 포함해 다섯 명. 젠지로가 다섯 가지의 매력을 지닌 여자들 모두에게 전혀 흥미를 보이지 않을 거라고는 미처 생각해 보지 못했다.

"혹시 여자에게 흥미가 없는 거 아냐?"

루크레치아가 최악의 예상을 거론했지만, 시녀 플로라는 곧장 그 말을 부정했다.

"그럴 리가 없다고 단언할 수 있습니다. 젠지로 폐하는 아우라 폐하의 남편으로서 이미 아이가 한 명 있으시고, 지금은 아우라 폐하께서 둘째를 임신하신 상태이니까요. 동성애자인 여성을 남성이 억지로 임신시킨 것이라면 몰라도, 그 반대는 상당히 어렵지 않을까요?"

"상당히 어려운 게 아니라, 불가능하지 않아?"

"아니요, 가능한가 불가능한가 하면 일단은 가능해요. 아이가 안 생기는 일은 왕족이나 귀족에게는 사활 문제고, 왕족과 귀족에게도 일정한 확률로 성적인 무능력자나 동성애자가 태어나니까요."

시녀의 말을 듣고, 금발 소녀는 꿀꺽 마른침을 삼키며 몸을 앞으로 내밀었다.

"예, 예를 들면 어떻게……?"

"다른 나라는 어떨지 모르겠지만, 이 나라는 부여마법을 지닌 샤로와, 치료마법을 지닌 지르벨이 모두 있으니, 양 왕가가 공동으로 개발한 남녀별 그것 전용의 마법 도구가……."

거기까지 말을 하고서야 시녀 플로라는 이야기가 탈선했다는 사실을 깨달은 듯했다.

그래서 어흠 하고 헛기침을 한 뒤,

"아무튼 그러니까, 젠지로 폐하는 아주 평범하게 여성을 사랑하실 수 있는 분이라고 생각하시면 되지 않을까 생각합니다만."

그렇게 억지로 이야기를 원래 방향으로 다시 되돌려 놓았다. 하지만 루크레치아는 무언가 생각을 하더니,

"성적 무능력자……. 그것 전용 마법 도구……. 핫, 그랬구나! 우리 나라의 왕족은 다른 나라에 비해 나이를 많이 먹은 뒤에도 아이를 낳는 일이 많은데, 그 마법 도구로, 우웁?!"

조금 전의 그 화제를 듣고 웃는 얼굴로 무언가 위험한 진실을 찾아내려고 하자, 시녀 플로라는 즉각 뒤에서 왼손으로 주인의 입을 막았다.

"루시 님? 그 말씀을 하시는 것은 숙녀로서 해서는 안 되는 일입니다만?"

끄덕끄덕. 주인이 고개를 끄덕인 모습을 확인한 플로라는 아무일도 없었다는 듯이 다시 빗질을 시작했다.

"그, 그럼 왜 그렇게 무관심한 거지? 권력욕이 강하신 분처럼 보이지도 않았는데."

왕후귀족 중에는 권력욕이나 일족의 번영을 우선하여 연애 감정이나 성욕을 드러내지 않는 사람도 존재한다.

그런 사람들은 여자의 집안이나 지위를 중시하기 때문에 얼굴이나 몸매가 좋은가 나쁜가는 생각하지 않는다.

그런 야심가라고 한다면 미녀를 보고 무관심하다고 해도 부자연스럽지 않지만, 루크레치아의 눈에는 젠지로가 아무래도 그런 남자처럼은 보이지 않았다.

그 의견에 시녀 플로라도 동의했다.

"그러네요. 저도 그렇게 생각해요. 젠지로 폐하에게는 권력욕에 사로잡힌 자 특유의 번들거리는 분위기가 전혀 없거든요. 물론 야심가 중에는 자제심이 무척이나 강해 끓어오르는 듯한 권력욕마저 완전히 숨기는 자도 있으니, 절대 그런 사람이 아니라고 단언할 수는 없지만요."

"그렇다면, 그 다음으로 생각할 수 있는 것은 욕망 자체가 극단적으로 약한 사람, 정도일까? 왜, 가끔 있잖아. 젊었을 때부터 원숙하다고 해야 할지, 어른스럽다고 해야 할지, 그런 인품인 사람 말이야."

"확실히 젠지로 폐하의 인품과 어느 정도 겹치는 인상이군요. 단지, 일반적으로 욕망이 약하신 분은 활동력 그 자체가 낮은 경우가 많습니다. 하지만 병사들의 이야기를 들어 보니, 젠지로 폐하는 카파 왕국에서 나름 정력적으로 일을 하신다는 모양이에요. 무엇보다 지금 우리 나라에 왔다는 것 자체가 어느 정도 정력적으로 활동하시는 분이라는 증거가 아닐는지요."

"응, 그건 그래."

시녀의 지적을 듣고, 금발 소녀는 아랫입술을 깨물며 생각했다.

"욕망이 약할 것 같은데 활동적이다······. 생각해 볼 수 있는 것은, 활발하게 행동하지만 젠지로 폐하가 원해서 그러는 것은 아니다, 라는 가능성일까?"

"그렇다면 원하지 않는데도 활동적인 생활을 하도록 만든 사람이 아우라 폐하라는 이야기가 되는데, 그것도 역시 소문과는 모순

되네요. 젠지로 폐하와 아우라 폐하는 아주 정다운 사이라고 들었습니다. 정말로 원하지 않는 활동을 강요당하고 있다면, 과연 두 사람의 사이가 원만할 수 있을까요?"

"그러니까, 젠지로 폐하와 아우라 폐하의 사이가 좋은 것은 아우라 폐하가 퍼뜨린 헛소문일 뿐, 실제로 젠지로 폐하는 아우라 폐하에게 학대를 당하며 숨 막히는 나날을 보내고 있다던가?"

눈을 반짝이며 돌아보는 루크레치아를 보고 시녀 플로라는 손으로 주인의 목을 다시 원래대로 되돌리면서 자신의 주인을 타일렀다.

"그럴 가능성도 없다고는 할 수 없지만, 그래서는 예측을 뛰어넘는 망상의 영역입니다. 불확실한 요소를 자신에게 유리하게 해석하는 일이 심해지면, 따끔한 맛을 보는 정도로는 끝나지 않을 수도 있습니다."

"으……."

스스로 생각해도 너무 자신에게 유리한 해석이라는 자각은 있었는지, 루크레치아는 얌전해졌다. 정신을 가다듬은 루크레치아가 진지한 표정으로 혼잣말처럼 중얼거렸다.

"하지만 지금까지의 인상이나 흐르는 정보 중 어딘가에 틀림없이 잘못된 점이 섞여 있을 거라고 생각해."

그 말에는 시녀도 동의했다.

"그러네요. 이쪽이 받은 인상이나 떠도는 정보 모두가 올바르다고 한다면. 젠지로 폐하는 '그 많은 미녀에게 전혀 흥미를 보이지 않는다', 하지만 '동성애자나 성적인 무능력자가 아니고', '개인적인 욕망이 적은 편이고', 그런데 '왕족으로서 일은 정력적으로 하며', '아내인 아우라 폐하와는 남녀 관계를 포함해 매우 사이가 좋은' 사람인 셈이 됩니다."

"모순투성이야! 그런 사람이 존재할 리 없잖아!"

시녀가 나열한 조건을 듣고, 루크레치아는 항복이라는 듯이 양팔을 들어 올렸다.

"욕망이 없는데 일에는 정력적? 다른 미녀에게는 흥미가 없는데 아내하고는 금슬이 좋다고? 엉망진창이잖아, 그 조건. 아니면 아우라 폐하가 그렇게 미녀야? 다른 여자는 눈에도 안 들어올 정도로, 욕망이 적은 남자에게도 자신의 명령을 기쁘게 받들도록 할 만큼 매력적인 여성이라고?"

"그러네요. 아우라 폐하가 굉장한 여성이라는 것도, 미녀라는 것도 틀림없는 사실인 듯하지만……."

루크레치아의 질문에 시녀 플로라는 난처한 듯 고개를 갸웃했다.

당연하지만 엄청난 여성(또는 여걸)이자 미녀라는 것과 그냥 엄청난 미녀라는 것에는 엄청난 차이가 있다.

그런 이야기를 하는 사이에 머리를 다 빗긴 듯, 플로라는 루크레치아에게서 조금 떨어졌다.

"자, 이제 움직이셔도 됩니다, 루시 님."

"응, 고마워, 플로라."

반짝반짝 빛날 정도로 풀린 머리카락을 가볍게 흘린 뒤, 루크레치아는 침대 위에서 180도 몸을 돌려 시녀인 플로라를 정면으로 바라보았다.

몸집이 작은 루크레치아는 침대 가장자리에 앉아도 다리가 바닥에 닿지 않았다.

귀족의 딸로서는 예의 없이 침대 위에 앉아 다리를 흔들거리는 모습이지만, 조금 전의 책상다리에 비하면 그나마 나은 모습이었다.

그런 자세로 루크레치아는 계속 조금 전에 하던 이야기를 계속했다.

"솔직히 실체가 없는 환영 같은 사람을 상대하는 기분이야. 며칠간 나도 꽤 진심으로 대시를 했다고 생각하는데, 전혀 반응이 없었거든."

실제로 그 말대로, 루크레치아는 귀족의 딸이라는 신분의 사람에게 허용되는 아슬아슬한 한계까지 노골적으로 젠지로에게 접근했다.

반걸음만 더 다가가도 '상스럽다'고 질책당할 정도로 바짝 다가가서 서 있었고, 조금이라도 기회가 있으면 젠지로를 계속 칭찬했다.

자신과 맺어지면 카파 왕국과 젠지로 개인에게 얼마나 많은 장점이 있는지도 노골적이지 않는 선에서 계속 주입했다.

표정을 지을 때는 물론 행동을 할 때도, '자신이 가장 매력적으로 보이는 각도'를 항상 의식하며 젠지로 옆에서 대기했다.

하지만 말을 해도 계속 겉돌 뿐이었고, 혼신의 미소를 지어도 항상 매번 순간적인 관심조차 끌지 못했다.

그런 루크레치아의 말을 듣고 시녀 플로라는 고개를 갸웃하면서 자신의 의견을 말했다.

"옆에서 봤을 때는 환영 같은 사람을 상대한다기보다 공격할 장소를 근본적으로 잘못 짚은 것처럼 보였어요. 마치 적을 쓰러뜨리려고 열심히 그림자를 공격하는 듯한……."

"그거랑 실체가 없는 환영을 상대하는 것 같다는 거랑 뭐가 다른데?"

눈썹 사이를 찌푸리면서 고개를 갸웃하는 루크레치아에게 플로라가 검지를 척 세우고 설명했다.

"아주 다르죠. 실체가 없는 환영이 상대라면 아무리 공격해도 통하지 않으니까요. 하지만 공격하는 장소가 잘못됐을 뿐이라면, 어디에 본체가 있는지, 본체의 어디가 급소인지만 알면 충분히 제압할 수 있어요."

"……아하. 즉, 젠지로 폐하는 절대로 제압하지 못할 상대가 아니라, 지금까지의 접근 방법이 근본적으로 잘못됐을 뿐이라는, 그런 말이지?"

"네. 물론 루시 님께서 올바른 접근 방법을 꼭 실천할 수 있다고는 할 수 없지만요."

빛을 발견한 것처럼 쭉 몸을 앞으로 내민 금발 소녀에게 시녀는 살짝 찬물을 끼얹었다.

하지만 그 정도로 소녀의 불타는 야망의 불꽃은 진화되지 않았다.


"좋아! 그렇게 결정했으면 숫자로 승부야! 실례되지 않는 범위 내에서 다양한 방법으로 접근해 보고 정확한 방법을 모색하여 효과적인 접근 방법을 확정한 후, 단숨에 공격하겠어!"

"……부디 브로이 후작 가문에는 피해가 가지 않도록 부탁드립니다."

작은 주먹을 위로 번쩍 들어 올리고 열정이 넘치는 목소리로 외치는 루크레치아를 보고, 시녀 플로라는 못 말린다는 듯이 깊은 한숨을 내쉬며 그렇게 타일렀다.

# [제3장] 나라로 돌아간 사람, 나라로 돌아온 사람

　젠지로가 네 공작 가문의 대리인이라는 네 명의 미녀와 만난 날로부터 열흘 정도가 지난 어느 날 아침.

　"젠지로 님. 슬슬 시간이니, 옷을 갈아입어 주십시오."

　"앗, 벌써 그런 시간이야? 알았어."

　눈을 뜬 뒤로 잠시 실내복 차림으로 편하게 있었던 젠지로는 시녀라기보다는 비서에 가까운 시녀 이네스의 말에 따라 제3 정장으로 옷을 갈아입기 시작했다.

　이곳은 다른 나라의 왕궁이기도 했기 때문에, 젠지로는 가장 사적인 공간이라 할 수 있는 이 방 밖으로 나갈 때면 항상 제3 정장을 걸쳐야 했다.

　처음에는 답답하기 그지없었지만, 요즘에는 그런대로 옷도 익숙해졌다.

　젊은 시녀들의 손을 빌려 옷을 갈아입으면서 젠지로는 시녀 이네스에게 오늘 일정을 확인했다.

　"오늘은 면담 일정이 없었지?"

　최근 열흘 동안 매일같이 밀려오는 면담 희망자를 상대해야 했던 젠지로의 목소리에는 조금 기쁨이 서렸다.

매일 밤마다 다른 사람과 똑같은 대화를 나누어야 해서 질려 버렸는지도 모른다.

"네. 오늘은 푸죠르 장군을 카파 왕국으로 보내는 날이니, 인수인계와 이동으로 일정이 다 차 있습니다."

당초의 예정대로 푸죠르 장군은 젠지로의 호위대 총책임자라는 직위를 젊은 대대장에게 인수인계하고 오늘 카파 왕국으로 귀국할 예정이었다.

물론 이동 수단은 젠지로의 '순간이동' 마법이다.

시녀들의 도움을 받아 제3 정장으로 갈아입은 젠지로는 젊은 시녀들에게 짧게 고맙다는 말을 하고 크게 한숨을 내쉬었다.

"고마워, 살았어. 일단 면담 희망자는 어제를 기점으로 대체적으로 다 만났다고 보면 되는 건가?"

젠지로의 질문을 듣자 중년 시녀는 작게 고개를 끄덕였다.

"네, 그렇게 생각하시면 되리라 생각합니다. 물론 면담 희망자는 지금까지 만났던 사람의 10배 이상 남아 있지만, 급히 젠지로 님과 만나야 했던 분들은 거의 다 만났다고 보면 됩니다. 단지, 그저께 면담 예정을 급히 취소한 라르고 왕자와의 면담일을 다시 조정할 필요가 있습니다."

"아, 그랬지."

이네스의 말을 듣고 그 일을 떠올린 젠지로는 조금 눈썹 사이를 찌푸리며 생각했다.

"내가 이런 말을 하는 것도 뭐하지만, 다른 나라의 왕족인 나와의 면담 일정보다 먼저 긴급하게 처리해야 할 일이 뭐가 있을까?"

"소문에 따르면, 브루노 왕의 명령이 있었기 때문이라는 모양입니다."

"우와아, 예상 이상으로 노골적이네……."

이네스의 대답을 듣고 이면의 사정을 눈치챈 젠지로는 조금 얼굴을 찡그렸다.

어디까지나 표면상이긴 하지만, 면담 일정은 초대장을 보낸 사람과 받은 사람밖에 모른다.

그러니 브루노 왕이 라르고 왕자에게 무언가 긴급 명령을 내렸는데 마침 그날이 젠지로와 라르고 왕자의 면담일이라 하더라도 '그냥 우연'에 불과하게 된다.

물론 실제로 그냥 우연일 리가 없다.

라르고 왕자의 면담 일정을 알아 낸 브루노 왕이 면담을 방해하기 위해 일부러 일을 만든 것이었다.

그렇기에 젠지로는 난처했다.

"왜 그렇게까지 노골적으로 방해하지? 라르고 왕자의 말을 들으면 내가 설득당할 가능성이 있다고 생각하는 건가?"

논리적으로 생각하면 그런 결론에 다다른다.

"아니면 내가 덥썩 물 정도의 이점을 라르고 왕자가 제시할 수도 있다는 건가?"

그런 생각에 이르러 조금 몸을 앞으로 내민 젠지로에게 시녀 이네스가 냉정한 목소리로 지적했다.

"글쎄요? 두 사람의 권력을 생각해 보면 라르고 왕자가 제시할 수 있는 이점이라면 브루노 왕도 제시할 수 있을 가능성이 높다고 생각됩니다. 제가 생각하기에는 오히려 그 반대일 가능성이 있어 염려됩니다."

"반대의 가능성?"

"네. 이점이 아니라 불이익입니다. 브루노 왕과 거래하게 되면 밝혀지지 않은 엄청난 불이익을 당할 수 있으니, 라르고 왕자는 그 불이익이 무엇인지 알려 주어 젠지로 님을 브루노 왕 진영에서 멀어지게 하려는 것이 아닐지요."

"그건…… 있을 수 있는 일이야."

매우 불길한 예상이었지만, 이치에 맞는 이야기라, 무시할 수는 없을 듯했다.

"기본 노선은 브루노 왕과 주세페 왕태자 지지로 가지만, 될 수 있는 한 빨리 라르고 왕자의 주장도 듣고 싶어. 다음에 라르고 왕자에게 면담 신청이 오면 가능한 한 우선적으로 시간을 잡아 줘."

"알겠습니다."

젠지로의 말을 듣고, 시녀 이네스는 공손하게 머리를 숙였다.

◆

그리고 몇 시간 후.

별채의 한 방에서 젠지로는 준비를 끝낸 푸죠르 장군과 그 옆에 대기한 젊은 대대장의 인수인계 작업을 지켜보았다.

"젠지로 님. 그럼 잘 부탁드립니다. 이제부터는 이 자가 일을 이어받을 것입니다. 자, 자기소개를 해라."

푸죠르 장군의 말을 듣고 젊은 기사 대장은 한 발 앞으로 나섰다.

"넷. 용궁기사단 제3대대 대대장, 엘라디오입니다. 푸죠르 장군의 대역을 맡게 되었습니다!"

"그런가. 푸죠르 장군의 추천이라면 실력은 의심할 필요가 없겠지. 잘 부탁하네, 엘라디오."

그렇게 말하면서 젠지로는 눈앞에 서 있는 젊은 대대장을 바라보았다.

나이는 스물을 몇 살인가 넘은 정도.

키는 꽤 커서 푸죠르 장군과 나란히 서도 기껏해야 손가락 하나에서 두 개 가량 작은 정도였다.

단, 몸집은 푸죠르 장군 정도가 안 되어서 날씬하게 보였다. 물론, 푸죠르 장군 옆에 서 있기 때문에 그런 착각이 드는 것뿐으로 기사로서 충분히 단련된 몸이긴 했다.

"넷. 맡겨 주십시오."

젊은 대대장——엘라디오는 자신감이 넘치는 표정으로 또박또박 대답했다.

그 표정과 태도만 보더라도 엘라디오가 매우 자존감이 높은 사람이라는 사실을 알 수 있었다.

그리고 이렇게 젊은 나이에 용궁기사단의 대대장까지 올라간 것을 보면, 그 자신감을 뒷받침할 수 있는 실력도 있는 듯했다.

하지만 장년의 성숙한 실력자의 눈에는 젊고 아직 기량을 쌓는 중인 어중간한 실력자가 위험하게 보이는 법이었다.

"엘라디오. 나는 너의 무술 실력은 인정하고 있고, 지휘 실력도 뛰어나다고 생각한다. 하지만 이번에 너에게 맡긴 임무는 지금까지와는 차원이 다르다. 존귀한 분을 호위하는 임무다. 만에 하나의 실패조차도 용서받지 못한다는 점을 마음에 새겨 두거라."

직속 상사인 푸죠르 장군의 말은 역시 무게가 다른지, 엘리디오는 조금 표정을 다잡았다.

"네, 알겠습니다. 만전을 기하기 위해 기사들이야 어쨌든, 병사들의 능력은 조금 더 어떻게든 해 두고 싶습니다만, 그 정도 공백은 제가 메우겠습니다."

데리고 온 병사들의 능력이 모자라다고 강한 불만을 토로하는 엘라디오를 보자 푸죠르 장군은 조금 눈을 가늘게 뜨더니, 심술궂게 입매를 일그러뜨리며 미소를 지었다.

"엘라디오. 마침 좋은 기회니 말해 두마. 너는 뭔가를 착각하고 있는 것 같아 말해 두지만, 이 세상에는 '무능한 병사'란 존재하지 않는다. 그 사실을 꼭 머리에 새겨 둬라."

"그런가요?"

푸죠르 장군을 말을 듣고, 젊은 대대장은 노골적으로 부정적인 표정을 지었다.

하지만 푸죠르 장군은 부하의 부정적인 태도를 전혀 돌아보지 않고 말했다.

"그래. 아주 가끔 '유해한 병사'는 있을지도 모르지만, '무능한 병사'는 없다. 왜냐하면 그 정도의 능력으로도 활동할 수 있는 직위가 '일반병'이기 때문이다. 네가 '무능한 병사'라고 생각하는 자들은 그냥 '평범한 병사'다. 그리고 그 정도의 능력밖에 없는 일반병을 이끌고 하나의 부대를 만들 수 있는 자를 '평범한 대장'이라고 부른다. 대장이라는 지위와 권한을 맡은 이상 최소한 그 정도 능력은 있어야 한다는 말이지. 어떤 사람이 유능한지 무능한지는 그 자의 직위를 기준으로 측정해야 한다."

"…………."

아무래도 푸죠르 장군이 무슨 말을 하고 싶은지 알아들은 모양이었다.

젊은 대대장은 자신감 넘치는 미소 대신 입매를 굳게 닫은 표정을 지었다.

"부대가 임무를 수행하지 못했을 때, 그곳에 존재하는 것은 대다수의 '무능한 병사'와 '평범한 대장' 한 명이 아니다. 대다수의 '평범한 병사'와 '무능한 대장' 한 명이 존재할 뿐이지. 자, 엘라디오 대대장. 너의 부대는 멋지게 임무를 완수할 수 있겠나?"

"물론입니다!"

"기대하지."

나는 무능하지 않다, 라고 말을 하려는 듯이 위를 노려보는 젊은 대대장의 시선을 보고, 푸죠르 장군은 씨익 도발적인 미소를 지어 보였다.


인수인계를 끝낸 푸죠르 장군은 이제 귀국하는 일만 남았다.

그래서 푸죠르 장군은 쌍왕국에서 유일하게 '순간이동'으로 오갈 수 있도록 허가된 방으로 가기 위해 젠지로와 나란히 걸었다.

뒤에 따라오는 사람은 시녀 이네스와 기사 나탈리오뿐이었다.

아직 미숙한 젠지로의 마법 발동률을 조금이라도 올리기 위해 다른 사람의 시선을 최소한으로 줄이고 싶었기 때문이었다.

여왕 아우라의 전 남편감 후보와 현 남편이라는 조금 사연 있는 두 사람이었지만, 이번 20일 정도 사이에는 보호를 받는 자와 보호하는 자로서 서로 가깝게 지냈다.

때문에 특별히 긴장하지 않고 대화를 나눌 수 있을 만큼은 격의가 없어졌다.

"그런데 조금 전의 그 말. 상당히 엄하던데, 그건 역시 그만큼 엘라디오를 높이 사고 있다는 뜻인가?"

국왕 배우자의 물음에 거한의 장군은 두터운 어깨를 살짝 들어 올리며 고개를 저었다.

"아닙니다. 그렇게 깊은 의도가 있었던 말은 아니었습니다. 그건 제가 젊을 때, 선대 장군에게 들었던 말을 그대로 전해 준 것에 불과합니다."

뛰어난 자질 이상의, 과신에 가까운 자신감.

푸죠르 장군에게는 엘라디오가 젊은 시절의 자신과 겹쳐 보인 듯했다.

"그렇군. 선대 장군은 아주 엄격했던 분이었던 모양이군."

"엄격하다기보다는 이상하다고 해야 할 정도의 완벽주의자라고 해야 하겠습니다. 우리 대장급 사람에게는 그런 말을 했으면서도 병사들에게는 '너희들 병사는 상관을 고를 권리가 없다. 그렇다면 병사들은 모두 무능한 최악의 대장 아래에서도 최소한 자기 목숨은 지킬 수 있을 정도의 능력은 갖춰야 한다'라면서 지도를 했으니까요."

당시의 일을 떠올렸는지, 푸죠르 장군은 웬일로 난처한 듯 쓴웃음을 지었다.

"하하하. 천하의 푸죠르 장군이 이런 표정을 다 짓다니, 아무래도 참 엄격한 지도였나 보군. 나는 하루도 못 버텼을 것 같아."

"아니요. 실례지만, 젠지로 님이었다면 처음부터 부대에 소속되지도 못 했을 겁니다. 선발을 할 때, 가장 먼저 제외되었겠지요."

"맞아, 그 말대로야."

귀족 남자는 무술 실력을 갖춰야 하는 이쪽 세계에서는 상당히 실례되는 말이었지만, 사실을 지적 받았다고 해서 새삼스럽게 그런 점에 신경 쓸 젠지로가 아니었다.

의외일 정도로 부드러운 대화가 계속되는 사이에, 일행은 가고자 했던 방에 도착했다.

아우라가 '순간이동'으로 젠지로를 보낸 방. 즉, 이곳 샤로와·지르벨 쌍왕국에서 유일하게 '순간이동'을 할 때 이용해도 좋다고 인정받은 공간이었다.

만약을 위해 시녀 이네스가 문을 잠그고, 기사 나탈리오가 창을 든 채 입구에 버텨 서자 젠지로는 푸죠르 장군을 돌아보았다.

"그러면 지금부터 그대를 '순간이동'을 이용해 카파 왕국으로 보내겠다. 준비는 되었는가?"

"네, 언제든 괜찮습니다."

그렇게 대답한 푸죠르 장군은 가죽 갑옷 차림으로 어깨에 큰 포대를 짊어지고 있을 뿐이었다. 마법으로 이동하는 것이었기 때문에, 특별히 여행을 위한 옷차림을 할 필요는 없었다.

그 외에 눈에 띄는 것이라고 한다면, 푸죠르 장군이 오른손에 한데 모아 들고 있는 용피지 뭉치 정도일까.

그에 더해 젠지로는 봉랍으로 봉해진 용피지를 품에서 꺼내 푸죠르 장군에게 건네주었다.

"이건 내가 아우라 폐하에게 보내는 편지다. 반드시 폐하에게 전해 주도록."

아직 젠지로의 필기 능력은 형편없었기 때문에 별 내용은 적지 못했다. 만에 하나 도중에 누가 훔쳐본다고 하더라도 아무런 지장은 없었다.

"네. 확실히 전해 드리겠습니다."

푸죠르 장군은 예의바르게 건네받은 뒤, 편지를 오른손에 들고 있던 용피지 뭉치 제일 위에 겹쳐 두었다.

그 용피지 뭉치는 데리고 온 기사와 병사들이 맡긴 편지였다.

혼자서 먼저 귀국하는 장군에게 병사들이 가족에게 쓴 편지를 맡긴 것이다.

이렇게 겉보기와는 어울리지 않는 꼼꼼함이 푸죠르 장군이 군부에서 높은 지지를 받는 이유 중 하나일지도 모른다.

아무튼, 더 이상은 출발을 늦출 이유가 없었다.

"그럼 보내겠다. 한 번에 성공하지 못할지도 모르니, 조금 시간이 걸리는 것도 각오하길 바란다."

젠지로는 그렇게 말한 뒤, 오른손 손바닥을 살짝 푸죠르 장군의 복부에 대고 왼손에 펼쳐 든 복사 용지를 내려다보았다.

카파 왕국 왕궁의 '석실' 사진을 프린트한 종이였다.

〈내가 뇌리에 그린 공간에, 내가 의도한 것을 보내라. 그 대가로서 나는…….〉

정확하게 마법어를 외우면서, 젠지로는 눈을 감고 될 수 있는 한 선명하게 이미지를 그렸다.

'석실' 중앙에 푸죠르 장군이 혼자 서 있는 이미지.

제대로 마법이 발동되었다.

오른손 손바닥에 닿았던 감촉이 갑자기 사라져 젠지로가 눈을 떠 보니, 그곳에는 조금 전까지 있었던 거한의 장군이 사라지고 없었다.

"다른 사람에게 '순간이동'을 단번에 발동하는 데 성공한 건가? 조금 익숙해졌다고 보면 되려나?"

마법 숙련도가 올랐다는 사실을 실감하듯이, 오른손을 몇 번인가 쥐었다가 폈다가 하는 젠지로에게 시녀 이네스가 뒤에서 살짝 말을 걸었다.

"수고하셨습니다, 젠지로 님. 사진을 찍지 않아도 괜찮은가요?"

"아, 그렇지. 또 잊어버릴 뻔했네. 고마워, 이네스."

시녀 이네스의 지적을 받고 젠지로는 급히 품에서 디지털카메라를 꺼내 주변의 모습을 촬영했다.

"응, 좋아."

제대로 촬영이 되었는지 확인한 뒤, 젠지로는 곧장 디지털카메라의 전원을 껐다.

전자제품의 충전은 카파 왕국의 후궁 이외의 장소에서는 불가능하다. 쓸데없이 전력을 소비할 수는 없다.

"이걸로 완전히 볼일은 끝났어. 이제 가 볼까."

"네, 알겠습니다."

"넷."

시녀 이네스와 기사 나탈리오가 뒤따르는 가운데 젠지로는 방 밖으로 나갔다.

------◆------

예정대로 무사히 푸죠르 장군을 '순간이동'으로 보낸 그날 오후. 젠지로는 전혀 예상치 못한 보고를 받았다.

"뭐? 누가 왔다고?"

보고를 하는 금발 사이드 테일 소녀——루크레치아도 난처함을 숨기지 못한 표정으로 같은 말을 반복했다.

"네, 그러니까, 프란체스코 전하가 젠지로 폐하를 만나 뵙고 싶다 하십니다. 어떻게 할까요?"

프란체스코 왕자.

샤로와·지르벨 쌍왕국 국왕 브루노 3세의 손자이자, 차기 국왕으로 결정된 주세페 왕태자의 아들.

그 신분만을 본다면, 샤로와 왕가 본거지인 이곳 '자란궁'에 당연히 있어야 할 사람이지만, 실제로는 그렇게 간단한 이야기가 아니었다.

프란체스코 왕자는 감시 역할을 하는 보나 왕녀와 함께 카파 왕국에 머물러 있어야 했기 때문이다.

그런데 그 프란체스코 왕자가 쌍왕국의 왕도에 있다. 물론 틀림없이 여왕 아우라의 '순간이동'을 이용해 온 것이겠지만, 그렇다고 해도 이야기가 엉망진창이다.

보통 왕족이 출국, 귀국할 때에는 공적인 행사가 필수불가결한데, 그런 행사가 열린다고 한다면 당연히 같은 왕궁에서 사는 젠지로가 모를 리 없다.

그런데 젠지로가 전혀 모르는 일이라는 것은 틀림없이 프란체스코 왕자가 오늘 귀국했다는 이야기로, 당연히 공식 귀국 인사도 끝마치지 못했을 가능성이 높았다.

그런 상태인데, 가장 처음으로 다른 나라의 왕족인 젠지로를 만나고자 한다는 것은 아무리 생각해도 상식 밖이었다.

하지만 젠지로로서는 그런 비상식적인 면담 신청도 그냥 무시할 수 없었다.

"알았다. 그럼 편한 시간을 물어보도록. 될 수 있는 한 시간을 비워 두겠다."

한숨을 내쉬고 싶었지만 간신히 참고 그렇게 말한 젠지로에게 루크레치아는 금색 사이드 테일을 흔들며 고개를 젓더니, 울상을 지으며 말했다.

"그게, 그런 것이 아니라…… 프란체스코 전하가 바로 문 밖에 기다리고 계십니다."

"…………하아."

더 이상 참을 수 없었던 젠지로는 폐를 텅 비우는 게 아닐까 할 정도로 긴 한숨을 내쉬었다.

원래는 예의에 어긋나는 태도이지만, 지금 젠지로를 나무랄 사람은 아무도 없다.

상식을 저 멀리 내던진 비상식적인 일을 당했으니, 다른 사람들 앞에서 한숨을 쉬는 정도의 비상식 정도는 당연히 그냥 넘어가 줘야 한다.

실제로 어쨌든 간에 샤로와 왕가 쪽 사람인 루크레치아는 너무 황송하다는 듯이 안 그래도 작았던 몸을 더 작게 움츠렸다.

"샤로와 왕가 국왕의 적손(嫡孫)을 복도에서 기다리게 할 수는 없지. 이네스."

"네."

"들은 대로다. 프란체스코 전하를 바로 안으로 모시고 싶은데, 준비가 된 방은 있는가?"

"있습니다. 이쪽입니다."

주인의 요청에 중년 시녀는 온화한 표정으로 그렇게 대답했다.

"이것 참, 젠지로 폐하, 오랜만입니다. 한 달 이상이나 못 만났으니, 오랜만 맞죠? 그건 그렇고 '자란궁'에서 젠지로 폐하를 만나니 어딘가 이상한 기분이 듭니다. 아아, 정말로요. 아하하하."

안으로 들어오자마자 경박하게 웃는 그 모습은 틀림없이 샤로와·지르벨 쌍왕국 국왕의 적손, 프란체스코 왕자였다.

남자치고는 긴 금발과 투명한 느낌이 넘치는 녹색 눈동자. 그런 외모를 자랑하는 남자의 미소에는 기품과 경박함이라는 상반되는 두 가지 요소가 상쇄되지 않은 채 그대로 드러나 있었다.

"프란체스코 전하도 여전하듯 하군요. 일단 앉아 주십시오."

"감사합니다, 젠지로 폐하. 아, 이건 선물입니다."

그렇게 말한 금발 왕자는 젠지로 앞에 봉납이 된 편지와 손바닥에 올라갈 정도의 작은 꾸러미를 내려놓았다.

"이건 뭔가요?"

편지의 봉랍은 본 적이 있는 것이었다. 카파 왕가의 봉랍. 그중에서도 현재 왕위에 올라 있는 사람만이 사용할 수 있는 왕의 문장(紋章)이었다.

"아우라 폐하께서?"

"네, 아우라 폐하의 '답장'입니다."

답장이라면, 오전 중에 젠지로가 푸죠르 장군에게 맡긴 편지를 보고 답장을 보냈다, 는 것이겠지.

듬직하다는 생각이 들 정도로 빠른 답장이었다. 아마도 푸죠르 장군을 보낸 그날 오후에 프란체스코 왕자가 돌아온 것도 우연은 아닌 듯했다.

이렇게 편지를 주고받기 위해서 저편에서 아우라는 때를 기다리고 있었던 것이다.

아무튼, 이 편지는 지금 이곳에서 열어 볼 수는 없었다.

"프란체스코 전하께서 직접 와 주시다니, 정말 감사합니다."

그렇게 말한 다음 젠지로가 뒤에 서 있던 시녀 이네스에게 신호를 보내자, 시녀 이네스는 익숙한 동작으로 편지와 작은 꾸러미를 들고 물러갔다.

사랑하는 아내가 보낸 답장에 뭐라고 적혀 있을지 신경이 쓰였지만, 지금은 일단 그 생각을 머리에서 지웠다.

"그런데 프란체스코 전하께서 이렇게 급히 만나러 오신 이유는 이 편지를 전해 주기 위해서입니까?"

누가 봐도 살짝 비난이 담겨 있는 젠지로의 말을 듣고, 프란체스코 왕자는 전혀 악의 없는 미소를 지으며 고개를 저었다.

"아니요, 아무래도 편지 한 장 때문에 그렇게까지는 하지 않습니다. 제가 서둘러 폐하를 뵈러 온 이유는 이쪽에 돌아오자마자 깜짝 놀랄 만한 정보를 들었기 때문입니다. 할아버지가 왕위에서 물러나고 아버지에게 정식으로 왕위를 물려주신다는 것만으로도 놀라운데, 네 공작에게 증여할 마법 도구를 선정할 때에 젠지로 폐하께서 조언자로 참여하신다고 하니까 말입니다. 이거야 뭐, 한시라도 빨리 젠지로 폐하와 이야기를 할 수밖에 없겠네! 하고 생각했는데 어느새 이곳에 와 있더군요. 아하하하."

마지막에는 평소와 마찬가지로 크게 웃었다.

그 반응을 보고 젠지로의 몸에서 힘이 쑥 빠졌다.

그러고 보니, 이 남자는 천생 기술 마니아, 마법 도구 마니아였다.

이제는 숨길 생각도 하지 않고 크게 한숨을 내쉬는 젠지로를 본 프란체스코 왕자는 오른손을 테이블 위에 대고 몸을 앞으로 쭉 내밀었다.

"그래서 말인데, 가르쳐 주십시오. 지금 후보로 오른 마법 도구는 어떤 것이 있죠? 젠지로 폐하께서 독자적으로 고른 것도 있지요? 아직 정식으로 결정하지 않으셨지요?"

"그건 그러니까, 증여용 마법 도구 선정에 프란체스코 전하도 참여하고 싶다, 그 말씀이신가요?"

반쯤 대답을 알면서도 일단 질문을 해 본 젠지로였지만, 프란체스코 왕자의 대답은 그 확신에 가까운 예상을 완벽하게 지워 버렸다.

프란체스코 왕자는 당황한 표정으로 고개를 젓더니.

"아니요, 그럴 생각은 없습니다. 일류 부여술사라는 자부심은 있지만, 저는 너무 공격적이라, 지정되지 않은 자유 과제를 맡게 되면 엉뚱한 방향으로 내달릴 때가 있거든요. 그래서 저는 '절대' 이번 일에 대해서는 의견을 내지 않을 겁니다."

"……? 그러신가요?"

너무나도 프란체스코 왕자답지 않은 대답이라, 젠지로의 가슴에는 작은 초조감 비슷한 것이 샘솟았다.

분명히 프란체스코 왕자에게 의견을 구하면 터무니없는 마법 도구를 후보로 꼽을 것이라는 평가는 옳다.

하지만 그런 자신의 모습을 잘 알면서도 다른 사람에게 피해를 끼치며 폭주하는 사람이 프란체스코 왕자 아니었나?

그런데 스스로 물러서다니. 그것도 '절대' 의견을 내지 않겠다고 명언하면서. 아무래도 무언가 꿍꿍이가 있다고 생각하는 것이 자연스럽다.

작은 변화도 놓치지 않으려고 신경을 바짝 곤두세운 젠지로에게, 프란체스코 왕자는 평소대로의 표정과 평소대로의 목소리로 평소와는 전혀 다르게 암시가 포함된 말을 했다.

"오히려 이런 문제에 관해서라면 라르고 숙부님에게 의지하는 편이 좋지 않을까요? 라르고 숙부님은 보수적인 인물이지만, 젠지로 폐하와는 특히 '이해가 일치'할 것이라 생각합니다."

".........호오."

이번 사건, 아직 젠지로가 모르는 이면(裏面)이 있다.

그 사실을 확신하게 만들어 준 프란체스코 왕자의 충고를 듣고, 젠지로는 의도적으로 목소리를 낮춰 작게 속삭였다.

"브루노 폐하나 주세페 전하보다도, 말인가요?"

"이번 일에 한정해서라면, 그렇습니다."

젠지로가 상당히 직접적으로 질문을 했는데도, 프란체스코 왕자는 아무런 망설임도 없이 그렇게 대답했다.

젠지로는 생각했다.

어디까지나 프란체스코 왕자 개인의 견해라는 점을 잊어서는 안 되지만, 일단은 브루노 왕과 주세페 왕태자보다도 라르고 왕자의 제안이 더 젠지로의 '이해와 일치'한다고 한다.

발언자가 프란체스코 왕자라서 상당히 미덥지 못하지만, 그렇다고 해서 무시할 수 있는 의견은 아니었다.

"…………."

잠시 눈을 감고 생각을 하던 젠지로가 각오를 다진 듯이 눈을 떴다.

"알겠습니다. 다름 아닌 프란체스코 전하의 추천이니, 될 수 있는 한 라르고 전하와 면담 기회를 잡아 그분의 '주장'을 들어 보겠습니다."

젠지로의 결정을 듣자 금발 왕자는 환하게 웃었다.

"그러시는 게 좋을 듯합니다. 이야기가 재미있어질 것 같아 그러는데, 가능하다면 저도 동석하고 싶습니다. 아, 하지만 그렇다면 내일이나 모레는 안 되겠군요."

"내일이나 모레요?"

"네. 내일은 저의 공식 귀국 식전이 있고, 모레는 가족과의 비공식 귀국 식사 모임이 있습니다. 특히 모레의 식사 모임 때는 사실상의 대설교 대회이니까요. 거 참, 도망칠 수만 있다면 도망치고 싶습니다만, 아버지도 할아버지도 시간을 끌면 끌수록 설교를 더 길게 하시는 분들이라서요."

각오를 다지고 처음부터 혼나러 가는 편이 상처가 덜합니다. 프란체스코 왕자는 그렇게 말하며 뺨을 긁적였다.

명백한 정보 제공에, 젠지로는 눈을 가늘게 떴다.

"그 비공식 귀국 식사 모임에 초대된 가족은 누구인가요? 라르고 왕자도 포함되어 있나요?"

"아니요. 정말로 집안 식구끼리 식사를 하는 모임입니다. 저랑 저의 부모님, 조부모님, 그리고 남동생, 여동생뿐이죠."

숙부는 물론 배다른 형제나 측실도 들어가지 않은 딱 가족만 모이는 모임이라고 한다.

즉, 모레는 라르고 왕자가 초대되지 않았다. 그리고 라르고 왕자와 젠지로의 면담을 방해하려고 하는 브루노 왕과 주세페 왕태자는 그날 프란체스코 왕자에게 설교하느라 바빠서 라르고 왕자를 방해할 여유가 없게 된다.

"그렇군요. 귀중한 정보를 알려 주셔서 감사합니다. 그 정보를 전제로 일정을 잡아 두겠습니다."

생각 외의 정치력을 발휘하는 프란체스코 왕자의 모습을 보고 당황하면서도, 젠지로는 일부러 헛기침을 하며 그렇게 선언했다.

"도움이 되었다면, 영광일 따름입니다."

젠지로의 말을 들은 프란체스코 왕자는 평소와 다름없이 경박한 미소를 지으며 그렇게 대답했다.

그날 밤.

애용하는 파자마로 갈아입고 침대에 누워 있던 젠지로는 마법 도구의 빛에 의지해 점심 때 받았던 사랑하는 아내의 편지를 열어

보았다.

"아, 못 읽겠으면 내일 이네스한테 읽어 달라고 할 생각이었지만, 이거라면 읽을 수 있겠어."

남편의 어학 능력을 파악하고 있던 여왕은 아무래도 현재의 젠지로도 이해할 수 있는 간단한 문장으로 편지를 써 준 듯했다.

모처럼 사랑하는 아내가 써 준 편지이니 가능하면 스스로 읽고 싶었던 젠지로는 이리저리 궁리하며 그 간단한 문장을 해독했다.

"으으음, 이건 '기온'이라는 단어이니까, 그쪽은 덥다는 이야기구나. 이건 모르는 단어야. 뭐라고 읽는 거지? 후, 후례야? 아니, 프레야인가? 아, 프레야구나! 프레야 공주가 왕도에서 죽을 것처럼 힘들어 하니 얼음을 보내 주고 싶다고? 으음, 아우라가 좋다면 괜찮지 않을까? 어차피 나중에는 후궁에 들어올 사람이니까. 아, 그런데 프레야 공주는 일단 웁살라 왕국으로 돌아가지? 그 전에는 너무 많은 정보를 제공하지 않는 편이 좋은가? 그런데 웁살라 왕국은 꼭 북유럽 같은 느낌이잖아. 북유럽 공주님에게 그 혹서기의 더위는 역시 견디기 힘들다는 점을 감안하면, 역시 도와주고 싶기는 한데……."

아무래도 크게 심각한 정보가 적혀 있지는 않은 것 같아서 젠지로는 즐겁게 사랑하는 아내의 편지를 해독해 갔다.

◆

그리고 이틀 후.

젠지로는 계획대로 라르고 왕자와의 면담을 성사시켰다.

"젠지로 폐하. 오늘은 저의 무리한 부탁을 들어 주셔서 진심으로 감사드립니다."

젠지로가 천천히 소파에 앉자, 맞은편에서 보라색 정장을 입은 중년의 남자가 깊숙이 고개를 숙였다.

"아니, 이쪽도 라르고 전하와는 한 번 천천히 대화를 나누고 싶었습니다."

젠지로는 그렇게 말한 뒤, 정중하게 중년 남자──라르고 왕자에게 자리에 앉으라고 권했다.

"네, 그럼 실례합니다."

그렇게 말하며 소파에 걸터앉은 남자를 젠지로는 새삼 관찰해 보았다.


라르고 샤로와.


현 국왕인 브루노 3세의 다섯 번째 왕자.

나이는 서른다섯 살. 외모도 거의 실제 나이와 비슷해 보인다.

눈과 머리카락은 모두 갈색에, 역시 갈색인 수염을 깔끔하고 단정하게 깎았다.

짙은 보라색 정장을 멋들어지게 입은 모습은 딱 왕족답게 세련되고 화려했다.

단지, 지금은 표정이나 태도에서 살짝 초조함이 묻어나 그 화려한 매력이 돋보인다고는 말하기 힘들었다.

"젠지로 폐하. 이렇게 만나 뵙게 되어 기쁘기 그지없습니다. 그 마음을 표현하는 의미로 폐하께 이것을 드리고자 하니, 한번 봐 주십시오."

소파에 앉은 라르고 왕자는 그렇게 말한 뒤, 뒤에 대기하고 있던 시종에게 명령했다.

"네, 실례하겠습니다."

그 시종이 펼쳐서 보여 준 것은 양탄자 한 장이었다.

수십 종류의 붉은색과 갈색 실을 이용해 기하학적으로 섬세하게 만든 양탄자는 왕족의 소유물로서 손색이 없을 정도의 고급품이었지만, 그 진정한 가치는 양탄자 전체에서 피어오르는 마력 쪽에 있었다.

"이렇게 사용합니다. '떠올라라.'"

라르고 왕자가 짧게 마법어를 말하자, 그 명령 그대로 양탄자가 위로 떠올랐다.

"이건 뭔가요?"

흥미가 생긴 젠지로는 소파의 등받이에서 등을 뗐다.

아무래도 바람 마법이 걸려 있는지 우웅우웅 하는 큰 소리를 내면서 마법 양탄자는 바닥에서 30센티미터 정도 떠올랐다.

마법의 양탄자.

쌍왕국이 중동을 연상케 하는 사막 나라라는 점도 있어서, 젠지로는 무심결에 과도한 기대를 하고 말았다.

"혹시 이걸 타고 이동할 수도 있습니까?"

하지만 아쉽게도 라르고 왕자는 쓴웃음을 지으며 부정했다.

"아니요. 아무래도 그런 기능까지는 없습니다. 이것은 보시는 대로 이렇게 공중에 뜰 뿐, 움직일 수는 없습니다."

"그런가요……."

기분이 가라앉은 젠지로에게 라르고 왕자는 물건 판촉을 하는 상인처럼 몸짓을 섞으며 설명했다.

"쌍왕국에서는 이 '부유 양탄자'라는 마법 도구를 어린아이가 걸을 수 있게 되면 선물해 주는데, 보시다시피 공중에 뜨기 때문에 위에 올라가면 폭신하고 부드러워 감촉이 매우 좋습니다. 그 때문에 이 위에서는 어린아이가 넘어져도 다치지 않습니다. 아직 카를로스 전하에게는 이를지 모르나, 어린아이의 성장은 놀라우리만치 빠릅니다. 이 위에서 놀게 되는 것도 금방입니다."

"그렇군요."

라르고 왕자의 설명을 듣고 젠지로는 감탄했다는 듯이 몇 번이나 고개를 끄덕였다.

백화점 아이들 놀이터에 있는 공기가 들어가 폭신한 놀이 기구. 아마 그것의 마법 도구 버전이라고 보면 될 듯했다.

"좋은 물건을 선물로 받게 되어 기쁩니다. 감사합니다, 라르고 전하."

표정을 보고 젠지로의 말이 진심에서 자연스럽게 우러나온 것이라는 사실을 깨달은 걸까.

라르고 왕자는 안도의 한숨을 내쉬었다.

선물로 좋은 인상을 안겨서 그 후의 교섭을 유리하게 이끄는 방법은 안이한 수단이라고도 할 수 있었지만, 그래도 여전히 사람들이 사용하는 이유는 그만큼 효과적이기 때문이었다.

"그건 그렇고, 이번 새 왕 즉위 때에 네 공작에게 증여할 마법 도구에 관한 조언 역할을 맡으셨다고 들었습니다만, 어떤 의견을 내실지 벌써 결정하셨습니까?"

그 말을 할 때, 라르고 왕자의 얼굴에는 숨길 수 없는 긴장감이 감돌았다.

처음부터 그 이야기를 꺼내다니 조금 예상외라고 생각하긴 했지만, 그 이야기를 해야 한다는 점에서는 젠지로도 아무런 이견이 없었다.

"아니요. 옛 자료도 참고하고 다양한 지위에 계신 분들의 의견도 모아 나름대로 생각을 정리하고는 있지만, 저 자신은 아직 결정하지 못했습니다. 몇 가지 후보는 생각해 두었습니다만."

젠지로의 대답을 듣고 라르고 왕자는 명백하게 긴장을 풀었다.

얼굴에는 '늦지 않았다'라고 적혀 있는 듯한 표정이 떠올랐다.

그리고 라르고 왕자는 한 번 뒤를 돌아본 뒤, 대기하고 있던 자신의 호위와 시종들에게 말했다.

"너희들은 잠시 물러나 있거라."

"넷!"

주인의 말을 듣고 부하들은 순순히 왕자가 앉아 있는 소파에서 멀리 떨어졌다.

"더 가라."

그러자 더 멀어졌다.

"조금 더."

조금 더 멀어졌다.

"조금 더."

"…………."

물러나지 않았다. 아무래도 지금 있는 곳까지는 목소리가 닿지 않았던 모양이다.

젠지로는 아직 가동 상태인 마법 양탄자를 바라보았다. 바람 마법을 발동시키고 있는 양탄자는 조금 전부터 우웅우웅 시끄러운 소리를 냈다. 이 소리가 방해가 되어 소리가 닿지 않는 것이다.

그 사실을 확인한 라르고 왕자는 결심을 한 듯 젠지로를 돌아보고 진지한 표정을 지으며 말했다.

"젠지로 폐하. 폐하를 따르는 자들도 물러나 있으라고 명령해 주셨으면 합니다만, 괜찮으시겠습니까?"

이건 누가 봐도 다른 사람을 완전히 배제한 밀담을 하자고 제안하는 것이나 마찬가지였다.

순간 망설였지만, 젠지로는 여기까지 온 이상 받아들이는 것 외에는 다른 선택지가 없다고 생각했다.

"알겠습니다. 엘라디오, 자네들도 물러나 있게."

"넷!"

그렇게 서로 마주 보고 앉은 젠지로와 라르고 왕자만이 남았다.

양측의 측근들은 모두 같은 실내에 있었지만, 옆에서 바람 마법 도구를 발동시킨 상태라 이 정도 거리만큼 떨어져 있어서는 두 사람의 대화를 들을 수 없었다.

그래도 여전히 마음이 놓이지 않는지, 라르고 왕자는 무릎 위에 팔꿈치를 대고 양손을 입 앞에 놓은 뒤에야 이야기를 하기 시작했다.

"감사합니다, 젠지로 폐하. 여기까지 온 이상 숨겨 봐야 아무 소용이 없으리라 생각하니, 단도직입적으로 여쭙겠습니다. 젠지로 폐하, 폐하는 우리 나라에 대해 어느 정도나 이해하고 계십니까? 특히 우리 샤로와 왕가와 네 공작의 관계에 대해서 말입니다."

"글쎄요. 아마도 아주 기본적인 것만 이해하고 있으리라 생각합니다."

그렇게 말한 뒤, 젠지로는 지금까지 수집한 샤로와 왕가와 네 공작에 관한 지식에 대해 말해 주었다.

네 공작은 선주민인 사막 방랑민의 족장 가문이라는 것.

그중 두 공작 가문은 정착했지만, 남은 두 공작 가문은 아직도 당시와 다름없이 사막에서 방랑 생활을 계속하고 있다는 것.

정착한 두 공작 가문은 신하로서 샤로와 왕가를 섬기지만, 방랑을 계속하는 두 공작 가문은 독립성이 강하다는 것.

그런 정보를 진지한 표정으로 고개를 끄덕이며 듣고 있던 라르고 왕자는 마지막의 "이 정도로군요." 라는 말을 듣고 크게 한숨을 내쉬더니 말했다.

"감사합니다. 이것은 제 주관입니다만, 젠지로 폐하의 지식에서는 특별한 오류를 찾아보기 어렵다고 생각합니다. 단지, 그 정보는 어디까지나 우리 나라의 역사와 성립 과정에 대한 것으로, 현재를 설명하기에는 아무래도 모자랍니다. 그와 관련해서 제가 추가로 말씀드리고 싶은 것이 있습니다. 물론 정보의 진위는 나중에 얼마든지 확인해 보셔도 좋습니다."

"알겠습니다. 말씀해 주시지요."

젠지로가 작게 고개를 끄덕이는 모습을 확인한 라르고 왕자는 말을 계속했다.

"현재, 네 공작은 크게 두 갈래로 나뉘어 있는데, 그에 관해서는 젠지로 폐하께서도 알고 계신 대로입니다. 옛날 방식대로 방랑 생활을 계속하면서 왕가와 거리를 두고 있는 엘레하류코 공작 가문과 리야폰 공작 가문. 그들은 아직도 자신들을 '족장 가문'이라고 부릅니다. 한편 정착하기를 선택하여 가까운 왕가의 신하가 된 엘레멘타카트 공작 가문과 아니미얌 공작 가문이 있습니다. 전통인가, 혁신인가. 독립인가, 종속인가. 예전에는 그 두 가지가 큰 차이였지만, 지금은 그 둘을 크게 나누는 차이가 하나 더 있습니다. 바로 '경제 격차'입니다."

"아, 그런 것이었군요."

별로 총명하지 않은 젠지로도 그 말을 듣자 대략적인 사정을 이해할 수 있었다.

그래도 젠지로는 만약을 위해, 실수가 없도록 확인을 해 두었다.

"금과 소금은 그렇게나 큰돈이 됩니까?"

다행히 그 추측은 틀리지 않은 듯했다.


"네, 사막에 금광이 있는 엘레멘타카트 공작 가문과 거대한 염호를 소유한 아니미얌 공작 가문은 모두 거대한 재력을 보유하고 있습니다. 덧붙이자면, 아니미얌 공작령의 염호에서 채취 가능한 것들 중, 더 고가에 거래되는 것은 소금이 아니라 물입니다."

라르고 왕자는 젠지로의 질문에 고개를 끄덕이며 그렇게 대답했다.

생각해 보면, 아주 당연한 이야기였다. 방랑과 정착. 보통은 후자가 더 생활이 쉽게 안정된다. 안정은 여력을 낳고, 여력은 경제를 활성화한다.

그런 상태로 몇 세대나 시간이 흐르면 방랑 생활을 하는 두 공작과 정착 생활을 하는 두 공작 사이에 명확한 경제 격차가 생기는 것은 거의 필연이라고 할 수 있었다.

하지만 그렇게 되면 다른 의문이 떠오른다.

"그런 점을 생각해 보면, 샤로와 왕가는 굉장히 관대하다고 할 수 있겠군요. 황금알을 낳는 용을 가신이 그대로 가지고 있을 수 있도록 허용하고 있으니까요."

금광과 소금 호수. 양쪽 모두 쌍왕국에게 있어서는 중요한 자금원이다. 쌍왕국 왕족이 평범한 왕족이었다면 직할령으로 삼아 몰수해도 이상하지 않다.

그런 젠지로의 노골적인 질문에, 샤로와 왕가의 다섯 번째 왕자는 씨익 미소를 지으며 대답했다.

"그렇게 놔두는 것이 샤로와 왕가에게도 더 좋기 때문입니다. 사막에서 금을 채굴하는 것도 사막의 소금 바다에서 소금과 물을 만드는 것도 결코 편한 작업이 아니니까요. 엘레멘타카트 공작령의 공도에 있는 금광 도시와 아니미얌 공작령의 공도에 있는 소금 호

수 도시. 양쪽 모두 '마법 도구'가 없으면 사람이 살 수 없는 불모의 사막 한가운데에 있습니다."

"⋯⋯그렇다면, 확실히 효율적이긴 하겠군요."

젠지로는 무슨 소린지 알겠다는 듯이 크게 한숨을 내쉬었다.

즉, 정착하기로 선택한 엘레멘타카트와 아니미얌 공작 가문은 그 시점에 샤로와 왕가에게 그 자체로 목덜미를 제압당한 것이나 마찬가지였다.

모래폭풍을 바람의 마법 도구로 억제하고, 사람이 살아가는 데 필요한 음료수를 물의 마법 도구로 만들고, 흙의 마법 도구로 사막의 대지를 정비하여 적으나마 사람이 살아갈 수 있을 만큼의 소출을 내야 했기 때문이다.

마법 도구는 사막 도시의 라이프라인. 문자 그대로 생명선이라 할 수 있었다.

자신들이 고생고생하며 사막 안에서 금과 소금을 채취하는 것보다 돈과 소금을 채취하는 자들에게 값비싼 마법 도구를 판 뒤, 일정 이상의 수익을 거두어 가는 것이 훨씬 효율적이다.

"경제의 격차는 그대로 인구의 격차로 이어집니다. 정착한 두 공작령과 방랑하는 두 공작령의 인구 차이는 이미 두 배 이상까지 벌어졌습니다."

"그럼⋯⋯ 더 이상 네 공작이 동격이라고 할 수 없는 것 아닌가요?"

예상을 뛰어넘는 격차가 생겼다는 말을 듣고, 젠지로는 오싹한 마음에 반사적으로 그런 질문을 던졌다.

경제력이 몇 배 이상 차이가 나고 인구에서도 두 배 이상 차이가 나는 집안을 동격으로 대우하는 것은 아무래도 무리가 있다.

하지만 라르고 왕자는 씁쓸한 표정을 지으며 젠지로가 던진 의문을 부정했다.

"아니요. 아직 그렇게까지는 되지 않았습니다. 왜 그런가 하면, 엘레하류코 공작 가문과 리야폰 공작 가문은 강건한 사막 방랑 민족의 힘과 영혼을 현대에도 그대로 이어받은 부족이기 때문입니다. 남자는 물론 여자나 어린아이까지도 여차하면 활을 들고 싸울 수 있는 긍지 높은 전사 부족을 얕볼 수 있는 바보는 아무래도 많지 않습니다."

"그건……."

이번에야말로 젠지로는 말을 채 잇지 못했다.

경제적으로 풍족한 정착 공작 가문과 경제적으로는 훨씬 부족하지만 군사력만큼은 우위에 있는 방랑 공작 가문.

엄청나게 큰 불씨가 도사리고 있다고 할 수 있는 상황이었다.

"현재, 샤로와 왕가에서는 그런 상황을 해결하기 위한 방안으로 크게 두 가지 의견이 대립하고 있습니다. 하나는 현실적인 격차를 더욱 촉진시키는 것. 두 방랑 공작 가문을 후작 가문으로 격하함으로 대립을 해소하려는 생각입니다. 또 하나는 현실의 흐름을 거슬러 두 방랑 공작 가문을 지원하는 것. 조금이라도 방랑 공작 가문들과 정착 공작 가문들 사이의 경제 격차를 줄여 대립을 해소하려는 생각이지요. 전자의 방침을 선택한 사람이 제 아버지 되시는 브루노 폐하와 형인 주세페 왕태자입니다. 그리고 후자의 방침을 지지하는 사람은 숨길 것도 없이 바로 저, 라르고입니다.”

머리가 아플 정도로 중요한 정보가 나열되는 바람에 젠지로는 자신의 표정근을 제대로 제어할 수가 없었다.

하지만 이야기의 심도가 깊어져서 그런지, 망설임도 그냥 사라져 버렸다.

“라르고 전하는 왜 두 방랑 공작 가문을 도우려고 하는 거죠? 자립·독립 노선인 방랑 부족과 신하 노선인 정착 부족이라면, 정착 부족 쪽이 왕가에게 훨씬 도움이 되는 존재일 거라 생각이 드는 데요.”

그 질문을 듣고, 중년의 왕자는 작게 어깨를 으쓱하더니 담담한 말투로 대답했다.

“단순합니다. 그렇게 하는 것이 쌍왕국에게 유리하다고 판단했기 때문이지요. 원래 엘레하류코 공작 가문과 리야폰 공작 가문은 네 공작의 첫 번째, 두 번째 서열이었으니까요. 소유한 영토도 넓어 다른 나라와 긴 국경선을 맞대고 있습니다. 사막의 그 긴 국경선을 가장 효율적으로 지킬 수 있는 존재가 방랑 민족입니다. 쌍왕국 전체를 생각하더라도, 그들이 정착을 해서는 오히려 불리합니다. 만약 그들이 후작 가문으로 격하된다고 해 보시죠. 과연 지금과 똑같은 규모, 똑같은 열의를 가지고 국경선을 지켜 줄까요? 저는 절대 그렇지 않을 것이라 생각합니다.”

“그렇군요.”

라르고 왕자의 설명은 충분히 납득할 만했다.

평시에는 국경의 경비를 담당하고, 유사시에는 가장 먼저 전쟁터로 달려가 영지를 지켜야 하는 자들이 뒤에서 편하게 경제를 책임지는 자들보다도 '격하'된다면, 아무래도 이전보다 사기가 떨어지고 만다.

그 무력, 그 사기를 유지하기 위해 왕가가 지원을 해 주는 것은 어떻게 보면 당연한 일이었다.

다만, 그것을 그냥 '당연'하게 생각하기에는 방랑 민족들이 너무 독자적 기풍이 강하다는 것이 문제이다. 자칫 세력을 너무 키워 주면 제어가 불가능해질 염려가 있다.

"그럼 그 네 공작에 대한 방침의 차이가 라르고 전하와 주세페 전하가 대립하는 원인입니까? 그것만 절충할 수 있다면, 라르고 전하는 주세페 전하의 새 왕 즉위에 반대하지 않는다는 말씀이시죠?"

긴장을 억누르고, 기폭 버튼을 누르는 심정으로 젠지로가 던진 질문.

그 질문을 들은 라르고 왕자는 명확하게 고개를 저었다.

"아니요. 방침 차이는 그다지 큰 문제가 아닙니다. 개인적으로는 길게 보았을 때, 두 방랑 공작 가문을 도와야 유리하다고 생각합니다만, 정착한 두 공작 가문을 이대로 크게 키워 국력을 크게 신장하는 방침도 결코 틀렸다고 생각하지 않기 때문입니다."

"그럼 왜⋯⋯?"

라르고 전하는 주세페 전하의 즉위에 반대하시는 거죠? 젠지로가 난처하다는 듯이 그렇게 말을 계속하려고 했는데, 라르고 왕자가 먼저 쓴웃음을 지으며 그 이유를 대답해 주었다.

"저는 처음부터 주세페 형님의 즉위에 반대한 적이 없습니다. 공식 석상에서 제가 그런 말을 한 적이 한 번이라도 있었습니까?"

"⋯⋯⋯⋯예?"

완전히 연기를 잊고 본래의 목소리로 그렇게 외친 젠지로에게 라르고 왕자는 득도를 한 듯 담담한 말투로 말을 계속했다.

"아, 그 점에 대해서는 젠지로 폐하뿐만이 아니라, 우리 나라의 귀족들도 대부분 착각하고 있습니다. 아니, 정확하게 말하면 아버지와 형님의 정보 조작 때문에 착각을 '할 수밖에 없는' 상태이지만, 저는 단 한 번도 옥좌를 노린 적이 없습니다. 저는 원래 보수적인 사람으로, 혈통도 경력도 능력도 아무런 문제가 없는 형님을 제쳐 놓고 옥좌에 앉는다니, 상상만 해도 가슴이 아픕니다."

그렇게 말하며 라르고 왕자는 정말 소름이 끼친다는 듯이 목을 움츠리고 부들부들 몸을 떨었다.

"자, 잠깐만요. 하지만 라르고 전하는 그때 공식 석상에서 브루노 폐하에게 다시 생각해 달라고 말씀하셨지 않습니까?"

"제가 다시 생각해 주길 바랐던 것은 '성급'하게 아버지가 형님에게 왕위를 물려주는 것이었을 뿐, 아버지가 형님에게 왕위를 물려주는 일 자체에는 전혀 이견이 없습니다."

너무나도 혼란스러웠던 젠지로는 조금이라도 상황을 이해하기 위해 본능에 따라 잇달아 질문을 이어 갔다.

"그럼 왜 브루노 폐하와 주세페 전하는 그런 정보 조작을 하고 계신 거죠? 라르고 전하가 주세페 전하의 즉위에 찬성하고 있는데도 말입니다."

"그 이유는 형님이 왕위에 오른 뒤의 방침 중, 제가 절대로 받아들일 수 없는 것이 있기 때문입니다."

"절대로 받아들일 수 없는 것?"

고개를 갸웃하는 젠지로에게 라르고 왕자는 크게 숨을 들이쉬어 폐에 가득 공기를 머금은 뒤, 조금씩 흘리듯이 작은 목소리로 말했다.

"네. 그것은 '프란체스코를 차기 왕태자로 임명하는 것'입니다."

"앗?!"

순간적으로 젠지로의 눈에 이해됐다는 빛이 떠오른 모습을 라르고 왕자는 놓치지 않았다.

"역시 젠지로 폐하도 알고 계셨군요. 그 바보가 왕의 적손이면서도 왕위 계승권을 가지고 있지 않은 진짜 이유를 말입니다."

프란체스코 왕자. 나이는 스물다섯 살. 원래는 아버지인 주세페 왕태자에 이어 왕위 계승권을 가지고 있어야 했지만, '그 인격 때문에 너무나도 불안'하다는 이유로 왕위 계승권을 인정받지 못하고 있는 샤로와 왕가의 대표적인 문제아.

하지만 젠지로는 알고 있다.

프란체스코 왕자에게 왕위 계승권이 없는 진정한 이유를.

그 이유란, 프란체스코 왕자가 샤로와 왕가의 혈통마법인 '부여

마법'뿐만 아니라, 지르벨 법왕가의 혈통마법인 '치료마법'도 동시에 다룰 수 있을 정도의 보기 드문 존재이기 때문이었다.

노골적으로 말해 혈통마법이란 왕가의 기득권이다.

보통은 한 나라에 왕가는 하나. 그래서 혈통이 국외로 확산되는지 안 되는지에만 신경을 쓰면 충분하지만, 샤로와·지르벨 쌍왕국은 그 이름대로 두 왕가가 양립하고 있는 특수한 국가다.

양 왕가 모두 가능한 한 자신의 혈통이 상대의 왕가로 흘러가지 않도록 조심하지만, 몇백 년이나 세대가 거듭되다 보면 결국 피가 섞일 수밖에 없었다.

그 결과 아주 드물기는 하지만, 샤로와 왕가의 사람이면서 치료마법에 눈을 뜨거나, 반대로 지르벨 법왕가의 사람이면서 부여마법을 사용할 수 있는 사람이 나타났다.

그래서 양쪽 왕가는 밀약을 맺었다.


【각 왕가 인물 중 상대의 혈통마법에 눈을 뜬 자가 태어났을 경우, 그 자는 대를 잇지 말고 평생 독신으로 살아야 한다】라고.


그 밀약을 맺었을 때의 적용 대상은 자기 가문의 혈통마법은 쓰지 못하고 상대 가문의 혈통마법만을 사용할 수 있는 사람이었지만, 프란체스코 왕자처럼 양쪽 가문의 혈통마법을 사용할 수 있는 사람도 당연히 그 밀약의 대상이었다.

그렇다고는 하지만 그 사실——프란체스코 왕자가 '치료마법'을 사용할 수 있다는 사실은 쌍왕국 상층부에서도 일부 사람만이 아는 극비 사항이었다.

'분명히 프란체스코 왕자는 「확실히 알고 있는 사람은 국왕과 법왕, 자신의 부모님, 그리고 치료마법을 가르쳐 준 스승님뿐」이라고 말을 했었지?'

국왕, 법왕, 부모님, 그리고 치료마법을 가르쳐 준 스승.

그중에 라르고 왕자는 해당되지 않았다.

"이렇게 말씀드리긴 뭐하지만, 프란체스코 전하는 아시다시피 너무 자유분방한 성격 아니십니까? 브루노 폐하가 프란체스코 전하에게 계승권을 부여하지 않은 것은 특별히 이상해 보이지 않습니다만."

이제 와서 이래 봐야 늦었다고 생각하면서도, 젠지로는 일단 시치미를 뗐다.

그리고 그 대처는 역시 늦은 듯, 라르고 왕자는 짙은 갈색 수염 아래에 쓴웃음을 숨기며 말했다.

"물론 명분상으로는 그렇습니다. 하지만 저도 어쨌든 왕족이다 보니, 일찍이 샤로와 왕가와 지르벨 법왕가가 맺은 밀약에 관해서도 알고 있습니다. 게다가 마법에 관해서라면 나름대로 조사를 해 보았습니다. 듣기론 일반적인 왕족보다 배가 넘는 마력을 보유한 사람이라면 이론상 두 가지 혈통마법을 동시에 사용할 수 있을 가능성이 있다고 합니다."

"⋯⋯⋯⋯흥미롭군요."

아무래도 라르고 왕자는 확신에 가까운 형태로 진실을 추측하고 있는 중인 듯했다.

명확한 언질을 줄 수는 없었기 때문에 조금 에두른 표현을 사용해야 했지만, 젠지로도 은연중에 상대의 주장을 인정할 수밖에 없었다.

"즉, 브루노 폐하와 주세페 폐하는 프란체스코 전하를 차기 왕태자로 임명할 생각이지만, 라르고 전하는 프란체스코 전하의 왕태자 즉위에 반대하고 있다. 그런 대립이라고 보면 될까요?"

젠지로의 말을 듣고 라르고 왕자가 조용히 고개를 끄덕였다.

"네, 그렇습니다. 형님은 우수한 위정자입니다. 물론 모든 의견에 찬성하는 것은 아니지만, 형님이 옥좌에 앉으시면 최종적으로 왕의 신하로서 당연히 저의 의견을 거두고, 형님의 의사에 따를 생각입니다. 하지만 프란체스코와 관련된 일만은 별개입니다. 녀석을 차기 왕태자, 차차기 국왕으로 내정하는 것만큼은 허용할 수 없습니다."

명확하게 단언하는 라르고 왕자의 주장은 젠지로도 이해하기 쉬웠다.

젠지로는 머릿속으로 정리한 정보를 확인하듯이 말했다.

"알겠습니다. 대략적인 사정이 어떠한지는 이해했습니다. 다시 말해, 브루노 폐하와 주세페 전하가 결탁하여 예고 없이 주세페 전하의 즉위를 앞당기겠다고 발표한 이유는 주세페 전하가 새 왕이 되는 것이 목적이 아니라, 프란체스코 전하의 새 왕태자 즉위가 목적이었다는 것이군요?"

현재 프란체스코 왕자는 스물다섯 살. 왕위 계승권은 없다. 아무리 왕과 왕태자가 결탁해도 그 점은 한계다.

예를 들어 10년 후, 프란체스코 왕자가 왕위 계승권을 가지지 못한 채 서른다섯 살이 되면, 아무리 브루노 왕과 주세페 왕태자라고 하더라도 프란체스코 왕자를 차기 왕태자로 삼기는 거의 불가능하다.

왕위 계승권을 얻지 못한 채 서른을 넘기면, 주변 사람들의 인식은 '왕위 계승에서 탈락한 자'로 굳어진다.

"그렇게 생각하니, 라르고 전하가 차기 왕위를 노리고 있다는 소문을 퍼뜨린 브루노 폐하와 주세페 전하의 의중도 알 것 같습니다. 부당하게 왕위를 노리는 야심가라는 딱지를 붙여 두어 라르고 전하의 발언력 약화를 노린 것이라 할 수 있겠네요."

"네, 말씀대로입니다."

젠지로의 말을 듣자 라르고 왕자는 개운한 표정을 지으며 고개를 끄덕였다.

라르고 왕자가 차기 왕위를 노린다. 그런 소문이 퍼지는 것만으로도 라르고 왕자의 궁정 안에서의 정치력은 거의 봉쇄되어 버린다.

주세페 왕태자는 혈통, 능력, 인격, 파벌 등 수많은 면에서 흠잡을 곳 없는 차기 국왕이었다. 그런데 주세페 왕태자를 대신하려고 하는 동생의 말에 대체 누가 귀를 기울여 줄까.

아무리 라르고 왕자가 '나는 왕이 될 생각이 전혀 없다. 차기 국왕은 주세페 형님밖에 없다'고 말해 봐야, 주변 사람들은 '당연히 겉으로는 그렇게 말하겠지'라고 생각할 수밖에 없다.

실제로 프란체스코 왕자의 왕태자 즉위의 가능성을 없애기 위해 주세페 왕태자의 새 왕 즉위를 가능한 한 늦추려고 공작을 펼쳤으니, 라르고 왕자의 말에 신빙성이 있을 리가 없었다.

그야말로 라르고 왕자 입장에서는 막다른 곳 바로 앞에서 발버둥치고 있는 상황이라 할 수 있었다.

'굉장하네. 대국의 왕족이란 이런 건가?'

젠지로는 자신의 입장도 잊고 내심 그렇게 감탄했다.

에둘러서, 하지만 가차 없이 피가 이어진 가족을 몰아붙인다. 그러면서도 표면상으로는 사이좋은 가족이라는 자세를 무너뜨리지 않는다.

아니, 어쩌면 정말로 가족에게 친애의 정을 느끼고 있을지도 모른다. 그러면서도 정치적인 대립이 있을 때는 가차 없이 상대를 공격해야 한다.

그럴 수 있어야 '유능한 왕족'인 것이다.

"하지만 그렇게까지 앞을 내다볼 수 있을 만큼 유능한 정치가인 브루노 폐하와 주세페 전하가 군이 프란체스코 전하에 집착하는 이유가 무엇인지 모르겠습니다."

샤로와 왕가와 지르벨 법왕가가 밀약을 맺은 이상, 프란체스코 왕자에게 왕위를 물려주는 것은 오히려 분란을 일으키는 일이다.

브루노 왕과 주세페 왕태자는 매우 듬직했지만, 프란체스코 왕자에게 집착하는 면만은 어딘가 그런 분위기와 어울리지 않았다.

젠지로의 그런 감상을 듣고 라르고 왕자는 꽤 오래 전에 이미 포기했었던 듯한 무언가를 다시 떠올리듯이 크게 한숨을 쉬고 말했다.

"어쩔 수 없습니다. 아버지와 형님은 '융합파'. 그것도 '완전 융합파'이니까요."

"'완전 융합파'?"

들어 본 적은 없지만, 어딘가 불길한 느낌이 드는 고유명사를 듣고 젠지로는 고개를 갸웃했다.

"'융합파'는 이름 그대로 왕가가 양립하고 있는 우리 나라의 상태를 염려하여, 왕이 하나만 존재하는 나라로 만들고자 하는 사상입니다. '완전 융합파'는 그중에서도 혼인 등으로 두 왕가의 혈통을 섞어, 부여마법과 치료마법, 양쪽의 혈통마법을 후세에 전하는 방법으로, 완전히 하나로 융합한 왕가의 설립을 목표로 하는 사상입니다."

"…………."

처음으로 알게 된 '완전 융합파'라는 존재에 젠지로는 일찍이 프란체스코 왕자 자신이 부정했던 그 의문을 다시 떠올렸다.

"라르고 전하. 가십성 질문 같아 죄송하지만, 프란체스코 전하는 주세페 왕태자 전하의 아들이 정말 맞습니까?"

"네. 우리 나라에서는 틀림없이 그렇다고 되어 있습니다."

속뜻을 내포한 대답을 듣고, 젠지로는 자신의 저속한 추측이 맞았다는 사실을 반쯤 확신했다. 그래도 혹시나 자신의 예상이 틀리지 않았을까 싶어, 젠지로는 한 가닥의 희망을 품고 계속 물었다.

"그 '완전 융합파'라는 사상을 지닌 사람은 샤로와 왕가 말고, 지르벨 법왕가 쪽에도 있나요?"

"네. 수는 적지만, 두 왕가의 중추에 뿌리를 내리고 있다고 들었습니다."

"……지르벨 법왕가에는 프란체스코 전하가 '스승님'이라 부르는 분이 계시다고 들었는데요."

스승님이란 말할 것도 없이 '치료마법'의 스승이다. 프란체스코 왕자에게 남몰래 '치료마법' 사용법을 전수해 주었다는 그 인물.

이전에 그 존재를 프란체스코 왕자에게 들었을 때에는 그냥 흘려들었지만, 기밀 중의 기밀인 혈통마법을 정적이라고도 할 수 있는 샤로와 왕가의 왕자에게 가르쳐 준 지르벨 법왕가의 치유술사란 대체 누구일까?

"지르벨 법왕가의 샤를 전하이시군요. 헤아리신 바와 같이 그는 '완전 융합파'이며, 주세페 형님이나 형님의 정실인 토스카 형수님과는 어린 시절부터 매우 사이가 좋았습니다. 아, 왕태자비인 토스카 형수님은 분가 쪽이기는 하지만, 엄연한 샤로와 왕가의 사람으로, 부여마법 실력이 상당히 좋습니다. 당연히 형수님도 '완전 융합파'입니다."

더 이상은 듣고 싶지 않다. 위장 아래에 쌓인 묵직한 그런 외침을 억지로 무시한 채, 젠지로는 결정적인 질문을 던졌다.


"혹시 샤를 전하라는 분은 프란체스코 전하를 '유달리' 귀여워

하지 않으십니까?"

그 질문에 담긴 속뜻은 다행인지 불행인지 라르고 왕자에게 정확히 전달되었다.

"말씀하신 대로입니다. 샤를 전하는 '친아버지'인 주세페 형님보다도 더 프란체스코를 귀여워하십니다."

"하하하, 참 좋은 일이군요. 프란체스코 전하는 행복하신 분입니다. 그렇다면 '친아버지가 두 명'인 것이나 마찬가지니까요."

"그렇습니다. 그것도 친아버지 두 분의 관계는 물론, 아내인 어머니와의 관계도 모두 양호하니, '매우 비틀리기는 했으나' 행복한 가정이 아닐까 합니다."

열심히 웃고는 있었지만, 솔직히 자신이 제대로 표정을 유지하고 있을 거라고는 도저히 생각하기 힘들었다.

특정한 사상에 심취한 사람들의 집념에 그저 소름이 끼칠 뿐이었다.

젠지로가 주세페 왕태자와 대화를 했을 때의 인상을 말하자면, 방심할 수 없는 교섭 상대이긴 했어도 이성적이고 친근한 신사였다.

'굉장해…… 이게 대국의 왕족인가.'

젠지로는 자신의 의도를 완전히 숨기면서도 뒤로는 착실히 원하는 일을 실현시켜 나가는 주세페 왕태자의 집념에 공포를 느꼈다.

하지만 지금은 주세페 왕태자의 내면이나 프란체스코 왕자가 가진 출생의 비밀만을 의식하고 있을 때가 아니었다.

젠지로는 천천히 심호흡을 한 뒤, 이야기를 계속 진행시켰다.

"그렇군요. 심정적으로는 라르고 전하의 말씀에 하나하나 모두 공감합니다. 하지만 제 입장에서 과연 어느 정도나 도움을 드릴 수 있을지, 확실히 말씀드리기가 어려운 것이 사실입니다."

지금 들은 정보가 모두 진실이라고 한다면, 젠지로는 심정적으로 주세페 왕태자보다 라르고 왕자를 더 응원하고 싶었다.

하지만 냉정하게 생각해 보면, 결국 그것은 감정적인 문제에 불과했다. 요컨대, 라르고 왕자가 한 말은 쌍왕국 샤로와 왕가 내의 가정 문제일 뿐이었다.

다른 나라의 왕족인 젠지로로서는 사랑하는 아내, 아우라를 위해 치유술사만 초빙할 수 있다면, 솔직히 말해 그렇게 복잡한 문제에는 깊숙이 참견하고 싶지 않았다.

그런 젠지로의 마음을 말과 태도를 통해 정확하게 눈치를 챈 것일까.

라르고 왕자는 이곳이 승부처라는 듯이 소파에서 굴러 떨어지는 것이 아닐까 할 정도로 몸을 앞으로 내밀더니, 핏발이 선 눈을 번쩍 뜨고 말했다.

"젠지로 폐하. 이제부터 제가 드리는 말씀은 무엇 하나 증거가 없는 저의 추측일 뿐입니다. 하지만 십중팔구 틀리지 않았다고 확신할 수 있습니다. 저의 정치력은 틀림없이 아버지나 형보다 몇 수 아래입니다. 하지만 형을 누구보다도 가까이에서 지켜봐 온 저이기에 형의 마음과 형이 다음에 무엇을 할지를 알아보는 능력만큼은 다른 사람에게 지지 않습니다. 그런 자부심이 있습니다."

"……."

무언가 엄청난 말을 할 생각인 듯했다. 그런 사실을 깨달은 젠지로는 동요한 모습을 겉으로 드러내지 않으려고 잔뜩 경계하며 귀를 기울였다.

"원래 아버지도 형님도 신중한 성격으로, 목적을 달성하려고 할 때는 오랜 시간을 들여 인내력을 발휘하는 분들입니다. 솔직히 말씀드리면 프란체스코에게 왕위를 물려줄 생각도 원래는 없었을지도 모릅니다."

브루노 왕과 주세페 왕태자 같은 '완전 융합파'는 쌍왕국 국내에서도 소수파라고 한다. 하지만 왕가가 두 개로 나뉘어 있기 때문에, 잠재적으로 복잡한 국내의 권력 구조를 문제 삼고 있는 귀족은 적지 않았다.

그런 사람들은 '융합파'의 이념에 일정한 이해를 표하는 이른바 잠재적인 '융합파'라고도 할 수 있었다.

그런 잠재적인 '융합파' 중에서도 국내에 영향력을 행사할 수 있고, 동시에 입이 무거운 사람에게 프란체스코 왕자의 비밀에 관해 밝혀 줌으로써 조금씩 '완전 융합파'는 동지를 늘려 갔다.

본격적인 활동은 다음 세대에게 맡겨 두면 된다.

그만큼 조심스럽게 시간을 들여 계획을 진행하던 중에, 브루노 왕과 주세페 왕태자가 급하게 움직이기 시작한 것은 비교적 최근이라고 한다.

"정확하게 말하자면 프란체스코와 보나가 카파 왕국에 도착한 다음부터라고 할 수 있습니다."

"..........."

이미 원하든 원하지 않든 말려든 상태다.

자세하게는 모르겠지만, 이미 그렇게 확신한 젠지로에게 라르고 왕자는 낮은 목소리로 설명을 계속했다.


"오래도록 두 왕가가 지켜 왔던 밀약을 깨고 프란체스코를 왕태자, 더 나아가 왕의 자리로 올리는 것은 내란을 부르는 행위. 아무리 생각해도 어리석은 행동이라고밖에 할 말이 없습니다. 하지만 눈길을 모두 '외국'으로 돌릴 수 있다고 한다면 어떨까요? 예를 들어 다른 나라, 그것도 쌍왕국에 필적하는 대국에 두 개의 '혈통마법'을 동시에 조종할 수 있는 강력한 왕자가 태어난다면. 그것도 그 왕자가 지닌 두 개의 '혈통마법' 중 하나가 원래는 자국의 왕족만이 지니고 있어야 할 비밀 마법이라면 말입니다. 쌍왕국 귀족들 사이의 충격과 동요는 어느 정도일지, 솔직히 말씀드려 상상도 가지 않습니다."


"...........!"

젠지로는 무의식중에 소리가 들릴 정도로 강하게 어금니를 물었다.

사랑하는 아내 아우라와 마찬가지로 매우 사랑하는 또 한 명의

존재. 아들 카를로스 젠키치의 비밀을 다른 나라의 왕족의 입을 통해 듣고도 평정을 유지할 수 있을 정도로 젠지로는 자제력이 높지 않았다.

걸려들었다. 그렇게 확신했는지, 라르고 왕자는 짙은 갈색 눈동자로 젠지로의 검은 두 눈동자를 똑바로 마주 보았다.

"그것은 명백한 위협입니다. 무언가 손을 써야만 합니다. 자칫하면 쌍왕국은 그 나라의 영향력 아래에 놓일지도 모르기 때문입니다. 그때 태연히 이렇게 밝히는 것입니다. '지금까지 비밀로 해 두었지만, 그 왕자에 필적할 만한 인물이 우리 나라에도 있다'고 말입니다. 물론 비밀을 엄수해 온 '완전 융합파'뿐만이 아니라 두 왕가 사람들에게서도 비난이 빗발칠 테고, 혼란도 일어날 겁니다. 하지만, 우리 나라의 혈통마법을 훔친 다른 나라의 왕자라는 위협이 있을 경우, 아버지나 형님이 정치력을 발휘하면 충분히 수습할 수 있을 것입니다. 적어도 아버지와 형님은 그렇게 생각하고 있지 않을까요? 저는 그렇게 보고 있습니다."

"…………."

라르고 왕자의 '추측'을 다 들은 젠지로는 지금까지 한 번도 사람들에게 보여 준 적 없는 매우 공격적인 표정을 지은 채 계속 입을 꾹 다물었다.

만약 이 자리에 라파엘로 마르케스가 있었다면, 아마 그 자신이 일찍이 품었던 염려를 새삼 떠올렸을 게 틀림없다.

일찍이 라파엘로 마르케스는 젠지로라는 남자를 '괴물'이라고 평했다.

왜냐하면 젠지로의 속마음과 가치관이 이쪽 세계와는 너무나도 이질적이었기 때문이다.

'젠지로 님에게 말을 거는 귀족들이 「역린(逆鱗)의 위치도 모른 채, 용의 온몸을 아무렇지도 않게 만지는 것처럼」 보입니다.'

그런 라파엘로 마르케스의 염려가 지금 이곳에서 멋지게 적중했다.

사랑하는 자신의 아이가 다른 나라의 정치적 문제로 위험에 처하게 되자, 젠지로는 명확하게 브루노 왕과 주세페 왕태자를 '적'으로 인식했다.

"젠지로 폐하?"

자신이 한 말이 예상을 훌쩍 뛰어넘는 효과를 발휘했다는 사실을 깨달은 라르고 왕자는 놀라움을 감추지 못하며 진정시키려는 듯 젠지로에게 말을 걸었다.

실제로 젠지로가 평범한 왕족이라면 브루노 왕과 주세페 왕태자가 하려는 짓은 그렇게 치명적이라 할 수 없었다.

다른 나라 왕자의 비밀을 마구 퍼뜨리는 것은 물론 좋지 않은 일이지만, 어차피 카를로스 젠키치가 지닌 능력——'부여마법'을 나라를 위해 사용한다고 하면, 언젠가는 공공연한 비밀이 될 성질의 비밀이기 때문이다.

'부여 마법'의 기초적인 주문을 가르쳐 준다거나, 카를로스 젠키치의 존재를 묵인하는 정도의 조건을 교섭 재료로 사용하면 왕족으로서 이익에 밝은 여왕 아우라는 어머니로서 불쾌하기야 하겠지만, 왕족의 입장이기에 일단은 웃으며 교섭 자리에 앉을 가능성이 높다.

하지만 젠지로에게 그런 식의 논리는 통하지 않았다.

"……잘 알겠습니다. 일단은 이쪽도 독자적으로 확인을 해 봐야 하니, 시간을 주십시오. 하지만 만약 신빙성이 있다고 확인될 경우엔, 라르고 전하가 원하는 방향으로 움직이는 것이 좋을 듯합니다. 시간이 많지 않다는 것을 잘 아니, 지금은 일단 라르고 전하의 정보가 모두 옳다는 전제하에 이야기를 진행시키겠습니다. 라르고 전하는 저에게 무엇을 원하십니까?"

이성적인 판단에 따라 확실한 증거가 나오기 전까지 판단은 보류했지만, 이미 젠지로의 브루노 왕, 주세페 왕태자에 대한 감정은 부정적인 쪽으로 기울었다.

그것은 라르고 왕자에겐 그야말로 바라마지 않던 반응이었지만 예상보다 반응이 더 강했기 때문에, 라르고 왕자는 잠시 동안 허를 찔린 듯 굳은 표정을 지었다.

그럼에도 간신히 정신을 가다듬은 라르고 왕자는 어흠 하고 헛기침을 한 뒤, 진지한 표정으로 자신이 원하는 바를 말했다.

"……네, 만약 저를 믿는다고 하신다면, 네 공작에게 마법 도구를 증여할 때, 두 방랑 공작 가문——엘레하류코 공작 가문과 리야폰 공작 가문을 더욱 배려해 주셨으면 합니다."

"……정말 그거면 되는 겁니까?"

예상보다 훨씬 간단한 제안이라 젠지로는 고개를 갸웃했다.

그런 젠지로의 모습을 보고 정신을 가다듬은 라르고 왕자는 담담한 말투로 말했다.

"네. 저의 요망은 단지 그뿐입니다. 제가 이렇게 젠지로 폐하와 면담 기회를 얻었다는 사실은 아버지와 형님도 이미 알고 있습니다. 그런 젠지로 폐하가 두 방랑 공작 가문을 배려한 제안을 하면, 아버지와 형님에게 그 사실이 전해질 것입니다. 젠지로 폐하가 제 편에 서 주셨다는 사실이 말입니다."

브루노 왕, 주세페 왕태자, 라르고 왕자. 그들의 진정한 대립 축은 '프란체스코 왕자를 차기 왕태자로 삼을 것인가, 삼지 않을 것인가'이지만, 이 문제는 샤로와 왕가와 지르벨 법왕가의 밀약이 얽혀 있기 때문에 절대 겉으로 드러낼 수는 없었다.

그래서 주변 사람들에게는 두 진영이 공개적으로 '네 공작의 장래에 대해' 대립하고 있는 것처럼 보였다.

정착한 두 공작을 중시하고, 최종적으로는 네 공작을 두 공작 두 후작으로 나누어 버리려고 하는 주세페 왕태자.

한편 두 방랑 공작을 중시하여 현재의 네 공작 체제를 유지하고자 하는 라르고 왕자.

그렇듯 양 진영이 대립하고 있는 문제에 젠지로가 두 방랑 공작에게 유리한 의견을 내면, 그것만으로도 브루노 왕과 주세페 왕태자에게는 내심이 무엇인지 전해진다.

'카파 왕국 국왕의 배우자 젠지로는 라르고 왕자 쪽을 지지하는 쪽으로 의사를 변경했다'라고.

젠지로는 그 의도를 눈치챘지만, 그러면서도 일부러 고개를 갸웃하며 의문스럽게 물었다.

"제가 라르고 전하의 의견에 동조했다. 그 사실만으로 주세페 전하는 프란체스코 전하의 왕태자 즉위를 포기할까요?"

젠지로의 질문을 듣고 라르고 왕자는 조금 생각을 한 뒤, 고개를 끄덕였다.

"확실히 그럴 것이라고는 할 수 없지만, 가능성은 높다고 생각합니다. 아버지와 형님이 프란체스코를 왕태자로 즉위시키려면 젠지로 폐하 및 아우라 폐하와의 절충이 필수불가결합니다. 그런데 그 계획을 초장에 젠지로 폐하께서 꺾어 주신다면 계획 수행에 중대한 지장이 올 수밖에 없습니다. 물론 이상적으로는 두 방랑 공작에게 유리한 마법 도구를 그냥 막연하게 제안하는 것이 아니라, 어쩔 수 없이 형님이 젠지로 폐하의 제안을 받아들일 수밖에 없을 정도로 매력적인 마법 도구를 제안해 주신다면 가장 좋겠습니다. 두 방랑 공작에게 유리한 마법 도구를 채용하면, 그것은 곧 주세페 형님이 저에게 양보할 수밖에 없게 하는 대외적인 압력이 될 테니까요. 적어도 주세페 형님이 새 왕위에 즉위하는 것과 동시에 제가 단연코 반대하는 프란체스코를 왕태자로 임명하는 것은 불가능해질 것입니다."

"흐음……."

라르고의 말을 듣고 젠지로는 심각한 얼굴로 고개를 끄덕였다.

말을 하는 쪽도, 듣는 쪽도 요망 사항을 이루기는 불가능하다는 점은 충분히 이해하고 있었다.

마법 도구는커녕 마법 그 자체도 아직 초보 중의 초보에 불과한 젠지로가 마법 도구 전문가인 샤로와 왕가 사람이 깜짝 놀랄 정도의 신선하고 유익한 마법 도구를 떠올리는 것은 단순히 어렵다 정도를 훨씬 뛰어넘는 일이었다.

젠지로는 일단 고개를 저으며 생각을 전환했다.

"프란체스코 전하는 왕위 계승권이 없습니다. 즉, 일반적으로는 주세페 전하가 왕이 되어도 프란체스코 전하가 왕태자로 임명되지는 않는다는 말입니다. 그렇다면 그럴 때, 누가 왕태자로 임명되는 것이 일반적입니까?"

생각을 굳히기 위해 거듭해서 질문을 하는 젠지로를 보고 라르고 왕자는 당황스러운 듯한 표정을 지으면서도 순순히 대답해 주었다.

"다음 왕태자라고 한다면 주세페 형님의 둘째 아들인 베토르가 되겠지만, 주세페 형님이 즉위하자마자 왕태자로 임명하는 것은 역시 상식적이 아닙니다. 베토르는 아직 일곱 살. 보통은 성인이 되는 열다섯 살 때 정식으로 왕태자로 임명하는 것이 일반적입니다."

"그렇군요. 그럼 밀약을 모르는 일반 귀족들이 봤을 때, 주세페 전하가 새 왕으로 즉위하자마자 프란체스코 전하를 왕태자로 임명하는 것과 베토르 전하를 왕태자로 임명하는 것 중, 어느 쪽이 더 상식적입니까?"

그렇게까지 직접적으로 묻자, 라르고 왕자도 젠지로가 무엇을 말하려고 하는지 이해한 듯했다.

"'성격이 불안하다'라는 소리를 공개적으로 들으며 스물다섯 살까지 왕위 계승권을 부여받지 못한 프란체스코에 비하면, 아직 일곱 살이긴 하지만 베토르가 임명되는 것이 그나마 상식적입니다. 과거에는 그렇게 어릴 때에 왕태자가 된 사례도 있으니 말입니다. 하지만 젠지로 폐하. 베토르는 우리 쌍왕국의 왕자. 카파 왕국의 왕족인 젠지로 폐하께서 그렇게까지 걱정하실 필요는 없습니다."

그렇게 말한 뒤, 라르고 왕자는 이날 처음으로 조금 공격적인 의사를 담아 젠지로를 바라보았다.

쌍왕국의 왕족으로서는 아주 당연한 일이었다.

젠지로는 넌지시 '프란체스코 왕자의 왕태자 즉위를 저지하기 위해, 베토르 왕자가 왕태자로 즉위하도록 추진해 보는 것은 어떤가' 하고 제안한 것이었기 때문이다.

하지만 그것은 아무리 생각해도 다른 나라의 왕족인 젠지로의 쌍왕국 중심부에 대한 강력한 내정 간섭이었다.

라르고 왕자는 이해가 일치한다고 보고 젠지로에게 이야기를 하고 있는 것일 뿐, 그는 어쨌든 간에 쌍왕국의 왕족이었다.

젠지로가 부당하게 쌍왕국에 간섭하면 당연히 라르고 왕자는 적이 된다.

그 정도는 별로 총명하지 않은 젠지로도 충분히 예상하고 있었다.

그래서 이미 각오를 다지고 있던 젠지로는 자못 여유가 넘친다는 듯이 미소를 지으며 한 점 흐림 없는 말투로 라르고 왕자에게 미리 준비해 두었던 대답을 했다.


"맞습니다. 설사 대국의 왕이나 왕태자라도, 대국의 왕족, 그것도 아직 이도 나지 않은 아기의 생애에 간섭하는 것은 '절대' 용서받지 못할 일입니다. 실언을 했군요."

　내정 간섭은 프란체스코 왕자를 즉위시키기 위해 카를로스 젠키치를 말려들게 하려고 하는 브루노 왕과 주세페 왕태자가 먼저 하고 있지 않은가.
　젠지로가 그렇게 강렬히 비꼬자, 라르고 왕자는 아주 잠깐 아픈 곳을 찔린 듯이 얼굴을 찌푸리고는,
　"……이해해 주셔서 다행입니다."
　그렇게 말하며 물러설 수밖에 없었다.

# [제4장] **적극적인 암약**

라르고 왕자에게 놀라운 정보를 들은 다음 날.

젠지로는 곧장 적극적으로 움직이기 시작했다.

아마 사정을 모르는 사람이 보면 별로 특이한 행동처럼 보이지 않았을지도 모른다.

원래 젠지로는 가능한 한 면담을 거부할 수 없는 상대와만 만나고 그 후에는 적당히 시간을 보낼 생각이었다.

그 거부할 수 없는 면담 상대의 마지막이 바로 어제 만난 라르고 왕자였다.

그렇기에, '원래는 이제 사람들을 그만 만날 생각이었다'라는 젠지로의 속마음을 모르는 이상, 다음 날부터도 적극적으로 면담 희망자를 만나고, 때에 따라서는 이쪽에서 면담을 신청하는 행동은 아주 자연스럽게 보일 수밖에 없었다.

"그럼 오늘 오전 중에는 피사니 후작 가문의 사교 파티에 출석. 점심 식사는 그쪽에서 드시고, 오후는 마르가리타 왕녀 전하와 대담. 밤에는 왕궁의 연회에 출석. 이상입니다."

시원스런 말투로 그렇게 말한 사람은 젠지로 뒤에 서 있는 금발 사이드 테일 소녀——루크레치아였다.

젠지로가 마음이 바뀐 덕분에 현재 가장 큰 이득을 얻고 있는 사람이 바로 루크레치아였다.

원래의 예정으로는 최소한의 면담만을 한 뒤, 보좌 역할인 루크레치아와도 접촉을 최소한으로 줄이며 방에 틀어박혀 있을 예정이었지만, 적극적으로 면담을 계속하기로 방침을 전환한 이상, 루크레치아와도 접촉을 늘릴 수밖에 없었다.

쌍왕국의 귀족들과 면담 약속을 잡을 때는 상대의 신분, 면담 장소, 신청 행사의 중요도 등을 종합적으로 보고 최적의 순서를 정해야 하는데, 그것은 쌍왕국의 귀족인 루크레치아의 지혜를 빌려야만 가능한 일이었다.

"밤의 연회는 특별한 희망이 없으시다면, 제가 파트너를 맡겠습니다. 오후 면담 때는 평소대로 뒤에 대기하고자 하는데, 괜찮으실까요?"

"그래, 잘 부탁할게. 고생을 하게 해서 미안하군."

"아닙니다!"

젠지로가 그렇게 위로하자, 금발 소녀는 눈부신 미소를 지었다.

실제로도 루크레치아는 매우 역할을 잘 완수해 주었다.

이 수단, 저 수단을 다 사용해 보며 눈물겹게 젠지로에게 자신을 어필했던 루크레치아였지만, 아무래도 지금은 '일을 잘하는 여자'라는 방향으로 어필을 시도해 보고 있는 듯했다.

루크레치아의 그런 시도는 젠지로에게 매우 큰 도움이 됐다.

'가능하면 그런 방향으로 계속 어필을 해 줬으면 좋겠는데 말이야.'

적어도 쓸데없이 물리적인 거리를 좁혀 오거나, 와인잔을 들었다 놓았을 뿐인데 민망한 칭찬을 해 주는 것보다는 훨씬 마음이 편했다.

젠지로는 순간적으로 '지금 은근히 마음이 있는 척을 하면, 이렇게 유능한 모습을 계속 보여줄지도?' 하고도 생각했지만, 역시 그래선 안 된다고 생각했다.

아무리 생각해도 불성실하다는 감정적인 문제는 둘째치더라도, 마음이 있는 척하며 상대의 의욕을 이끌어내면서도 끝까지 아무 언질도 해 주지 않고 도망갈 수 있을 만한 능력이 자신에게 있다고는 생각하기 힘들었기 때문이었다.

"오늘 입을 옷은 평소의 제3 정장이면 문제없을까?"

젠지로가 그렇게 확인하자, 루크레치아는 그 크고 푸른 눈동자로 순간 천장을 바라보며 생각한 뒤.

"네. 기본적으로는 그 복장이면 문제없을 듯합니다. 단지, 연회 때는 댄스도 추어야 하니, 조금 움직이기 쉬운 복장이 좋지 않을까 합니다."

그렇게 제안했다.

"좋아. 그럼 연회 때는 그에 맞춘 옷을 입지. 대략적이라도 좋으니 루크레치아가 연회 때 입을 드레스에 대해서 가르쳐 줄 수 있을까? 파트너와 너무 다른 옷을 입어서는 안 되니까."

조금 생각한 다음 젠지로가 그렇게 말했다.

루크레치아는 안 그래도 커다란 눈을 더욱 크게 뜨더니, 허둥대며 크게 말했다.

"무슨 말씀이세요! 젠지로 폐하께서 무슨 옷을 입으실지 말씀해 주시면 제가 그에 맞추겠습니다."

"아니, 몸치장은 역시 여성이 주역이잖아. 이쪽이 맞춰 주는 것이 정도라고 생각하는데?"

고개를 갸웃하며 한 젠지로의 그 말은 전체적으로는 틀리지 않았지만, 세세하게 따져 보면 꼭 옳다고 하기는 힘들었다.

"하지만 젠지로 폐하는 멀리서 오신 손님이시니, 제가 맞춰 드리는 것이 정도 아닐까요?"

그렇게 말하면서도 루크레치아는 무언가를 기대하고 있다는 듯이 뺨을 붉히며 이쪽을 살짝 올려다보며 살폈다.

오싹. 무언가 위험한 징후를 느낀 젠지로는 곧장 전언을 취소했다.

"그런가? 그럼 그 말을 따르는 게 좋겠군. 연회의 옷에 관해선 이네스에게 맡기도록 하지."

"네, 알겠습니다."

지명을 받은 중년 시녀는 젠지로의 뒤에서 공손하게 인사했다.

젠지로의 대답을 듣고 순간적으로 '낚아 올리기 직전의 물고기를 놓친 낚시꾼' 같은 표정을 지었던 루크레치아는 금방 환한 미소를 지으며 말했다.

"알겠습니다. 플로라."

"네, 루시 님."

이쪽도 지명을 받은 심복인 시녀 플로라가 새침한 표정으로 그렇게 대답했다.

"젠지로 님의 시녀와 상의해서 연회에 맞는 옷을 골라 줘. 네 센스에 맡길게."

"알겠습니다. 맡겨 주십시오. 그럼, 이네스 님."

"네, 플로라 님."

시녀 두 사람이 각자 주인의 허가를 받고 조금 떨어진 곳에서 상의를 하기 시작했다.

지금은 아직 이른 아침. 밤의 연회가 열릴 때까지는 충분한 시간이 있다.

이네스에게 맡겨 두면 무슨 문제가 생기지는 않는다.

그렇게 생각한 젠지로는 일단 오늘 첫 번째 일정——피사니 후작 가문과의 사교 파티에 정신을 집중했다.

———————◆———————

피사니 후작 가문은 쌍왕국 건국 때부터 존재한 굴지의 명문 귀족이었다.

루크레치아의 본가인 브로이 후작 가문과 거의 호각이라고 해도 과언이 아니었다.

양쪽 모두 왕가의 신뢰도 두텁고, 몇 대를 거슬러 올라가면 왕족의 피도 섞여 있는 명문 중의 명문 귀족이다.

특히 현재 피사니 후작 부인은 베토르 왕자의 유모이기도 했다.

주세페 왕태자의 둘째 아들이자, 이대로 순조롭게 성장하면 다음 왕태자. 2대 후에는 왕이 될 소년은 아직 일곱 살밖에 안 되는 어린 나이였지만, 대국의 왕족이라는 간판을 달고 있는 젠지로라도 쉽게 접촉할 수 없는 상대였다.

때문에 베트로 왕자와도 관련이 있는 피사니 후작과의 대담은 지금 젠지로에게 있어 매우 중요했다.

"처음 뵙겠습니다, 젠지로 폐하. 서방의 열강, 카파 왕국의 존귀한 분을 저희 집으로 맞이하고 되어 영광스럽기 그지없습니다. 저는 피사니 후작 가문의 현 당주, 알란 피사니라고 합니다. 앞으로 잘 부탁드립니다."

그렇게 말하며 피사니 후작은 젠지로 앞에서 깊게 고개를 숙였다.

"카파 왕국 여왕, 아우라 1세 폐하의 반려, 젠지로다. 피사니 후작, 현 당주가 직접 인사를 나와 주어 고맙네."

가슴을 펴고 인사를 받아 주면서, 젠지로는 내심 한숨을 내쉬었다.

'하아, 또 새로운 중요 인물이야. 이번엔 내가 먼저 접촉했으니 불평을 하긴 그렇지만, 기억해 둬야 할 사람이 너무 많아. 너무 많이 사용해서 머리속이 가려워지는 것 같은 느낌이 들 정도……'

젠지로가 그렇게 약한 소리를 하는 것도 무리는 아니었다.

최소한으로 기억해 둬야 할 인물만 따져도, 브루노 왕, 주세페 왕태자, 라르고 왕자, 프란체스코 왕자, 엘레하류코 공작 가문의 슈라, 리야폰 공작 가문의 나짐, 엘레멘타카트 공작 가문의 타라예, 아니미얌 공작 가문의 피크리야, 브로이 후작 가문의 루크레치아 등이 있는데, 그에 더해 지금 이곳에 있는 피사니 후작까지 추가되었다.

게다가 나중에는 피사니 후작 부인과 베토르 왕자도 추가되니, 젠지로가 약한 소리를 하는 것도 충분히 이해할 수 있을 만했다.

물론 얼굴과 이름만 기억하는 정도라면 그렇게 많다고 할 수는 없었지만, 적의 계략에 걸려들지 않으면서 이쪽이 정보 수집을 위해 노력하기 위해서는 각각 주변의 혈통과 교우 관계, 능력과 성격까지 모두 기억하고 있어야만 했다.

약한 소리 한둘은 나오는 것이 당연할지도 모른다.

그렇다고는 해도 지금은 눈앞의 남자에게 집중할 필요가 있다.

젠지로가 안내를 받은 대로 의자에 앉자, 피사니 후작도 테이블 맞은편 의자에 걸터앉았다.

두 사람 사이에 놓여 있는 테이블은 크고 둥글었는데, 위에는 새하얀 레이스로 짠 테이블보가 걸려 있었다.

이쪽 세계에는 직물을 짜는 기계가 존재하지 않을 테니, 당연히 직접 손으로 짠 것이다.

이것 한 장만 해도 과연 가격이 얼마나 나갈까?

그렇게 생각하니, 테이블보에 손을 대기가 망설여지는 것을 보면, 역시 왕족이라는 지위에 있긴 해도, 근본은 여전히 서민이라는 생각이 들었다.

그래도 어떻게 해서든 아무렇지도 않은 표정을 지으면서, 젠지로는 양손을 테이블 위에 올리고 말을 꺼냈다.

"듣기로, 피사니 후작은 젊을 때 대단한 무공을 세웠다고 들었네만. 이번 기회에 꼭 귀공의 무용담을 들었으면 하는군."

상대가 다소나마 무술 실력이 있을 경우, 무용담을 묻는 것은 남자들의 사교에 있어 상투 수단이었다.

여자들의 옷을 칭찬하거나, 장신구를 칭찬하는 일에 가까운 것으로, 무난한 대화를 이어 나가기 위해 자주 사용되었다.

그러한 사정은 고위 귀족인 피사니 후작도 역시 잘 알고 있었다.

"하하하. 말씀드리기도 민망할 만큼 변변찮은 무공이지만, 젠지로 폐하께서 그렇게 말씀하시니 말씀드리지 않을 수도 없겠군요. 그것은 제가 처음으로 출진했을 때의 이야기입니다. 당시 저는 아직 열일곱으로……."

피사니 후작은 그렇게 청산유수처럼 술술 자신의 젊은 시절에 올렸던 무훈에 대해 이야기하기 시작했다.

자신이 대활약한 이야기뿐만이 아니라, 때때로 젊었기 때문에 저질렀던 실수, 자업자득으로 인해 위기에 몰린 에피소드를 재미있게 뒤섞어 이야기해 준 덕분에 젠지로는 들으면서도 질리지 않았다.

"……이렇게 해서, 저는 무모함과 종이 한 장 차이인 용기와 많은 행운과 극히 일부에 불과한 저의 실력을 이용해, 어울리지 않게도 적군의 대대장을 단독으로 제압해 생환하는 전과를 올렸습니다. 참 뭐라고 해야 할지, 그때는 정말 죽는 줄 알았습니다. 가끔 전쟁터에서 용케도 실금을 하지 않았다며 뻔뻔한 소리를 하는 남자가 있는데, 그건 거짓말이거나, 저 같은 사람은 발끝에도 미치지 못할 정도의 강자이거나, 둘 중 하나일 겁니다. 저는 정신을 차려 보니 바지가 전부 흠뻑 젖어 있어서, 이게 과연 땀인지 소변이었는지도 구별이 안 갈 정도의 처지였으니까요."

"역시 피사니 후작. 젊었을 때부터 가혹한 전쟁터를 경험했군."

감탄했다는 듯이 맞장구를 쳐 주는 젠지로에게 피사니 후작은 쓴웃음을 지으며 고개를 가로저었다.

"아닙니다. 솔직히 말씀드리면 젊은 시절 딱 한 번, 가혹한 전장을 경험한 것입니다. 그때를 계기로 잔뜩 겁을 먹어서, 그 이후에는 무공이라고 부를 수 있는 전과는 하나도 세우지 못하고 지금껏 살아 왔지요. 그 탓에 지금은 사냥도 좋아만 했지 너무 서툴러서, 아내가 저에게 '화살이 아까우니 부하가 쏘게 해'라고 충고를 하는 형편입니다. 참, 부끄럽기 짝이 없군요."

그대로 이야기를 확장해 나가기 위해 젠지로는 자못 흥미롭다는 듯이 껄껄 웃는 피사니 후작에게 거듭해서 물었다.

"후작은 사냥도 취미로 즐기는 건가?"

"네. 엘레하류코 공작과는 친하게 지내고 있기 때문에 1년에 한 번은 '공도'에 합류하여 본격적인 사냥에도 참여하고 있습니다. 성과는 조금 전 말씀드린 대로 형편없습니다만."

"……호오."

예상외의 곳에서 예상외의 방향으로 이야기가 연결되었다는 사실을 감지한 젠지로는 곧장 그 이야기에 달려들고 싶은 충동을 억누르고 태연한 목소리로 말했다.

"그것 참 훌륭하군. 나는 태어날 때부터 겁쟁이라 전쟁도 사냥도 전혀 못하지만, 그래도 남자라 그런지 그런 이야기를 들으면 항상 흥미가 생기지. 밀림이 계속되는 카파 왕국과 사막이 펼쳐진 쌍왕국은 역시 서식하는 용의 종류도 다르다고 들었네. 후작은 어떤

용을 사냥하지?"

원래 피사니 후작에게 접촉을 시도하는 이유는 후작 부인이 유모를 맡고 있는 베토르 왕자에 관한 정보를 얻기 위해서지만, 네 공작령 중 하나인 엘레하류코 공작령에 관한 정보도 얻을 수 있다면 그보다 더 좋은 것은 없었다.

넌지시 이야기를 계속하도록 재촉하자, 피사니 후작은 젠지로의 속마음을 아는지 모르는지, 웃으면서 이야기를 계속했다.

"네. 가장 알아보기 쉬운 것은 주룡입니다. 카파 왕국의 주룡은 녹색이지만, 쌍왕국의 주룡은 옅은 노란색, 아니, 모래색이라고 할 수 있습니다. 그리고 겉보기와 마찬가지로 카파 왕국의 주룡은 습지에 강하고, 쌍왕국의 주룡은 건조한 곳에 강합니다. 물론 양쪽 다 '주룡'으로 이름이 똑같은 데에서도 알 수 있듯이 교미가 가능한 같은 종류인 모양입니다만."

그래서 쌍왕국에서는 일부러 혼합종을 만들어 습지에서도, 사막에서도 나름대로 달릴 수 있는 주룡도 준비해 두었다고 한다.

참고로 프란체스코 왕자와 보나 왕녀 일행이 카파 왕국으로 갈 때 용차를 끌게 한 주룡이 그 혼합종이라는 모양이었다.

"그러고 보니 들어 본 적이 있군. 남대륙 최고의 주룡은 쌍왕국의 주룡이라고 말이야."

젠지로의 말을 듣고 피사니 후작은 기쁜 표정을 지으며 가슴을 폈다.

"대륙 서부까지 그 이름이 전해졌다니, 정말 기쁘기 그지없습니다. 하지만, 더욱 정확하게 말하면, 최고의 주룡은 쌍왕국의 주룡이 아니라 엘레하류코 공작령과 리야폰 공작령의 주룡입니다."

"호오. 확실히 그들의 생활 양식을 생각하면 당연한 것인지도 모르겠군. 피사니 후작은 조금 전 그들의 '공도'에 합류한 적이 있다고 했는데, 당연히 '공도'에는 많은 주룡이 있겠지?"

두 방랑 공작 가문의 '공도'는 공작 가문——그들에게는 족장 가문——이 소유하고 있는 거대한 텐트를 포함한 중심 부족의 캠프를 가리킨다.

그곳에 사는 사람들은 모두가 방랑 부족으로, 유아와 어린이, 몸이 쇠약해진 노인 이외에는 모두 자신의 주룡을 가지고 있다. 그렇기에 필연적으로 '공도'에 있는 주룡의 수는 굉장히 많다.

"그렇습니다. 공작 가문이 소유한 주룡은 특히 좋은 것들뿐입니다. 저도 엘레하류코 공작에게 우호의 증표로서 수컷 주룡 한 마리를 받았는데, 정말 훌륭한 주룡으로 왕도에 사는 사람이라면 틀림없이 군침을 흘리리라 생각합니다. 하지만 '공도'에서는 특별할 것도 없는 '흔한 상등품'에 지나지 않습니다."

"역시 본고장이라고 해야 하는 건가. 하나, 조금 더 나아가서, 엘레하류코 공작령과 리야폰 공작령 중 어느 쪽이 본고장이라 할 만한가?"

젠지로의 아무렇지도 않은 질문에, 피사니 후작은 짐짓 일부러 눈을 번쩍 뜨더니 호들갑스러운 말투로 말했다.

"일반적으로는 엘레하류코 공작령의 주룡은 튼튼하고, 리야폰 공작령의 주룡은 빠르다는 평가를 받고 있습니다. 그리고 종합적으로 어느 쪽 주룡이 뛰어난가 하는 질문은……. 죄송합니다, 젠지로 폐하. 적어도 양쪽 공작 가문의 사람이 있는 곳에서는 결코 꺼내지 마시도록 충고를 드리는 바입니다."

"그래, 충고는 고맙게 듣도록 하지."

젠지로는 쓴웃음을 지으면서 고개를 끄덕였다.

아무래도 이건 어디에나 있는 '결론이 나지 않는데 일부 사람들이 과잉 반응을 보이며 싸우는 금단의 질문'이었던 모양이다.

젠지로가 그렇게 이해했을 때, 피사니 후작이 이야기를 되돌렸다.

"그리고 사막 특유의 용이라고 한다면 '화룡(化龍)'일까요?"

"'화룡'?"

"네. 이름 그대로 무언가로 둔갑하는 용입니다. 물론 말이 둔갑이지 피부색이 변하는 정도지요. 소형 초식룡으로 움직임도 둔하고 공격력도 거의 없기 때문에 발견만 하면 잡는 것은 어렵지 않지만, 유감스럽게도 발견하기가 어렵습니다. 기온이 오르는 낮에는 사막에 녹아 든 것처럼 흰색에 가까운 옅은 노란색이고, 밤이 되어 기온이 내려가면 어둠과 구별이 가지 않는 짙은 남색으로 변합니다."

"호오, 그런 용이 있다는 이야기는 처음이야."

"당연합니다. 쌍왕국에서도 엘레하류코 공작령과 리야폰 공작령에서만 볼 수 있는 종류이니 말입니다. 특히 많은 곳은 엘레하류코 공작령입니다."

색이 변하는 용──파충류라고 하면, 젠지로의 부족한 지식으로는 카멜레온 정도밖에 떠오르지 않았다.

그렇게 젠지로의 마음속에서 아직 보지도 않은 '화룡'의 이미지가 카멜레온으로 고정되었다.

"위험이 적고, 발견하기 어렵고, 잡기는 쉽기 때문에 엘레하류코 공작령에서는 처음으로 활을 쥔 아이가 가장 먼저 사냥에 도전하는 동물이 '화룡'이라고 합니다."

"화룡을 잡아서 어디에 쓰려고 그러지? 요리해서 먹는 건가?"

단순한 흥미에서 한 질문에, 피사니 후작은 작게 어깨를 으쓱했다.

"아쉽지만 화룡은 먹을 수 없습니다. 물론 독은 없으니 먹으려고 하면 먹을 수야 있겠지만, 맛도 정말 없고 무엇보다 뼈와 가죽 외에는 살이 거의 없습니다. 사막 민족에게 있어 '화룡'은 제거해야 할 해수(害獸)일 뿐입니다."

'화룡'은 사막 민족의 가축인 주룡이나 육룡(肉龍)과 마찬가지로 식물이 주식이라고 한다. 그것도 키가 작은 '화룡'은 높게 자라는 풀의 뿌리만을 먹기 때문에 먹는 양 이상의 풀을 시들게 만든다는 모양이었다.

뿌리를 먹혀 시든 풀은 주룡도 육룡도 먹을 수 없다.

가축이 최대의 재산인 사막 민족에게는 그야말로 해수였다.

사실은 그렇게 '화룡'이 뿌리만 먹고 남긴 풀이 결국 거름이 되어 다음 풀을 잘 자라게 하는 측면도 있지만, 이쪽 세계에서는 아직 그러한 대자연의 순환을 잘 이해하지 못했다.

젠지로도 특별히 그런 점을 생각할 정도로 깊이 고찰하는 사람은 아니었기 때문에, 특히 신경 쓰는 일 없이 '화룡'을 사막 민족의 고민거리인 해수라고 단정 지어 버렸다.

그래서 그 해수를 그냥 사냥만 하는 것이 아니라 무언가 도움이 되게 활용할 수 없을까 고민했다.

"그럼 가죽은 어떤가? '화룡'의 가죽에는 이용 가치가 없는 건가?"

"아쉽지만 그것은 가장 가치가 없는 것입니다. 원래 얇기 때문에 아무리 가공을 해도 가죽 제품이나 방어구의 소재로도 변변치 못하고, 용피지나 액세서리로 사용하기에도 조금 전 말씀드린 대로 색이 변하기 때문에 매우 보기가 흉합니다. 물론 일정한 고온 이상에 노출시키면 어느 정도 색이 고정되긴 하지만, 그렇게 되면 가죽이 딱딱하고 쉽게 부서져 역시 도움이 되지 않습니다."

피사니 후작은 그렇게 말하며 쓴웃음을 지었지만, 그 말을 듣고 충격을 받은 젠지로는 쓴웃음조차 제대로 지을 수 없었다.

"응? 그, 그럼 '화룡'은 죽인 뒤 벗겨 내도 계속 온도에 따라 색이 변하는 성질이 유지된다는 건가?"

"그렇습니다. 가죽 제품은 가공할 때 물에도 담그고, 뜨거운 물로 삶기도 하고 하니까요. 그때마다 변색이 되는데, 얼룩이 생겨 얼마나 보기가 흉한지, 전혀 가치가 없습니다. 게다가 완성한 후에도 역시 계속 변색됩니다. 정말로, 어떻게 이토록 도움이 안 되는 존재가 있는지 감탄이 나올 정도입니다."

피사니 후작은 그렇게 한 번 더 '화룡'이 얼마나 못쓸 존재인지를 역설했지만, 젠지로는 그 후반부의 말을 흘려듣고 가만히 중얼거렸다.

"천연 감열지(感熱紙)인가……?"

몇몇 퍼즐 조각이 자동으로 맞물리듯이 젠지로의 뇌리에서 새
로운 마법 도구가 조합되었다.

'자세한 사항은 부여마법 전문가에게 물어봐야 하겠지만, 이
거, 가능하지 않을까? 아니, 왜 지금까지 아무도 눈치채지 못했던
거지?'

뜻하지 않은 곳에서 현 사태를 해결할 수 있을 만한 광명을 발
견한 젠지로는 계속 어떻게든 무난하게 대화를 이어 나가면서도,
머릿속으로는 '화룡'의 가죽을 유용하게 이용할 수 있는 일에 대해
서만 반복해서 생각했다.

피사니 후작 가문의 사교 파티에서 해결의 커다란 실마리를 잡
은 젠지로였지만, 그렇다고 해서 갑자기 방향을 바꿀 수는 없었다.

젠지로는 일단 이 나라의 최고 권력자 중 한 명인 브루노 왕과
주세페 왕태자를 가상의 적으로 설정했다. 그들의 눈을 조금이라
도 속이기 위해서는 너무 부자연스러운 행동을 해서는 안 되었다.

결국 젠지로는 그날 예정대로 오후부터 마르가리타 왕녀과 대담

하면서 결혼반지 마법 도구화에 대한 감사의 인사를 한 뒤, 밤에는 루크레치아를 파트너로 삼아 연회에 참석했다.

"역시…… 아무리 발버둥을 쳐도 카파 왕국은 당해 낼 수가 없겠어."

붉은색 바탕의 연회복 차림으로 녹색 드레스를 입은 루크레치아를 에스코트하면서, 젠지로는 가만히 그렇게 중얼거렸다.

젠지로가 바라본 것은 천장에 매달려 있는 호화스러운 샹들리에였다.

말끔하게 연마된 금과 은으로 만든 샹들리에 자체는 카파 왕국의 왕궁에서도 비슷한 것을 볼 수 있었지만, 아무리 발버둥 쳐도 빛을 내는 것까지는 흉내를 낼 수 없었다.

'빛의 마법 도구'. 불의 마법 도구가 아니다. '빛의 마법 도구'이다.

빛의 혈통마법을 지닌 다른 나라의 왕가와 샤로와 왕가가 협력하여 만든 것으로, 전 세계에서도 이곳 쌍왕국에만 존재하는 물건이었다.

이 넓은 홀을 불과 여덟 개의 광원으로 거의 완벽하게 비추는 흰색 빛은 젠지로가 후궁으로 가져온 LED 스탠드 라이트조차도 전혀 승부가 되지 않을 정도였다.

역시 마법이라고 해야 할까? 빛은 전혀 열을 내지 않아 냉광(冷光)이라고 불러야 할 듯했다.

그에 더해 주변을 보니, 그 자리에서 익혀 먹어야 할 요리용으로 '부동화구' 마법 도구가 테이블마다 하나씩 놓여 있었고, '안개 발생' 마법 도구로 적절한 습도를 내뿜는 동시에 '바람' 마법 도구로 탁해지지 않도록 공기를 순환시키는 중이었다.

"그러고 보니 지금은 '혹서기'였지?"

"우후후. '자란궁'에 있으면 어떤 계절인지 감각이 사라지니까요."

젠지로의 중얼거리는 소리를 들은 루크레치아는 마치 자신의 일을 자랑하듯이 그렇게 말하면서, 젠지로의 팔을 잡은 손에 조금 힘을 주었다.

실제로 지금 루크레치아가 말한 대로, 젠지로는 쌍왕국에 온 뒤로 거의 계절을 의식하지 않았다.

물론 에어컨을 튼 방만큼 시원하지는 않았지만, 익숙해지면 평범하게 지낼 수 있을 정도의 쾌적한 실온은 계속 유지되었다.

사막에 있는 쌍왕국은 밀림에 있는 카파 왕국과는 반대로 공기가 건조했다.

게다가 카파 왕국의 '혹서기' 때에는 한밤중에도 기온이 사람의 체온 아래로 내려가지 않는 날이 계속되는 데 반해, 쌍왕국에서는 '혹서기'라도 밤에는 기온이 뚝 떨어졌다. 대부분은 지내기 편한 정도까지만 기온이 떨어지지만, 가끔 너무 많이 기온이 떨어져서 밤중에 평소 입던 복장을 입고 밖에 나가면 조금 춥게 느껴지는 날도 있을 정도였다.

하지만 이 '자란궁'의 별채에서 잠을 자는 젠지로는 거의 그런 기온과 습도의 변화를 느낄 수 없었다.

낮의 더위는 안개를 발생시키는 마법 도구나 물을 순환시키는 마법 도구로 최대한 억누르면서 동시에 공기가 지나치게 건조해지지 않게 했고, 가끔 있는 쌀쌀한 밤에는 불의 마법 도구와 바람의 마법 도구로 실내에 적당한 온기가 감돌게 만들었다.

그리고 별채에는 빛의 마법 도구가 없었지만, '부동화구' 마법 도구가 조명 역할을 해 주었기 때문에, 밤늦게까지 활동해도 큰 지장은 없었다.

일상을 쾌적하게 보낼 수 있는가 없는가로 따지면, 쌍왕국은 카파 왕국보다 몇 수는 위였다.

물론 그것은 값비싼 마법 도구를 가득 사용한 왕궁과 극히 일부의 풍족한 귀족 집안에만 해당되는 이야기였다.

아무튼, 젠지로는 루크레치아를 에스코트하며 밝고 큰 홀을 활보했다.

남녀노소 구별 없이 주변 사람들이 모두 젠지로를 바라보았지만, 말을 걸어 오는 사람은 아무도 없었다.

말을 걸 때는 신분이 높은 사람이 신분이 낮은 사람에게. 기본적인 예법은 남대륙 전체가 같기 때문에 다행이었다.

반대로 말하면 이번처럼 정보를 수집하거나 인맥을 발굴하려고 할 때는 젠지로가 직접 말을 걸며 다녀야 한다는 의미였다.

각오를 다지고 주변을 바라보던 젠지로는 낯익은 사람을 발견했다.

신분을 생각해 봐도 맨 처음 말을 걸기에 적합한 상대였다. 그렇게 판단한 젠지로는 루크레치아를 왼팔에 매단 채 그 여성에게로 다가갔다.

근처에 파트너로 보이는 남자는 없었다. 아무래도 혼자 참석한 듯했다.

"타라예. 이런 곳에서 만나다니 우연이군."

젠지로가 그렇게 말하며 눈앞의 여자――엘레멘타카트 공작 가문의 방계에 해당하는 타라예를 보고 미소 지었다.

타라예는 웨이브가 진 풍성한 금발과 풍만한 몸매를 자랑하는 미인이다.

지금도 깊은 가슴 계곡을 거의 다 보여 줄 것 같은 기세로 앞이 크게 트인 드레스를 입고 요염하게 웃는 중이었다.

그런 미녀가 젠지로의 말을 듣고 공손하게 고개를 숙였다.

"젠지로 폐하. 가장 먼저 저에게 말을 걸어 주셔서 황송하기 그지없습니다."

마치 깊은 가슴 계곡의 안쪽까지 다 봐 달라는 듯이 깊숙이 고개를 숙인 채, 아래에서 위를 올려다보던 타라예는 의기양양하게 생긋 미소를 지었다.

"!"

그 순간, 왼쪽에 달라붙어 있던 금발 소녀의 입에서 으드득 하고 이를 가는 듯한 소리가 들렸는데, 아무래도 착각이 아닌 듯했다.

젠지로의 개인적 감상을 말하자면, '멋대로 싸우지 말았으면' 이었다.

물론 타라예처럼 풍만한 몸매를 자랑하는 미녀는 젠지로의 이상형이지만, 지금 젠지로의 마음을 가득 채우고 있는 사람은 사랑하는 아내 아우라와 사랑하는 아들 카를로스 젠키치뿐이었다.

아우라를 위해 치유술사를 데리고 돌아가는 것. 카를로스 젠키치를 쌍왕국의 모략에 말려들지 않게 하는 것.

지금 젠지로의 머릿속에는 그 두 가지뿐이었다.

원래 젠지로는 그다지 머리가 좋지 않기 때문에 감당할 수 있는 일도 그렇게 많지가 않았다.

"하지만 젠지로 폐하. 이곳에서 만나 뵌 것은 꼭 우연이라고만은 할 수 없습니다. 저는 왕도에서 연회가 열리면 거의 대부분 참석하고 있으니까요."

어딘가 뱀을 연상시킬 정도로 몸을 흐늘거리며 고개를 든 타라예가 그렇게 말했다.

"호오. 타라예는 연회를 좋아하는 건가?"

"좋고 싫고의 문제라기보다는 유익하다고 생각합니다. 이곳은 사람들의 물욕이 고스란히 드러나는 곳. 그리고 동시에 최신 복장, 액세서리 등의 유행을 가장 앞서 발신하는 곳이기도 합니다. 그런 곳을 스스로 확인하며 얻을 수 있는 정보는 때때로 천금의 가치를 창출하기도 합니다."

정보는 천금의 가치가 있다, 가 아니라, 정보는 천금의 가치를 창출한다고 말하는 그런 면은 타라예의 성격을 나타내 주었다.

"호오. 소문대로 타라예는 뛰어난 사업 수완을 지닌 것 같군."

"역시 타라예 님. 공작 가문에 속한 분이라고는 생각하기 힘들 만큼 뛰어난 장사꾼 기질을 지니고 계시군요."

젠지로와 루크레치아. 말의 뜻은 거의 같았지만, 그 표정과 목소리에 실린 감정은 정반대였다.

순수하게 감탄하고 칭찬을 한 젠지로와는 달리, 루크레치아의 말에는 귀족답지 않은 타라예를 비꼬는 감정이 담겨 있었다.

타라예는 루크레치아의 비꼬는 말은 전혀 미동도 없이 흘려들었지만, 젠지로가 칭찬한 말을 듣고는 조금 눈을 크게 뜨며 깜짝 놀랐다는 감정을 고스란히 드러냈다.

아무래도 공작 가문에 속한 대귀족이면서도 사업가처럼 스스로 금전 교섭에 임하는 타라예를 바라보는 사람들의 태도는 젠지로보다 루크레치아 쪽이 더 일반적이었던 모양이었다.

젠지로는 아주 조금 자신의 대처가 잘못된 것인가 하고 생각했지만, 그다지 큰 영향은 없을 것이라고 생각하며 마음을 가다듬었다.

"그런데 그때 만난 나머지 세 명은 여기에 없는 건가?"

"슈라는 그 후에 바로, 엘레하류코 공작의 '공도'로 귀환했다고 합니다. 나짐은 공식 행사 이외에는 거의 왕국에 모습을 드러내지 않고요. 피크리야는 조금 전부터 계속 저 곳에 있습니다."

그렇게 말하며 타라예가 어떤 방향을 가리켰다.

그곳을 보니 검은 머리카락에 검은 눈을 지닌 키가 작은 여자가 고용인으로 보이는 남자를 붙잡고 무언가 열심히 질문을 하는 중이었다.

복장을 보니 고용인은 왕국에 속한 마법사로, 홀에 설치되어 있는 마법 도구를 다루도록 임명된 마법 기술자인 모양이었다.

마법 도구를 만들 수 있는 사람은 샤로와 왕가에 속한 사람뿐이지만, 사용은 누구나 가능하다. 그렇다고는 하지만 왕궁에서 마법 도구를 다루도록 허용된 마법사는 모두 선별된 우수한 마법사들이었다.

상황을 확인한 젠지로는 뭐라고 말하면 좋을지 몰라서, 멍하니 감상을 말했다.

"저건…… 뭐라고 해야 할지, 연회를 즐기는 아주 독특한 방법이군."

힘껏 포장을 한 젠지로의 말을 듣고 타라예는 쓴웃음을 숨기지 않았다.

"아마도 새로운 마법 도구를 발견해서 그러는 것이리라 생각합니다. 피크리야는 마법 지식을 흡수하기 위해 굉장히 열심이니까요."

"지적 호기심이 왕성하구나."

일단 피크리야도 미인계 요원이라고 생각했었는데, 조금 전부터 젠지로에게는 전혀 눈길을 줄 생각도 하지 않았다.

젠지로가 이 연회에 참석할 것이라는 사실은 사전에 전달되었기 때문에 모를 리가 없을 텐데.

'혹시 타라예를 비롯한 네 사람이 미인계 요원이라고 생각한 건, 그냥 내 자의식 과잉이었던 건가?'

젠지로는 그렇게 생각하기에 이르렀다.

맨 처음 만났을 때는 네 사람 모두 매우 친근하게 굴었지만, 냉정하게 생각해 보면 다른 나라의 왕족을 환대하는 자리이니 어느 정도는 싹싹하게 구는 것이 당연한 일이다.

적어도 바로 '공도'에 돌아갔다고 하는 슈라와 지금도 젠지로를 무시한 채 왕궁 마법 기술자에게 질문을 퍼붓고 있는 피크리야는 미인계 요원이라고 생각하기가 힘들었다.

'물론 그렇다고 해서 방심을 해서는 안 되겠지만. 차라리 루크레치아만큼이나 노골적이었으면 이쪽도 마음이 편할 텐데.'

젠지로는 조금 전부터 계속 왼팔에 달라붙어 있는 금발 소녀를 돌아보았다.

금발 소녀——루크레치아는 젠지로의 시선을 민감하게 포착한 듯, 이쪽을 보고 작게 미소를 지었다.

"무슨 일이신가요, 젠지로 폐하?"

"아니, 아무것도 아니다."

젠지로는 얼버무리듯이 고개를 저은 뒤.

"타라예. 그럼 이만 실례하지."

타라예에게 작별을 고했다.

원래부터 타라예에게 말을 건 것은 홀에 그냥 아는 사람이 있었기 때문에 불과했다.

"네, 젠지로 폐하. 연회를 천천히 즐겨 주십시오."

"그래, 고맙다."

타라예와 헤어진 젠지로는 천천히 아무런 목적도 없이 걸으면서, 왼팔에 달라붙은 소녀에게 물었다.

"오늘 연회에는 샤로와 왕가 쪽 분들은 참석하지 않았지?"

젠지로가 자신을 의지했다고 생각했는지, 루크레치아는 지금이 어필할 기회라는 듯 금색 사이드 테일을 훌쩍 튀어 오르게 하며 시원스레 대답했다.

"네, 오늘의 주최자는 주세페 왕태자 전하로 되어 있지만, 그것은 왕궁을 사용하기 위한 명분에 지나지 않고, 사실상의 주최자는 피사니 후작입니다. 그 피사니 후작도 고위 귀족의 의무로서 연회를 열고는 있지만, 그다지 열의가 있는 분이 아니기 때문에 끝날 때쯤에 얼굴을 내밀고 간단한 인사를 하는 것이 고작일 것이라고 생각합니다."

"으음, 그래?"

그 점에 대해서는 쭉 설명을 들어서 알고는 있었지만, 이 자리에서 새삼 한 번 더 확실하게 들으니, 조금 실망스러운 느낌이 들었다.

비록 명의만 빌렸다고는 하지만, 주세페 왕태자가 주최하는 피사니 후작의 연회이니 조금 거물급 인물과 만날 수 있지 않을까 기대를 했었기 때문이다.

지금 젠지로가 만나고 싶은 사람은 주세페 왕태자의 둘째 아들인 베토르 왕자였다.

그리고 그 계기를 잡기 위해 베토르 왕자의 친어머니인 토스카 왕태자비와 유모인 피사니 후작 부인을 만나는 것을 두 번째 목표로 정했었다.

그래서 두 사람의 남편인 주세페 왕태자와 피사니 후작이 주최자 측에 이름을 올린 이번 연회에 큰 기대를 품었지만, 아무래도 완전히 허탕인 듯했다.

조금 더 버티고 있으면 피사니 후작은 만날 수 있겠지만, 후작과는 오전에 이미 만난 적이 있다. 그날 밤에 한 번 더 만날 가치는 없었다.

"두세 명, 적당히 인사를 나누고 오늘 밤은 그만 돌아가지. 인선(人選)은 루크레치아에게 맡겨도 될까?"

젠지로 입장에게는 그다지 깊게 생각하지 않고 한 말이었지만, 그 말을 들은 소녀의 반응은 극적이었다.

"! 네, 맡겨 주세요! 폐하께서 마음에 들어 하실 만한 사람에게로 모시겠습니다.먼저 레이몬드 백작은 어떠신가요? 브루노 폐하와 같은 나이로 매우 온후한 인품이라 세대를 넘어 친구가 많으신 분입니다."

"맡기지."

"네, 그럼 이쪽으로."

결국 이날 밤에 가장 많은 성과를 올린 사람은 젠지로의 에스코트를 받으면서 인사할 사람을 선택하는 권리를 얻은 루크레치아였다.

◆

젠지로를 옆에서 보좌하는 역할을 맡은 루크레치아였지만, 물론 잠을 잘 때까지 남아 그런 역할을 해야 하는 것은 아니었다.

"그럼 젠지로 폐하. 편히 쉬십시오."

"그래, 루크레치아. 오늘 하루 고생이 많았다."

무사히 오늘이라는 하루를 마친 젠지로는 하루 종일 옆에 붙어 있었던 금발 소녀에게 작별을 고하고 침실로 돌아갔다.

이 방에 있는 사람은 이네스를 비롯해 마음 편히 대할 수 있는 후궁 시녀들뿐.

붉은 연회복을 거칠게 벗은 젠지로는 티셔츠와 트렁크스만 입고 소파에 늘어진 모습으로 앉았다.

"수고하셨습니다. 젠지로 님."

젊은 시녀들이 재빨리 젠지로의 옷을 치우는 사이에 시녀 이네스는 젠지로 앞에 찬물이 들어간 은잔을 놓아 주었다.

"아, 고마워."

은잔에 담긴 물을 단숨에 들이켠 젠지로는 그 한 잔으로 조금 기력을 회복하긴 했지만, 여전히 늘어진 모습으로 앉은 채 고개만 꺾어 옆에 서 있는 중년 시녀를 올려다보았다.

"이네스."

"네."

"병사나 시녀들에게 올라온 정보는 있어?"

젠지로의 질문을 듣고 중년 시녀는 한 발 소파에 가까이 다가와 입을 열었다.

"아직 첫날이기 때문에 그다지 정확한 정보는 아니지만, 케이트에게서 들은 바로는 현재, 젠지로 님이 라르고 왕자에게 들은 정보를 부정할 만한 정보는 들어오지 않았습니다. 또, '융합파'에 대해서는 너무 입 밖에 내지 않는 편이 좋다는 젠지로 님의 지시대로, 이쪽이 따로 물어보지는 않았기 때문에 현재로서는 그에 관한 정보가 전혀 없습니다. 솔직히 말씀드리면 존재하는지 하지 않는지조

차 판단하기 힘든 상황입니다."

"그렇구나……."

알고는 있었지만 정보의 진위를 확인하는 일은 하루 이틀 사이에 끝날 수가 없었다.

시간이 없기 때문에 젠지로는 현재 라르고 왕자의 정보가 옳다는 전제하에 움직이고 있지만, 동시에 그 전제가 되는 정보의 신뢰성 여부를 확인하기도 하는 중이었다.

정보의 진위를 확인한다고 하니 호들갑스럽게 들리지만, 하는 일은 병사나 시녀들 사이에 흐르는 소문을 수집하는 게 다였다.

이쪽이 데리고 온 사람들은 호위를 위한 기사 및 병사와 최소한의 시녀들뿐이었다. 도저히 만전을 기한 첩보망을 펼칠 수는 없었다.

게다가 이번 일은 제한 시간이 있었다.

네 공작에게 보내는 증정용 마법 도구. 젠지로가 상담 역할을 맡았지만, 아무리 길어야 남은 시간은 열흘 정도로, 그 후에는 주세페 왕태자에게 대답을 해 주어야 했다.

그때까지는 주세페 왕태자와 라르고 왕자, 둘 중에 누구를 믿어야 할지 결정해 두어야 한다.

'아무리 낙관적으로 본다고 해도 그때까지 정보를 완벽하게 확인할 수 있을 거라고는 생각하기 힘들어. 마지막에는 완벽하게 정보가 모이지 않은 단계에서 어느 쪽의 편을 들 것인지 결정해야 할 것 같아.'

평소라면 그런 중책에 대해 생각하는 것만으로도 위가 아파졌을 젠지로였지만, 이번에는 그렇지 않았다.

자신이나, 백 번 양보해서 각오도 능력도 자신보다 훨씬 뛰어난 아우라라면 몰라도, 아직 두 발로 걷지도 못 하는 자신의 아들이 말려들지도 모르는데, 한가하게 위통을 느낄 정도로 젠지로는 느긋하지 못했다.

"지금 알고 있는 내용이라고 하면, '자란궁'에 출입하는 귀족들은 주세페 왕태자가 새로운 왕으로 즉위하는 일을 당연하게 생각하고 있다는 것. 막연하긴 하지만, 차기 왕태자는 베토르 왕자라고 생각하는 자들이 다수라는 것. 그리고 라르고 왕자는 주세페 왕태자의 정적으로, 아직도 차기 왕좌에 오르려고 호시탐탐 기회를 노리고 있다고 사람들이 생각한다는 것, 정도로군요."

이네스의 자세한 설명을 들으니, 확실히 라르고 왕자의 정보와 모순되는 새 정보는 없는 듯했다.

"그렇다면 역시 라르고 왕자가 한 말이 사실이라고 생각해야 하는 건가? 아니, 주세페 왕태자도 명확한 거짓말은 하지 않았으니, 라르고 왕자도 마찬가지일 가능성은 있어. 무엇보다 다른 나라의 왕족인 나에게 모든 것을 밝혔을 거라고 생각하는 것이 더 이상해……."

생각하면 할수록 더욱 헷갈려서, 생각이 수렁에 빠져들었다.

"이네스."

"네."

혼자서 생각해 봐야 수렁에서 빠져 나올 수 없다고 생각한 젠지로는 이제는 완전히 측근의 역할을 하고 있는 중년 시녀에게 말을 걸었다.

"브루노 왕과 주세페 왕태자에게서는 뭔가 정보가 없는 건가?"

"현재로서는 아무것도 없습니다."

"음~. 그것도 굉장히 부자연스러워~."

한 번은 긴급 용건까지 억지로 만들어 젠지로와 라르고 왕자의 접촉을 방해한 주세페 왕태자가 젠지로와 라르고 왕자의 면담이 끝난 상황에서도 아무 말도 하지 않다니, 아무래도 불길한 느낌이 들었다.

"사실은 주세페 왕태자에게는 그렇게까지 중요한 이야기가 아니었다는 건가? 아니면, 라르고 왕자의 이야기가 역시 거짓말? 뭔가를 꾸미고 있는 사람이 너무 많아서 뭘 선택해도 누군가의 계획에 말려들게 돼 버릴 것 같아."

비명을 지르는 젠지로를 보고, 중년 시녀는 부드럽게 말을 걸었다.

"젠지로 님. 주제넘게 참견하는 저를 용서해 주십시오."

그렇게 말을 한 이네스는 젠지로의 허가를 받고 말을 하기 시작했다.

"중요한 것은 젠지로 님 자신과 카파 왕국의 유불리가 아닐까요? 극단적으로 말씀드리면, 젠지로 님에게 이득이 된다면 일부러 누군가의 계획에 놀아난다고 하더라도 특별히 문제가 없지 않을까 합니다만."

"……그런가?"

이네스의 말을 듣고 젠지로는 지금까지 자신의 시야가 매우 좁았다는 사실을 깨달았다.

아마도 주세페 왕태자가 카를로스 젠키치를 멋대로 정략의 도구로 이용하려 한다는 말을 들었기 때문이다.

완벽하게 감정적이 되어 어느새인가 '그것이 사실이라면 절대 용서할 수 없다'는 사고에 갇히고 말았다.

냉정하게 생각해 보면, 카를로스 젠키치의 안전만 확보된다면 굳이 주세페 왕태자에게 따끔한 맛을 보여 줄 필요는 없는 일이었다.

물론 그러한 '보복'도 나중에 외교에서 우위에 서는 재료가 될 수 있기 때문에, 가능만 하다면 그만 둘 필요는 없었지만, 이쪽이 큰 대미지를 받으면서까지 집착할 필요는 없었다. 그런 강권 외교는 적어도 젠지로에게는 어울리지 않았다.

"중요한 것은 젠지로의 안전을 확보하는 것. 그리고 아우라와 배 속의 아기를 위해 치유술사를 반드시 부를 것. 그 이외에는 어떻게 되든 신경 쓸 일이 아니라, 그 말인가."

목표를 좁히자, 단숨에 머릿속이 환해졌다.

무언가를 꾸미는 사람이라고 해도 자신과 직접 관계가 없다면 무시하는 편이 좋다. 젠지로의 능력으로 그런 부분까지 신경을 썼다간, 결국엔 다 처리할 수 없어 오히려 대참사가 벌어진다.

"그럼 꼭 알아야만 하는 것은 '완전 융합파'의 존재겠구나. 적어도 그게 실제로 존재하는지 알아내야 해. 물론 브루노 왕과 주세페 왕태자가 '완전 융합파'라는 확증을 얻을 수 있다면 라르고 왕자의 말도 믿을 수 있겠지만……"

"'완전 융합파' 말씀인가요? 확실히 쌍왕국의 권력 기구가 왜곡된 근본적인 원인은 동격인 왕가가 같이 존재한다는 것이니, 그런 생각을 하는 사람이 나타나는 것도 이상하지 않다고 생각합니다."

그렇다고는 해도, 현역 국왕과 차기 국왕이 소속되어 있고, 그 사실이 밖으로 알려지지 않았다는 점을 생각해 보면, 평범한 방법으로는 그 증거를 발견할 수가 없을 듯했다.

젠지로는 생각했다.

"하지만 현 국왕과 차기 국왕이 '완전 융합파'인데, '완전 융합파'가 소수파라는 것도 신기한 일이야. 라르고 왕자의 이야기를 믿는다면 지르벨 법왕가에도 '완전 융합파'가 있는 거잖아? 그런데 여전히 소수파라는 점은 조금 이상해."

"정치 파벌이라는 것은 지금 상황만으로 성립되는 것이 아니니까요. 쌍왕국의 오랜 역사를 생각하면 '완전 융합파'인 국왕은 소수파였을지도 모릅니다."

이네스의 의견을 듣고 젠지로는 "그럴지도 모르겠어." 하고 손뼉을 쳤다.

"아하. 긴 역사를 생각해 보면 중심에서 벗어난 사상일 가능성이 있겠군. 그렇다면 '완전 융합파'에게는 2대에 걸친 왕이 같은 뜻을 품고 있는 지금이 오래도록 숨을 죽이고 있던 시기를 지나 전성기를 맞이한 때라고 할 수 있는 건가?"

그렇게까지 말한 젠지로는 문득 자신의 말에서 힌트가 될 만한 사항을 깨달았다.

문제는 '완전 융합파'의 왕이 2대 연속으로 재위한다는 것이 아니었다.

다음으로 추대될 '3대째'가 어떤 입장인가, 이다.

"정작 중요한 프란체스코 왕자는 과연 어떨까? 프란체스코 왕자도 '완전 융합파'?"

"글쎄요? 물론 단언은 할 수 없지만, 지금까지 프란체스코 전하가 해 온 행동을 보면 그럴 가능성은 낮을 것이라 생각됩니다."

젠지로의 질문에 중년 시녀는 단언은 하지 않았지만, 상당한 확신을 지닌 목소리로 그렇게 대답했다.

"아, 그렇구나. 맞아. 애초에 나와 라르고 왕자가 만날 계기를 마련해 준 사람은 프란체스코 왕자였잖아. 그렇다면 프란체스코 왕자 자신은 '완전 융합파'가 아닌 건가? 그렇다고는 해도 역시 프란체스코 왕자가 열쇠를 쥐고 있는 것만큼은 틀림없는 것 같아……."

잠시 깊이 생각을 한 뒤, 무언가 결심한 젠지로는 어울리지 않게 야무진 표정을 지으며 이네스를 올려다보았다.

"이네스. 가능한 한 자연스러운 형태로 프란체스코 왕자와 연락을 하고 싶어. 무언가 좋은 수단은 없을까?"

주인의 요청에 수완이 좋은 시녀는 작게 고개를 끄덕인 뒤, 너무하다는 생각이 들 정도로 싱겁게 대답했다.

"그렇다면 아무것도 하지 않는 편이 가장 좋지 않을까요?"

"엥?"

순간 야무졌던 얼굴을 어안이 벙벙한 모습으로 무너뜨린 젠지로에게 이네스가 담담하게 설명했다.

"이런 상황을 그 프란체스코 전하가 가만히 앉아서 지켜보고 있으리라고는 도저히 생각하기 힘듭니다. 지금까지의 경험으로 볼 때, 잠시 기다리시면 그쪽에서 먼저 접촉해 올 것이라는 사실이 명백하지 않을지요."

"아~. 그렇겠어. 하지만 시간 제한이 있으니 말이야. 될 수 있는 한 빨리 연락을 하고 싶어."

"빨리 연락을 하고 싶다고 하셨는데, 구체적으로는 어느 정도인가요? 그 프란체스코 전하가 며칠이나 가만히 있을 거라고는 생각하기 어렵습니다만."

"아……."

이네스의 설득력 넘치는 조언을 들은 젠지로는.

"그럼, 이틀에서 사흘 정도 상황을 한번 지켜볼까."

하고 얼빠진 목소리로 말을 할 수밖에 없었다.

# [제5장] **감사의 말**

"후~. 안녕하세요, 젠지로 폐하. 놀러 왔습니다."

결론부터 말하면, 프란체스코 왕자는 다음 날에 바로 젠지로를 찾아왔다.

프란체스코 왕자를 환대할 준비를 하는 사이, 너무나도 황송했던 루크레치아는 '죄송합니다', '불편을 드려 면목 없습니다'를 연발했고, 그 모습을 본 젠지로는 무심결에 보나 왕녀를 떠올렸다.

자신의 행동으로 주변 사람이 계속 사과를 하는데도 전혀 개의치 않고 예의 바르게 소파에 앉아 티컵을 입으로 옮기는 금발 왕자를 보고, 젠지로는 문득 보나 왕녀에 대해서 물어보았다.

"그러고 보니 보나 전하는 아직 일시 귀국하지 않으셨나요?"

"음~. 그건 아우라 폐하의 일정에 따라 유동적이지 않을까요? 확실한 날짜는 정해지지 않았지만, 가까운 시일 내로 돌아올 거라 생각합니다."

"그런가요?"

젠지로는 프란체스코 왕자와 그의 감시 역할인 보나 왕녀가 같이 있는 모습만을 봤지만, 보나 왕녀가 프란체스코 왕자의 감시 역할을 맡은 것은 카파 왕국에 가기로 결정된 이후였다고 한다.

그런 점을 생각해 보면 보나 왕녀와 프란체스코 왕자가 따로 움직여도 전혀 문제될 것은 없었다.

"그럼 모두들. 나는 지금부터 젠지로 폐하와 비밀 이야기를 해야 하니, 이 방에서 모두 나가 줄 수 있을까?"

젠지로가 조금 생각을 하는 사이에 프란체스코 왕자는 바로 주변 사람들에게 문제가 될 만한 발언을 했다.

"전하. 그 명령은 따를 수 없습니다. 저희들은 전하의 호위입니다. 주세페 폐하께 곁에서 떠나지 말라는 명령을 받들었습니다."

허리에 마법 도구 같은 마력을 지닌 검을 찬 기사의 똑 부러지는 말을 듣고, 프란체스코 왕자는 난처한 듯한 표정을 지었다.

"음~. 확실히 자네들은 내 부하가 아니라 아버지의 부하야. 하지만 지금부터 말할 내용은 정말로 아무도 들어서는 안 돼. 조금 융통성 있게 행동해 줄 수는 없을까?"

정말로 왕족인지 의심스러울 정도로 직접적인 교섭 끝에, 결국 이번에도 양 진영의 호위와 측근은 같은 방에 있되, 작은 목소리로 이야기하면 말을 들을 수 없는 거리까지 떨어져 있기로 했다.

프란체스코 왕자는 곧장 품에서 마름모꼴 금속 파편 네 개를 꺼내더니 젠지로와 프란체스코 왕자가 앉아 있는 양쪽 소파 주변 네 구석에 놓아 두었다.

〈연주하라.〉

마법어로 프란체스코 왕자가 그렇게 명령하자, 마름모꼴 금속 파편이 귀에 거슬리는 소리를 내며 바람을 일으켰다.

방첩용 마법 도구를 품에 지니고 온 것을 보면, 이번 방문은 아무래도 상당히 계획적인 듯했다.

"젠지로 폐하. 오늘은 저의 버릇없는 방문을 허락해 주셔서 감사합니다."

프란체스코 왕자는 먼저 그렇게 말하며 고개를 꾸벅 숙였다.

이렇게 고개를 숙였는데도 별로 가치가 없다는 생각이 드는 왕족의 머리도 참 드물지 않을지.

'오늘은? 오늘도, 의 잘못 아닌가요?' 그렇게 딴지를 걸고 싶었지만, 그야말로 오늘만큼은 프란체스코 왕자의 갑작스러운 방문을 진심으로 기다렸기 때문에, 젠지로는 최대한 웃는 모습으로 대답했다.

"아닙니다. 다른 누구도 아닌 프란체스코 전하의 방문이니까요. 가능한 한 시간을 내야지요."

"이야~. 역시 젠지로 폐하, 관대하시군요. 감사합니다."

그렇게 말하며 머리를 긁적이던 프란체스코 왕자였지만, 곧장 몸을 앞으로 내밀고 이야기를 하기 시작했다.

"그럼 환대해 주신 김에 묻겠습니다. 젠지로 폐하, 폐하는 아버지와 숙부님 중에 어느 쪽 편을 들 생각이십니까?"

너무나도 단도직입적인 질문. 만약 이게 프란체스코 왕자가 아닌 다른 사람의 말이었으면, 젠지로는 잠시 어안이 벙벙해 아무 말도 못 했을 게 틀림없다.

하지만 상대가 프란체스코 왕자인 이상, 어느 정도는 예상한 질문이었다.

"아직 결정하지 못했습니다. 솔직히 결정하기에는 정보가 너무 부족합니다. 그래서 저도 프란체스코 전하에게 여쭤 보고 싶은 것이 있었습니다."

"뭔가요? 제가 아는 거라면 뭐든 대답해 드리죠."

아무런 부담감도 없다는 듯한 프란체스코 왕자의 미소를 보고 있으니, 자신이 너무 병적으로 걱정이 많아 헛발질만 하는 바보 같다는 생각이 들었다.

한숨을 입안에서 꽉 억누른 젠지로는 일단 대답을 해도 치명적이 되지 않을 질문부터 시작했다.

"프란체스코 전하는 라르고 전하와 사이가 좋으신가요? 전하의 아버지인 주세페 전하와 라르고 전하는 서로 자주 충돌한다는 이야기를 들었습니다만."

질문하는 사람이 에둘러 물었다고 해서, 대답하는 쪽도 그에 맞춰 줄 거라고는 장담할 수 없었다.

"아~. 라르고 숙부님은 의지가 되는 분이니까요. 아버지나 할아버지도 좋아하지만, 젠지로 폐하도 이미 아시다시피 그 두 사람은 '완전 융합파'라 두 왕가의 혈통마법을 다룰 줄 아는 저를 보는 시선이 뜨거워서 솔직히 숨이 막힐 것 같습니다. 반면에 라르고 숙부님은 '바보 같은 조카'로서 저를 대해 주시기 때문에 매우 마음이 편합니다."

"…………."

젠지로는 몸에서 힘이 빠져 소파에서 엉덩이가 미끄러져 떨어질 뻔한 것을 필사적으로 참았다.

지금까지 정보를 얻기 위해 고생한 일은 무엇이었단 말인가.

두통을 참듯이 젠지로가 한 손으로 머리를 감싸고 있는 사이에도 프란체스코 왕자의 발언은 멈추지 않았다.

"아버지와 할아버지는 어떻게 해서든 저를 왕으로 만들 생각이십니다. 그러지만 않으면 이상적인 육친인데 말이죠. 제가 왕이 되다니, 파란이 일어날 뿐이라고 몇 번이나 설득했지만 현재로선 별로 효과가 없습니다."

"……그럼 프란체스코 전하 자신은 왕위에 흥미가 없다는 건가요?"

자칫하면 미처 듣지 못할지도 모른다는 생각이 들 만큼 계속 쏟아지는 프란체스코 왕자가 쏟아 놓은 잇단 중요 정보 발설의 격류가 잠시 멈췄을 때, 젠지로는 그렇게 확인을 해 보았다.

반쯤은 대답을 예상할 수 있는 질문이었지만, 만에 하나라도 잘못될 경우에는 너무나도 위험이 크다.

하지만 다행히도 젠지로의 예상은 빗나가지 않았다.

"전혀 없습니다. 제 개인적인 심정을 말씀드리면, 딱 질색이라고 말씀드릴 수 있습니다. 젠지로 폐하, 알고 계십니까? 왕은 정무에 쫓겨 변변히 마법 도구 하나도 만들지 못합니다. 가끔 만들 기회가 있긴 하지만, 그건 국내외에 배포할 외교 도구이니, 무엇을 만들지 스스로 결정하지도 못 합니다."

너무 싫다는 듯이 몇 번이나 고개를 좌우로 흔드는 프란체스코 왕자의 표정은 아무리 봐도 본심 그 자체로밖에 보이지 않았다.

"그런 의미에서도 라르고 숙부님이 힘을 내 주셨으면 합니다. 나라가 현재의 체제를 유지한 채, 아무런 문제도 없이 아버지가 왕위를 계승하고, 남동생인 베토르가 왕태자가 되며, 저는 혼자서 마법 도구 개발에 전념한다. 그런 미래가 가장 이상적입니다."

망설임 없이 그렇게 단언하는 프란체스코 왕자의 모습을 계속 바라보던 젠지로는 일단 프란체스코 왕자의 말을 믿기로 결심했다.

'지금까지 프란체스코 왕자가 했던 말이나 행동과도 모순되지 않아. 그렇다면 이번 일에 관해서는 전면적으로 이해가 일치하는 셈이구나.'

이 사람 저 사람 모두 의심해서는 옴짝달싹도 못 한다.

젠지로는 한 번 크게 심호흡을 하고 각오를 다진 뒤 말했다.

"프란체스코 전하는 '완전 융합파'가 아니신 거죠?"

"아닙니다. '완전 융합파'의 남자와 '완전 융합파'의 여자 사이에서 태어나 '완전 융합파'의 희망이라고 할 수 있는 능력을 지니고 있지만, 그 사상을 이해할 수 없는 불효자식입니다."

그렇게 말한 프란체스코 왕자의 얼굴에는 평소의 여유 넘치는 웃음이 떠올라 있었지만, 젠지로는 문득 그 미소에서 평소와는 조금 다른 감정을 포착했다.

"라르고 전하는 말씀하셨습니다. '완전 융합파'인 주세페 왕태자는 프란체스코 전하를 어떻게 해서든 다음 왕태자에 임명할 계획이라고요."

"네. 정확하게 말하면 아버지와 할아버지는 저의 능력을 알게 된 이후로, 계속 그런 계획을 세우고 있습니다."

젠지로의 말을 프란체스코 왕자는 고개를 끄덕이며 맞다고 확인해 주었다.

"그리고 반대파의 선봉이 라르고 전하이시군요."

"정확하게 말하자면, 저의 왕태자 즉위에 찬성하는 사람은 '완전 융합파' 사람밖에 없습니다."

그렇기에 왕과 왕태자라는 입장이면서도 브루노 왕도 주세페 왕태자도 스스로의 바람——프란체스코 왕자를 다음 왕태자로 임명한다——을 겉으로 드러내지 못했던 것이다.

젠지로는 작은 위화감도 놓치지 않겠다는 듯이, 눈에 힘을 주고 프란체스코 왕자를 바라보면서 마지막 질문을 던졌다.

"라르고 전하는 말씀하셨습니다. 일단 명목상의 대립 이유는 네 공작을 앞으로 어떻게 대우할 것인가, 라고 들었습니다. 그래서 네 공작에게 마법 도구를 증여할 때, 라르고 전하의 주장대로 두 방랑 공작 가문을 배려한 마법 도구를 선택하면 프란체스코 전하의 왕태자 즉위도 회피할 수 있다고 하더군요."

노려봤다고 해도 좋을 정도로 강한 젠지로의 시선을 보고, 역시 프란체스코 왕자도 조금 영향을 받았는지, 입매에 미소를 지우고 확실하게 단언했다.

"네, 맞습니다. 할아버지와 아버지의 강점은 그런 정치력과 조심성입니다. 네 공작에게 증여하는 마법 도구를 선정한다는, 누가 봐도 아버지에게 유리한 장면에서 라르고 숙부님에게 점수를 빼앗기면 아버지는 잔뜩 경계를 강화하겠지요. 자칫 유일하고도 절대적인 한 수를 잃을 수도 있는 위험을 무릅쓰면서까지 저를 사용할 리가 없습니다. 그건 단언할 수 있습니다."

프란체스코 왕자의 대답을 듣고 젠지로는 결심을 굳혔다.

하지만 젠지로가 그 결의를 말로 표현하기 전에, 프란체스코 왕자가 거의 테이블을 뒤덮듯이 쭉 몸을 앞으로 내밀었다.

"즉, 두 방랑 공작 가문을 우대하면서도 아버지나 할아버지도 반드시 설득할 수 있는, 그런 마법 도구가 있다 그거군요?"

프란체스코 왕자의 녹색 눈동자는 기술자 특유의 호기심과 열의가 넘쳐 났다.

젠지로는 그 열기에 눌린 듯 소파의 등받이에 등을 붙인 뒤, 변명을 하듯이 말했다.

"아니요, 살짝 뭔가가 떠올랐을 뿐이에요. 부여마법에 관해서는 초보이기 때문에 실현 가능할지도 모르고, 실현 가능하다고 해도 그것이 과연 얼마나 도움이 될지도……."

"말씀 부탁드립니다. 일단 들어 보지 않으면 판단을 할 수 없으니까요. 자자, 어서요."

"으음, '쌍연지'를 조금 응용한 것인데, '쌍연지'처럼 불태우는 것이 아니라, 금속처럼 불타지 않는 소재에 같은 마법을 거는 일이 가능할까요?"

젠지로가 설명을 부탁하자, 프란체스코 왕자는 열심히 대답했다. 덧붙이자면 자세는 양손을 테이블에 대고 몸을 앞으로 내민 그 자세 그대로였다.

"그대로는 어렵지만, 조금 주문을 개량하면 가능합니다. 단, 용피지와는 달리 금속제 '쌍연지'는 만드는 데 필요한 마력이 훨씬 더 많고, 열은 전달할 수 있을지 모르지만 문자 형태로 불태울 수는 없습니다."

그것은 젠지로가 기대했던 대로의 대답이었다.

입매에 미소를 되찾은 젠지로는 생기 있는 목소리로 말했다.

"그럼 가장 열전달률이 높은 금속을 강도를 유지하는 범위 내에서 가능한 한 얇게 만들어 '쌍연지'와 같은 마법을 부여한 뒤, 같은 금속제인 활자와 '화룡'의 가죽을……."

"음? 열전달이 잘 되는 금속을 얇게 만들어 사용하는 거죠? 아하. 확실히 그렇게 하면 보낸 것과 똑같은 문장이 남는군요. 하지만 처음부터 그렇게 하기에는 조금 난이도가……."

"그런 점은 전문가이신 프란체스코 전하가 생각하시는 대로 변경해 주셔도 상관없습니다. 단지, 기일이 얼마 남지 않았으니, 그때까지 아이디어만이라도 형태로 만들어 주셨으면 합니다."

"아이디어만이라도, 말입니까? 솔직히 이건 너무 참신해서 아버지와 할아버지에게는 아무리 말로 설명해도 이해를 못 할 우려가 있습니다. 가능하다면 당일까지 시제품을 준비할 경우 승부는 뻔히 난 것이나 마찬가지이지만요."

"……일단 혹시나 해서 몇 개인가 보석을 가져왔습니다."

"저에게 맡겨 주십시오!"

그 후, 카파 왕국 국왕의 배우자와 쌍왕국 국왕의 적손은 기다리다 지친 호위들이 방첩 마법 도구를 넘어 들릴 정도로 큰 헛기침을 할 때까지, 열심히 마법 도구에 대해 서로 대화를 나누었다.

———◆———

그리고 9일 후.

약속 기한을 맞이한 젠지로는 브루노 왕의 초대를 받고 '자란궁'의 한 방을 찾았다.

뒤에 대기한 시녀들은 오늘을 위해 프란체스코 왕자가 만든 '마법 도구' 이외의 물건을 들고 있었다.

참고로 가장 중요한 마법 도구 본체는 루크레치아가 소중하게 꼭 안고 왔다.

제작을 담당한 프란체스코 왕자는 '이거라면 틀림없이 괜찮다'라고 보증을 해 주었지만, 막상 이런 자리에 오니 역시 긴장과 불안을 숨길 수 없었다.

만약 이거로는 안 된다고 한다면. 무엇보다 이 자리에서 실연을 할 텐데, 생각대로 효과가 나타나지 않는다면.

어젯밤에 충분히 테스트를 해 보았지만, 정작 실전에서 실패하는 일은 매우 흔한 이야기였다.

고등학교 문화제 실행 위원 때, 전날에 몇 번이나 확인했던 박이 정작 당일에는 터지지 않았던 악몽이 젠지로의 뇌리를 스쳐 지나갔다.

젠지로가 그렇게 나쁜 미래를 상상하거나 나쁜 과거의 추억을 떠올리며 싸우고 있기를 잠시.

얼마 안 있어 브루노 왕과 주세페 왕태자가 나타났다.

초대를 한 사람은 저쪽이기 때문에 원래 손님인 젠지로를 기다리게 한 것은 약간 실례라고 할 수 있었지만, 늦게 온 것은 아마도 고의일 것이다.

샤로와 왕가 측이 일부러 나타난 이유는 '우리가 테스트를 해 보는 입장이다'라고 주장하려는 것이었다.

별로 기분 좋은 일은 아니지만, 지금 그런 점에 대해 항의해 봐야 상황이 좋아지는 것은 아니었다.

젠지로는 계속 미소를 유지하며 작게 고개를 숙였다.

"늦어서 미안하오, 젠지로 폐하. 짐도 아직 바쁜 몸이다 보니 말이외다."

"죄송합니다, 젠지로 폐하."

생글거리며 사과하는 브루노 왕과 주세페 왕태자의 태도에서는 전혀 검은 속이 드러나지 않았다.

'그래서 더 무서운 거야.'

무의식적으로 더욱더 경계하면서, 젠지로도 마찬가지로 계속 미소를 지으며 대답했다.

"아니요. 한 나라의 왕과 왕태자이신 분들을 모두 만나 뵐 수 있는 기회이니까요. 조금 기다리는 것 정도는 아무런 고생도 아닙니다."

젠지로는 자신이 기다려야 했다는 것은 부정하지 않았지만, 사과의 말은 순순히 받아 두었다.

인사를 끝내고 별로 의미 없는 담소를 나눈 뒤, 본론으로 들어갔다.

"그런데 젠지로 폐하. 이전에 폐하께 부탁드린 네 공작에게 보낼 증여용 마법 도구에 관한 말씀입니다만."

머뭇거리며 이야기를 꺼낸 주세페 왕태자를 보고, 젠지로는 눈치채지 못하게 마른침을 삼킨 뒤, 샐러리맨 시절에 영업을 하던 시절을 떠올리면서 말을 하기 시작했다.

"네. 건네받은 자료를 보고 네 공작의 대리인에게 각각의 입장을 들은 뒤, 제 나름대로 적절하다고 생각하는 한 가지로 좁혀 보았습니다."

"말씀해 주시지요."

조용하게 재촉하는 주세페 왕태자의 얼굴을 젠지로는 똑바로 바라보았다.

아무리 봐도 온화한 신사로밖에 보이지 않는다. 하지만 이 남자는 젠지로의 소중한 아들인 카를로스 젠키치를 정쟁의 도구로 사용하려고까지 했다.

젠지로는 아랫배에 힘을 꽉 주고 대답했다.

"네. 이것은 '쌍연지'입니다."

"'쌍연지'……."

주세페 왕태자와 브루노 왕은 힐끔 시선을 나눈 다음, 젠지로의 뒤에서 마법 도구의 시험작을 들고 대기하고 있는 시녀들을 바라보았다.

젠지로가 프란체스코 왕자에게 부탁해 마법 도구를 만들게 했다는 정보는 들었을지 모르지만, 구체적으로 무엇을 만들어 달라고 했는지는 파악하지 못했을 가능성이 높았다.

늙은 왕과 중년의 왕태자는 젠지로의 대답을 듣고 놀라움과 실망이 섞인 표정을 지었다.

하지만 그 표정도 순간이었을 뿐, 곧장 부드러운 미소를 되찾은 주세페 왕태자가 젠지로에게 말을 걸었다.

"젠지로 폐하께서 직접 생각하신 것입니까?"

"아니요. 맨 처음에 '쌍연지'를 희망한 곳은 리야폰 공작 가문의 나짐 양이었습니다."

"아, 확실히 리야폰 공작 가문에게는 '쌍연지'의 존재가 매우 도움이 될 겁니다. 네 공작이라고 말을 하긴 하지만, 각 가문마다 사정이 모두 다르니까요."

주세페 왕태자는 이해를 표하는 듯이 말을 했지만, 물론 속뜻에는 왜 젠지로가 네 공작 중 한 가문의 의견만을 받아들였는가 하는 의문이 포함되어 있었다.

그 정도의 공격은 젠지로도 이미 예상한 범위 내였다.

"네. 다른 분들의 의견도 모두 매우 일리가 있었지만, 저는 '쌍연지'야말로 네 공작 가문 모두에게 도움이 되는 마법 도구라고 확신했습니다."

"확실히 그렇기는 합니다."

주세페 왕태자도 젠지로의 말을 인정하지 않을 수 없었다.

'공도'가 항상 계속해서 이동하는 두 방랑 공작 가문에게 특히 유리한 것이기는 했지만, 정착을 선택한 두 공작도 각각 공도와 이곳 왕도에 일족이 나뉘어 살고 있었기 때문이다.

'쌍연지'가 있으면 틀림없이 도움이 된다.

젠지로는 어필을 계속했다.

"하지만 '쌍연지'에는 한 가지 큰 약점이 있습니다. 샤로와 왕가에게 설명을 드리기는 황송하지만, 바로 탄 자국으로 문자를 쓴다는 성질상, 일회용이라는 점입니다."

'쌍연지'는 비교적 제작하는 데 오래 걸리지 않는 간단한 마법 도구이지만, 그래도 한 세트를 제작하려면 샤로와 왕가 사람이 한 달 이상 시간을 들여야 한다.

따라서 제조 개수에 제한이 있었고, 거리낌 없이 사용할 수는 없었다.

"몇 번이나 말씀드렸듯이 저는 마법 도구에 관해서는 완전히 문외한입니다. 하지만 그렇기에, 샤로와 왕가에 속한 분들과는 조금 다른 관점으로 바라보는 것도 가능하리라 생각합니다. 처음에는 아주 잠깐 떠오른 아이디어에 불과했지만, 그 아이디어가 다행히도 결실을 맺었습니다. 그 사소한 성과를 이 자리에서 선보이고자 합니다."

"보여 주시겠습니까?"

주세페 왕태자의 허락을 받고 젠지로는 뒤에 대기하고 있던 루크레치아 일행에게 명령을 내렸다.

"잠시 앞으로 이동하겠습니다."

루크레치아 일행은 빠르게 마법 도구를 준비하기 시작했다.

먼저 맨 처음에 루크레치아가 꺼낸 것은 A4 사이즈 정도 크기의 금속판 두 장. 마력을 보면 알 수 있지만, 마법 도구는 이 금속판 두 장뿐이었다. 양쪽 모두 위쪽 한가운데에 둥근 유리구슬이 박혀 있었지만, 그다지 볼품은 없었다.

다음으로 시녀들이 꺼낸 것은 금속 막대기 여러 개. 잘 보면 막대기의 끝에는 문자가 반전된 상태로 새겨져 있었다. 꽤 크지만 금속 활자라고 불리는 것이었다.

그리고 흑서기의 사막에는 어울리지 않는 두꺼운 장갑을 낀 시녀가 꺼낸 것은 짙은 푸른색인 용피지였다.

그것이 어디를 어떻게 봐도 쓸모가 없다고 사막 민족이 한탄하는 해수, '화룡'의 가죽이라는 사실은 그 자리에 있는 사람들 대부분이 몰랐다.

젠지로의 지시에 따라 루크레치아 일행은 금속판 한 장을 주세페 왕태자 앞의 테이블 위에 놓아 두고 그 위에 신중하게 '화룡'의 가죽을 올렸다. 이어서 조금이라도 금속판과 '화룡' 가죽이 밀착하도록, 가죽의 네 구석에는 서진 같은 누름돌을 올려 두었다.

그리고 다른 금속판 한 장은 젠지로 앞에 있었다.

젠지로의 옆에는 여러 금속 활자를 든 시녀가 대기하는 중이었다.

준비는 끝났다.

시녀들의 눈짓을 받은 젠지로는 한 번 고개를 숙인 뒤 주세페 왕태자의 시종에게 말을 걸었다.

"미안하지만, 불씨를 하나 준비해 줄 수 있겠는가?"

"주세페 전하?"

"준비해 드려라."

"넷. 잠시 기다려 주십시오."

주인의 허락을 받은 측근은 일단 방 밖으로 나가더니 곧장 가동 중인 '부동화구'의 마법 도구를 가지고 돌아왔다.

"이미 가동 중이니 조심해 주십시오. 사용법은 아시는지요?"

"고맙네, 괜찮다."

젠지로는 측근에게 인사를 한 뒤, 그 흔들림 없는 불꽃 안에 시녀에게 받은 금속 활자 하나를 꽂아 넣었다.

"…………."

마법 도구의 불에 닿아 금속 활자가 충분히 열을 띠었을 때, 젠지로는 신중하게 그 불탄 금속 활자를 테이블 위의 금속판에 꽉 눌렀다.

카킥, 하고 금속과 금속이 부딪치는 날카로운 소리가 울려 퍼졌다.

"…………."

바로는 아무것도 일어나지 않았다.

"…………."

조금 기다려도 역시 아무 일도 일어나지 않았다.

"…………앗, 이것은?"

그리고 몇 분 뒤, 이변이 일어난 곳은 젠지로 앞에 있던 금속판이 아니라 주세페 왕태자 앞에 있던 금속판, 정확하게는 그 위에 덮어 둔 '화룡'의 가죽이었다.

짙은 푸른빛 일색이었던 '화룡'의 가죽에 서서히 희게 변색되는 부분이 확대되어 갔다.

이윽고 그 흰색 부분은 하나의 문자가 되었다.

그것은 젠지로가 방금 찍은 금속 활자와 같은 문자였다.

깔끔하게 열이 전달되지 않은 탓에, 꽤 문자가 번져 읽기 힘들었지만, 판독은 충분히 가능했다.

"이 금속판 두 장은 '쌍연지'와 똑같은 효과를 지니고 있습니다.

하지만 금속이기 때문에 전달되는 것은 열뿐으로, 불타거나 재가 되거나 하지는 않습니다. 그리고 그쪽 금속판 위에 올라가 있는 것은 '화룡'의 가죽입니다. '화룡'은 온도에 대처해 표피의 색을 바꾸는 신기한 성질을 가지고 있기 때문에, 그런 금속판 위에 올려두면 그 열에 반응해 색이 변합니다."

그렇게 말하면서 흥이 나기 시작한 젠지로는 금속 활자를 잇달아 뜨겁게 만들어 순서대로 금속판에 꽉 눌렀다.

즉석 금속 활자는 프란체스코 왕자가 아는 기술자에게 서둘러 만들어 달라고 부탁해 만든 것으로, 빈말로도 예쁜 문자가 아니었고, 젠지로가 활자를 누를 때의 기술도 형편없었기 때문에 문자가 위아래로 물결치거나, 좌우의 간격이 너무 벌어지거나, 반대로 너무 가깝거나, 문자가 겹치거나 했다.

하지만 '화룡'의 가죽에 희게 떠오르는 문자열은 보는 사람이 충분히 그 의미를 파악할 수 있었다.


〈축, 새 왕 즉위.〉


그렇게 읽을 수 있는 문장을 주세페 왕태자는 무서울 정도로 진지한 표정을 지으며 가만히 내려다보았다.

브루노 왕도 주세페 왕태자도 뛰어난 위정자이다.

그렇기 때문에 조금 손이 가긴 하지만, '몇 번이고 반복해서 사용할 수 있는 쌍연지'가 지닌 가치를 금방 깨달았다.

그리고 동시에 확신했다. 네 공작도 확실히 이것을 원할 것이라고.

사람의 입에 재갈을 물릴 수는 없다.

이곳에서 젠지로의 제안을 거절한다고 해도, 젠지로가 신형 '쌍연지'를 개발, 제안했다는 사실은 금방 소문이 퍼진다.

원래 주세페 왕태자 측에서 젠지로에게 조언을 요청하여 젠지로가 그 희망을 이루기 위해 멋진 마법 도구를 제안한 것인데, 그것을 주세페 왕태자 측에서 거절했다고 하면, 네 공작이 주세페 왕태자에게 호의적인 감정을 품기는 힘들었다.

"아버지……."

"으음."

오랫동안 서로 손을 잡고 정치계에 몸을 담아 왔던 아들과 아버지는 서로 서선을 교환한 것만으로도 의사소통이 가능했다.

어흠 하고 헛기침을 하며 주목을 모은 주세페 왕태자는 테이블 너머 맞은편에 앉은 젠리로를 보고 말했다.

"젠지로 폐하. 감사합니다. 폐하께 조언을 구한 저의 안목은 정확했습니다. 지금 저는 그렇게 확신하는 중입니다."

"주세페 전하, 그렇다면……."

환한 모습을 보이는 젠지로에게 주세페 왕태자가 진중하게 고개를 끄덕였다.

"경의를 표하는 바입니다, 젠지로 폐하. 더 이상 생각할 여지도 없을 듯합니다. 제가 즉위할 때 네 공작에게 증여할 마법 도구는 이 신형 '쌍연지'로 결정하겠습니다."

"…………!!"

젠지로는 테이블 아래에서 꽉 주먹을 쥐고 환희의 감정을 꽉 억눌렀다.

'쌍연지'를 희망한 쪽은 두 방랑 공작의 일가, 리야폰 공작의 대리인 나짐. 그리고 젠지로가 제안한 신형 '쌍연지'에 사용하는 천연 감열지, '화룡'이 주로 서식하는 곳은 역시 두 방랑 공작의 일가인 엘레하류코 공작령. 수는 적지만 리야폰 공작령에도 '화룡'은 존재한다는 듯했다.

'화룡'은 그 두 곳 이외에는 서식하지 않는다.

이것은 누가 어떻게 봐도 두 방랑 공작을 배려한 결정이었다.

그러면서도 정착한 두 공작에게도 매우 유용한 마법 도구이기 때문에, 엘레멘타카트 공작과 아니미얌 공작도 불만을 표하기가 어려웠다.

마법 도구인 금속 부분은 몇 번이고 반복해서 사용할 수 있지만 '화룡' 가죽은 소모품이다. 신형 '쌍연지'가 일반적으로 사용되기 시작하면, 지금까지 해수 취급을 받던 '화룡'이 귀중한 자원이 된다.

어쩌면 두 방랑 공작과 두 정착 공작 사이의 경제 격차도 좁혀질지 모른다.

물론 그것은 20마신(馬身) 거리가 19마신 거리로 줄어드는 정도에 불과하겠지만, 계속 벌어지기만 하던 거리가 조금이라도 줄어들면 두 방랑 공작에게도 희망이 생긴다.

그리고 그것은 샤로와 왕가에게도 나쁜 이야기가 아니었다.

'화룡' 가죽의 가치는 신형 '쌍연지'라는 마법 도구가 있기 때문에 올라가는 것이다.

예를 들어 말하자면, 두 방랑 공작이 만들 수 있는 것은 프린터 전용 용지뿐으로, 프린터 본체를 만들 수 있는 곳은 샤로와 왕가가 되는 것이다.

설사 '화룡'의 가죽이 두 방랑 공작에게 경제적 성장을 가져온다고 해도, 그 경제 성장의 근간이 되는 부분을 샤로와 왕가에게 의지할 수밖에 없다.

오히려 두 방랑 공작이 풍요롭게 되고, 그 풍요로움에 집착하기 시작하면, 독립 노선을 걷던 두 방랑 공작이 샤로와 왕가에 더욱 의존하게 되는 결과가 나올 수도 있다.

문제가 있다면 그 방향성이 주세페 왕태자가 목표로 한 방향과 정반대인 반면, 정적인 남동생 왕자——라르고 왕자가 주창한 방향성과 일치한다는 것 정도였다.

물론 주세페 왕태자는 국익과 자신의 자존심을 고려한 뒤, 후자를 선택할 정도로 어리석은 사람은 아니었다.

"감사합니다, 주세페 전하. 저 같은 문외한의 의견을 구하시고, 그에 더해 의견을 채용해 주신 전하의 넓은 도량에 감탄함과 동시에 거듭 감사의 인사를 드리는 바입니다."

간신히 환희의 감정을 억눌러 뒤집히는 목소리가 나오지 않게 되었을 때, 젠지로는 주세페 왕태자에게 그런 의사를 전달했다.

이쪽 의견을 받아들여 주어서 고맙다는 말 속에는 '즉, 우리 아들을 말려들게 하려는 터무니없는 음모는 이제 그만둘 거지?' 라고 하는 확인의 의미가 포함되어 있었다.

"아니요, 인사를 해야 할 쪽은 저희입니다. 이렇게 멋진 마법 도구를 제안해 주셨지 않습니까. 이것을 보고도 젠지로 폐하의 제안을 받아들이지 않는다면 네 공작을 비롯한 국내의 귀족들이 저를 매우 차가운 눈으로 바라볼 것입니다."

주세페 왕태자는 그렇게 말하고 웃으면서 몇 번이나 고개를 끄덕였다.

이쪽도 속뜻을 해석하면, '네네, 알겠습니다. 이번에는 물러나지요. 여기서 억지를 부려 봐야 국내에 분란이 일어날 뿐이니, 믿으세요' 정도일까?

진정으로 '목적을 달성했다'는 사실을 깨달은 젠지로는 조금 전 이상의 달성감과 쓰러질 것만 같은 탈력감을 동시에 느꼈다.

물론 실제로 그 자리의 소파에 몸을 누힐 수는 없었다.

기력을 짜내듯이 허리를 곧추세운 젠지로는 영업용 미소를 지으며 말했다.

"하하하, 그래도 아마 괜찮을 겁니다. 쌍왕국에 머문 지 얼마 되지 않은 저의 귀에도 주세페 전하를 흠모하는 국민들의 목소리가 들렸을 정도입니다. 괜찮습니다. '웬만한 일이 벌어지지 않는 한', 전하를 향한 지지는 흔들리지 않을 테니까요."

"아하하. 젠지로 폐하께서 그렇게 보증해 주시니 마음이 아주 든든합니다. 감사합니다. 확실히 그건 저의 지나친 생각인 듯합니다. '서투른 사람의 생각은 시간 낭비일 뿐'이라고도 하니, 자중하는 것이 중요하겠습니다."

"네, 저도 동감입니다."

그렇게 두 나라의 왕족들은 표면상으로는 아주 평온하게 그날의 대담을 끝마쳤다.

———————◆———————

젠지로 일행이 무사히 떠난 후, 회담이 열렸던 방은 매우 조용했다.

그 침묵을 깨고 늙은 왕이 가만히 중얼거렸다.

"도리어 이쪽이 당한 건가."

"네."

중년 왕태자도 조금 전까지의 명랑한 미소를 지우고 무표정에 가까운 침착한 표정을 지으며 작게 고개를 끄덕였다.

동지이기도 한 아들의 대답을 듣고, 늙은 왕은 오른손의 엄지와 검지로 눈구석을 매만지며 말했다.

"아무튼 좋다. 결과적으로 국익에 큰 보탬이 되었으니 말이다."

"그렇습니다. 보나도 '젠지로 폐하는 마법 도구에 관해서 이쪽은 상상도 못 한 의견을 제안하시거나, 조언을 해 주실 때가 있다'고 보고를 했었는데, 예상 이상이었습니다."

프란체스코 왕자를 차기 왕태자로 삼고 싶은 '완전 융합파'로서는 한없이 당한 듯한 결과였지만, 쌍왕국의 왕족으로서는 충분히 이득을 얻은 거래였다.

'완전 융합파'라는 사상에 사로잡혀 있는 브루노 왕과 주세페 왕태자였지만, 신념을 지니고 있으면서도 균형을 무너뜨리지 않을 정도의 정치 감각은 지니고 있었다.

"신형 '쌍연지'인가. 반복해서 사용할 수 있는 '쌍연지'를 만들고자 하는 생각은 우리에게도 있었지만, 그런 발상은 떠올리지 못했었지."

"어떻게 보면 당연합니다. 우리는 부여마법을 사용하는 샤로와 왕가. 아무래도 마법 도구는 마법 도구로 끝나야 한다는 생각에 사로잡혀 있으니까요."

부왕의 말을 듣고 중년의 아들은 그렇게 말하며 작게 어깨를 으쓱 들어 올렸다.

두 사람의 대화에 나왔던 대로, '쌍연지'를 일회용이 아니라 반복해서 사용하면 매우 유용할 것이라는 생각은 샤로와 왕가의 사람들도 당연히 했었다.

불의 속성이 아니라 흙의 속성으로 똑같은 것을 만들 수 없을까 하여 '쌍사상(雙砂箱)'이라는 물건을 시험적으로 만든 사람도 있었고, 잉크를 물에 빗대 '쌍수필(雙水筆)'이라 이름 지은 마법 도구를 만든 사람도 있었다.

하지만 '쌍연지'의 효과는 불의 정령의 독자적인 성질인지, 그런 마법 도구 연구는 전혀 성과를 올리지 못했다.

그런데 젠지로는 그것을 어디까지나 '쌍연지'라는 불의 정령의 힘을 사용하는 동시에 외부의 재료를 사용함으로써 반복해 사용이 가능하도록 만드는 데 성공했다.

'화룡'의 가죽처럼 돌파구가 될 수 있는 자원을 가지고 있으면서도 샤로와 왕가 사람들이 지금껏 아무도 그 방법을 생각해 내지 못한 것은 조금 전에 주세페 왕태자가 말한 대로, 마법 도구에 대한 고정관념 탓이 컸다.

마법 도구는 마법 도구만으로 완성되어야 한다. 도구의 중심 부분에만 마법 도구를 사용해도 좋다는 발상 자체는 마법 도구의 만능성을 잘 알고 있는 샤로와 왕가 사람이기 때문에 좀처럼 떠올릴 수 없었다.

물론 '화룡'의 서식 영역이 왕가와 거리가 멀어진 두 방랑 공작 가문의 영지에 있었다는 것도 하나의 원인이었다.

아무튼 간에, 불과 한 달도 지나지 않은 기간에 부여마법의 문외한이었던 다른 왕족이 확실한 국익이 될 만한 마법 도구를 개발했다는 것은 틀림없는 사실이었다.

"이건 가능한 한 다른 나라에는 판매하고 싶지 않군."

"저도 마찬가지입니다. 아무래도 이런 흐름이면 젠지로 폐하가 계신 카파 왕국에는 안 팔 수 없겠지만, 그 이외의 곳에 판매하는 일은 삼가는 것이 좋겠습니다."

"카파 왕국과 매매 계약을 체결할 때에도 카파 왕국 바깥으로는 판매를 하지 못하도록 제한하는 조항을 넣어야겠지."

정보 전달 속도가 얼마나 국익과 직결되는가를 이해 못할 두 사람이 아니었다.

능력을 지녔을 뿐만 아니라 가치관을 공유하고 있는 아버지와 아들은 거의 막힘 없이 이야기를 조정해 갔다.

"……흐음, 일단은 이 정도인가."

"아버지. 그럼 슬슬 저는 실례하겠습니다."

"그래, 벌써 그런 시간인가. 그쪽은 너에게 맡기마. 잘 부탁한다."

자리에서 일어서는 아들에게 늙은 왕은 그렇게 말하며 작게 오른손을 흔들었다.

"넷."

주세페 왕태자는 마지막으로 소파에 앉은 채 부왕에게 인사를 한 뒤, 방 밖으로 나갔다. 방을 나선 주세페 왕태자가 향한 곳은 '자란궁'의 더욱 안쪽. 왕족의 생활 공간이었다.

"너희들은 여기까지다. 수고했다."

"넷. 감사합니다."

따라온 측근과 호위를 복도에 남기고, 주세페 왕태자는 안쪽에 있는 방 안으로 들어갔다.

측근이나 호위조차도 들어갈 수 없을 만큼 완벽한 사적 공간.

벽도 창문도 없는 대신, 바람의 마법 도구로 공기를 정화하고 불의 마법 도구로 불을 켜 놓은 실내.

주세페 왕태자는 왕궁에 있는 방이라고 하기엔 상당히 좁은 그곳으로 들어가자마자 손을 뒤로 돌려 문을 닫았다.

그 방 안에는 먼저 온 손님이 있었다.

"어서 오십시오, 형님. 공무 보시느라 수고하셨습니다."

먼저 와 있던 손님이 있는데도 전혀 놀라지도 않은 채, 주세페 왕태자는 실내의 간소한 목제 의자에 걸터앉았다.

"라르고, 네가 먼저 와 있다니 웬일이냐. 참 나, 오늘은 너무 놀라서 피곤하구나."

주세페 왕태자는 그렇게 먼저 온 손님의 이름을 부른 뒤, 옷의 단추를 위에서 세 번째까지 풀고 편안한 모습을 드러냈다.

라르고 왕자.

주세페 왕태자의 남동생이지만 공적으로는 최대의 정적으로 지목받는 남자.

그런데 정적이라고 할 수 있는 형제가 다른 사람을 모두 배제한 밀실에서 온화하게 정보를 교환하기 시작했다.

"형님의 그 모습을 보니, 이번에는 모처럼 저의 승리라고 보면 되겠습니까?"

"흠, 그렇게 기쁘게 웃다니. 그래, 맞다. 너의 완승이다."

그렇게 말을 한 주세페 왕태자가 항복했다는 듯이 양손을 머리 위로 올렸다.

"후, 다행이야. 마음이 놓이는군요. 이제 형님도 아버지도 프란체스코 같은 바보를 왕태자로 임명하려는 터무니없는 짓을 포기해 주시는 거지요?"

다짐을 받아 두려고 하는 남동생 왕자에게 형인 왕태자는 어쩔 수 없다는 듯이 고개를 끄덕였다.

"적어도 이번엔 말이다."

"가능하면 영원히 포기해 주셨으면 하는군요."

형의 대답을 들은 남동생은 일부러 한탄을 하며 그렇게 말했다.

주세페 왕태자와 라르고 왕자는 정적.

세상 사람들의 그런 인식은 틀리지 않았다. 백번 맞는 의견이었다.

하지만 동시에 두 사람은 샤로와·지르벨 쌍왕국이라는 나라의 번영을 바라는 형제이기도 했다.

그래서 결정적인 파국을 피하기 위해, 두 사람은 이렇듯 다른 사람을 배제한 채 정기적으로 이야기를 나누며 타협점을 찾으려고 했다.

오늘의 화제는 말할 것도 없이 대국 카파 왕국에서 온 빈객 이야기였다.

"그런데 형님은 젠지로 폐하를 어떻게 보셨습니까?"

"글쎄. 정치적인 판단력이라는 의미에서 보자면 상당한 강적. 정치적인 완력이라는 점에서 보면 약한 적. 그리고 가장 큰 특징은 종잡을 수 없는 인격이군. 당연한 말에 당연하게 반응해 주는 일이 너무 적어서, 능력 이상으로 그쪽에 휘둘리는 느낌이야."

주세페 왕태자는 계속해서 덧붙였다.

"그리고 발상력도 놀라워. 물론 그냥 우연일 가능성도 있으니 벌써 평가를 내려서는 안 되겠지만, 적어도 표면상의 능력과 그 혈통만으로도 충분히 평가할 만하다고 생각해. 가능하다면 이쪽 편으로 끌어들이고 싶군."

카파 왕국의 여왕 아우라는 젠지로를 카파 왕국 사람이라고 했지만, 실제로는 달랐다.

젠지로의 선조는 카파 왕국의 왕자와 샤로와 왕가의 왕녀였다.

젠지로에게는 카파 왕가와 샤로와 왕가의 피가 거의 똑같이 흐르고 있다.

그 증거로 젠지로 자신은 균형이 살짝 카파 왕국으로 기운 탓에

'시공마법'의 소양만이 겉으로 드러났지만, 아들인 카를로스 젠키치 왕자는 '시공마법'과 '부여마법' 양쪽 모두 발현되었다.

아내인 여왕 아우라는 카파 왕국 순혈인데도 불구하고 말이다.

그것이야말로 젠지로라는 남자에게 샤로와 왕가의 피가 짙게 흐르고 있다는 증거였다.

"꼭 이쪽으로 끌어들이고 싶어. 루크레치아로는 짐이 무겁다고 한다면, 다른 여자를 붙여 주는 것도 생각해 볼 만한 일이지. 만약 네 공작 가문의 여자들에게 흥미를 보인다면, 네 공작과 타협하는 것도 좋고."

입가에 손을 대고 생각하는 왕태자에게 남동생 왕자는 어이없다는 듯이 말했다.

"너무 욕심을 부리다가 카파 왕국과의 관계를 엉망으로 만들지는 말아 주십시오."

"안다. 걱정할 거 없다. 아우라 폐하는 이성적이고 타산에 밝으신 분이다. 실수를 하지는 않아."

"허어, 이 사람은……."

라르고 왕자는 '못 말린다'라고 말을 하듯이 한숨을 내쉬었다.

"현재, 쌍왕국은 충분히 대국입니다. 물론 나라의 발전, 국력 증강을 위해 진력해야 하는 것은 당연하지만, 위험한 일을 하면서까지 증강을 서두를 필요는 없습니다."

라르고 왕자는 쓸데없는 짓이라는 것을 알면서도 지금껏 몇 번이나 했던 것처럼 한 번 더 그렇게 충고했다.

"너무 생각이 안이하군. 확실히 우리 나라의 국력은 '남대륙에서는' 손에 꼽히지만, '교회'의 힘에는 아직 모자란다. 그리고 '교회'의 세력권에 있는 북대륙에서는 이상하다고 할 정도로 빠른 속도로 해상 이동 수단이 개발되는 중이다. 방심할 수 있는 상황이 아니야."

"그거야 뭐 그렇습니다만……."

라르고 왕자는 프란체스코 왕자를 통해 카파 왕국에 도착했다는 둣이 네 개인 대형선에 관한 정보를 이미 들어서 알고 있었다.

형의 말에 어느 정도 정당성이 있다는 것은 인정할 수밖에 없었다.

주세페 왕태자는 다그치듯이 말했다.

"너는 종교 세력이 얼마나 끈질긴지 얕보고 있다. '교회'는 '하얀 제국'의 후예를 절대 용서하지 않아."

"형님……."

설득할 수 있을 만한 말을 찾지 못한 남동생은 난처한 듯이 입을 닫았다.

형의 말도 일리가 있을지 모른다. 하지만 라르고 왕자는 아무리 생각해도 총명한 형이 머나먼 선조의 집념에 이끌려 있지도 않은 위기에 대비하기 위해 일으키지 않아도 되는 위기를 일으키려고 하는 것이 아닌가 하는 걱정을 떨쳐 버릴 수 없었다.

# [에필로그] 한 달 만의 귀국

사진을 눈에 새긴 다음, 눈을 감고 주문을 외운 뒤 살짝 눈을 떠 보니, 그곳은 눈에 익은 석실 안이었다.

"어서 오십시오, 젠지로 님."

화톳불 앞에서 단창을 든 병사의 말을 듣고, 젠지로는 '순간이동' 마법이 성공했다는 사실을 깨달았다.

"그래, 고맙다. 나는 곧장 후궁으로 가지."

"알겠습니다. 왕궁에 계신 아우라 폐하께는 저희가 연락을 해 두겠습니다."

"부탁한다."

석실을 지키고 있던 병사 중 두 명이 젠지로를 호위하며 함께 석실 밖으로 나갔다.

"우와……."

화악 온몸을 감싸는 고온다습한 공기에, 젠지로는 무심코 그런 소리를 냈다.

석실 안에서도 느꼈지만, 밖으로 나와 보니 더욱 강렬했다.

젠지로의 옷은 출발할 때와 마찬가지로 제3 정장. 제1 정장은 '자란궁'에 남겨 두고 왔다.

남겨 두고 왔다고 하니 생각나는데, 이네스를 비롯한 몇몇 후궁 시녀도 그쪽에 여전히 남은 채였다.

대신에 병사들이 건네준 몇 통의 편지를 가지고 왔다.

병사들이 푸죠르 장군에게 맡긴 편지에 비해 수가 압도적으로 적은 이유는 인망의 차이, 때문이 아니었다.

용피지는 일반 병사는 물론, 하급 기사에게도 고급품에 속했다. 때문에 짧은 시간 내에 두 번이나 편지를 보낼 수 있는 사람이 별로 없었을 뿐이었다.

젠지로는 익숙한 카파 왕궁의 복도를 걸어 후궁으로 향했다.

후궁으로 연결되는 복도에 도착하여 걸음을 멈춘 젠지로는 빙글 뒤를 돌아 호위를 맡은 병사들에게 말을 걸었다.

"호위, 수고가 많았다. 이제부터는 원래 직무로 돌아가라."

"넷."

"실례합니다."

호위 병사들과 헤어진 젠지로는 후궁 안으로 걸어 들어갔다.

그리운 나의 집.

후궁을 보고 무의식중에 그런 생각을 떠올린 젠지로는, 자신이 그런 생각을 했다는 사실에 놀랐다.

"이곳이 나의 집, 인가. 나도 모르는 새에 이런 사치에 익숙해졌구나."

안으로 들어가 보니, 이미 이야기가 전달되었는지 낯익은 후궁 시녀들이 입구에서 젠지로를 맞이해 주었다.

"어서 오십시오, 젠지로 님."

"다녀왔어, 아만다."

이곳에서는 행동도 말투도 전혀 신경 쓸 필요가 없었다.

아만다 시녀장에게 짐을 건네고 거실로 돌아간 젠지로는 휴우하고 안도의 한숨을 내쉬었다.

텔레비전. 컴퓨터. 냉장고. 그리고 소파를 둘러싼 LED 플로어 스탠드 라이트.

마법 도구를 곳곳에 활용한 '자란궁'은 확실히 지내기 편한 곳이었지만, 그래도 역시 젠지로는 전기가 통하는 가전제품에 둘러싸인 이곳, 후궁 거실이 더 좋았다.

곧장 배터리가 다 떨어져 가는 디지털카메라를 충전 케이블에 꽂은 젠지로는 바로 제3 정장을 벗어 던지고 티셔츠와 트렁크를 입은 뒤, 옆방으로 이어지는 문을 밀어서 열었다.

침실.

그곳에는 젠지로의 기대대로 에어컨이 가동되고 있어 방 안은 냉기로 가득 차 있었다.

"후우……!"

참지 못하고 에어컨 바로 아래로 다가간 젠지로는 속옷만 입은 채 온몸으로 냉기를 만끽했다.

맨살에 에어컨 바람이 닿으면 건강에 좋지 않다는 듯하지만, 지금 젠지로에게는 그러든 말든 알 바가 아니었다.

열사병에 걸리기 직전까지 온몸에 열을 담은 채 계속 참는 것보다 몸에 나쁘다고 할 수는 없었기 때문이다.

그렇게 해서 몸의 열을 어느 정도 날린 젠지로의 시야에 작은 침대가 들어왔다.

평소에 아우라와 같이 자는 천개가 달린 커다란 침대 옆의 작은
——말이 작지 실제로는 세미더블 정도는 되었지만——침대는 아
우라가 임신 중인 현재, 젠지로가 혼자서 자기 위해 들여온 물건이
었다.

젠지로가 후궁을 떠난 사이에도 근면한 시녀들은 매일 그 침대
를 정리해 준 모양이었다. 에어컨을 틀어야 하기 때문에 침실은 나
무 창문까지 꽉 닫아 버려서 LED 스탠드 라이트가 켜져 있었다.
그래서 이 방만 한 발 먼저 밤이 찾아온 것 같은 분위기였다.

"조금만, 아우라가 돌아올 때까지……."

침대의 유혹에 이기지 못했던 젠지로는 그런 변명을 하면서 속
옷을 입은 채 약 한 달 만에 자신의 침대 위에 누워 잠에 빠져들
었다.

---

"안녕, 이제 깼어?"

저녁이 가까운 시간. 눈을 뜬 젠지로의 시야에 들어온 것은 약
한 달 만에 만나는 사랑하는 아내의 미소였다.

배 속에 있는 둘째를 위해 평소보다 더 영양분을 많이 섭취하는
지, 배 주변은 물론 윤곽도 어딘가 모르게 젠지로의 기억 속에 남
아 있는 모습보다 부풀어 있었다.

물론 설사 비몽사몽간에도 그런 말을 하면 안 된다는 분별력은
지니고 있던 젠지로는 그냥 순수하게 기쁨에 넘치는 미소를 지으

며 사랑하는 아내에게 말을 걸었다.

"다녀왔어, 아우라. 지금 온 건 아니고, 조금 전에 돌아온 참이야."

침대에서 상반신을 일으킨 젠지로가 그대로 사랑하는 아내의 몸을 양팔로 꼭 껴안았다.

그리고 가볍게 입맞춤.

이미 눈에 띄게 부풀기 시작한 배에 자극을 주지 않기 위해 포옹하는 팔에 힘을 주지 않았는데, 젠지로는 그것이 굉장히 답답하게 느껴졌다. 하지만 그래도 온몸으로 사랑하는 아내를 껴안아, 젠지로는 그 무엇과도 바꿀 수 없는 행복을 실감했다.

아우라는 잠시 동안 눈을 가늘게 뜬 채, 젠지로가 자신을 마음껏 껴안고 있도록 허락했다. 서로의 체온을 교환하는 듯한 긴 포옹이 끝난 뒤, 아우라가 젠지로의 귓가에 대고 속삭였다.

"이제 잠에서 다 깬 거야? 잠에서 깼으면 미안하지만 거실에서 잠시 마주 보고 이야기를 하고 싶어. 피곤하다면, 내일이라도 괜찮고."

아내의 말을 듣고 젠지로는 양손을 몇 번인가 쥐었다가 펼쳤다고 하며 자신의 몸을 확인했다.

'순간이동'으로 날아왔기 때문에 당연하지만, 특별히 피로가 쌓이지는 않았다.

"괜찮아. 그럼 거실로 나갈까?"

"그래. 하지만 당신, 아무래도 아래 정도는 입는 게 좋겠어."

아우라의 지적을 받고 젠지로는 자신이 티셔츠와 트렁크만 입고 잠을 잤다는 사실을 깨달았다. 위는 티셔츠를 입은 채, 아래는 얇은 청바지를 입은 젠지로는 거실 소파에 아우라와 마주 보고 앉았다.

진지한 이야기는 서로 마주 보고. 그 이외의 이야기는 옆에 나란히 앉아서.

이미 두 사람 사이에 정착된 불문율에 따라 젠지로는 진지한 이야기를 하기 시작했다.

"어디서부터 이야기할까? 일단 지난번에 보낸 편지에 대략적인 상황은 써서 보냈는데……."

"미안하지만, 처음부터 부탁할게. 당신의 편지로는 솔직히 의미를 잘못 이해했을까 봐 무서워."

"알았어."

자신의 필기 능력이 얼마나 형편없는지 잘 아는 젠지로는 솔직히 고개를 끄덕인 뒤, 쌍왕국에 도착한 뒤에 있었던 일에 대해서 기억을 더듬으며 세세하게 설명했다.

"……이렇게 해서 샤로와 왕가는 가까운 시일 내에 주세페 왕태자가 왕위에 오를 거야. 하지만 프란체스코 왕자의 왕태자 취임은 저지하는 데 성공했어. 기왕에 베토르 왕자의 왕태자 취임까지 결정할 수 있었다면 좋았을 텐데, 역시 거기까지는 힘에 부치더라고."

"그렇구나. '완전 융합파'라. 그런 존재가 있다는 이야기는 처음 들었지만, 쌍왕국의 불안정한 정치 체제를 생각하면 확실히 있어도 이상하지 않은 집단이야. 하지만 그 집단에 브루노 왕과 주세페 왕태자가 소속되어 있고, 그 두 사람이 카를로스까지 끌어들이려고 계획을 꾸몄다니. 젠지로, 저지해 줘서 정말 고마워."

아우라의 말을 듣고 젠지로는 기쁘게 눈을 가늘게 뜨며 웃었다.

"인사를 받을 일은 아니야. 젠키치는 내 아들이니까. 그보다 아우라는 배 속의 둘째를 신경 써야지. 아, 조금 전에도 말했지만, 출산 예정일 즈음해서 한 달은 그쪽이 치유술사를 파견해 주기로 결정됐어. 하지만 그 이상은 지르벨 법왕가의 베네딕트 법왕과 교섭을 어떻게 하는가에 달린 상태야."

"으음. 나와 이 아이를 위해서 노력해 줘서 고마워. 하지만 보다시피 우리는 엄마와 아이 모두 건강해. 산달에 이곳으로 와 준다고 한다면, 솔직히 그 이상은 필요 없을 것 같아. 베네딕트 법왕과의 면담 예정이 이미 들어왔다면 어쩔 수 없이 한 번 더 쌍왕국에 가야 하겠지만, 솔직히 나는 치유술사의 파견 기간을 늘리기보다 한시라도 빨리 당신이 돌아와 줬으면 좋겠어."

듣기에 따라서는 열렬한 사랑의 고백처럼도 들리는 사랑하는 아내의 말을 듣고, 젠지로는 얼굴을 새빨갛게 물들이며 행복하다는 듯이 황홀한 미소를 지었다.

"응, 알았어. 그럼 다음 체재 기간은 열흘로 정해 둘게. 열흘 동안 결과가 나오지 않으면 바로 돌아오는 거지."

"그게 좋을 것 같아."

쌍왕국에 간 주된 목적이었던 치유술사에 대한 이야기는 이것으로 끝이 났다.

이어서 아우라는 조금 눈썹을 찌푸리며 마법 도구에 대해 언급했다.

"그런데, 젠지로. 당신이 제안했다고 하는 새로운 '쌍연지'에 대해서 말인데."

"응……."

아우라의 심각한 표정을 볼 것도 없이, 이미 자각이 있던 젠지로는 조금 고개를 숙인 채 짧게 대답했다.

"솔직히 이건 엄청난 일이야. 호들갑스럽게 말하면, 시대를 바꿀 가능성마저 있어."

"맞아."

사랑하는 아들 카를로스 젠키치를 지키기 위해서였기 때문에 후회는 없었던 젠지로였지만, 그래도 다른 나라에 커다란 이익을 안겨 주었다는 자각은 있었다.

하지만 아우라가 지적한 것은 젠지로가 반성한 점과는 조금 달랐다.

"문제는 카를로스 문제에 얽혀 있던 상황에서 당신이 그 마법 도구 아이디어를 제안했다는 거야. 솔직히 말하면 이건 좀 심각해."

"무슨 말이야? 젠키치가 음모에 말려드는 편이 더 나았다는 말이야?"

조금 딱딱한 눈빛으로 고개를 갸웃하는 남편에게 여왕은 침착한 표정을 지은 채 고개를 좌우로 저으며 대답했다.

"첫 번째 문제는 당신에게 획기적인 마법 도구를 제안할 수 있는 힘이 있다는 사실을 그 사람들이 알게 됐다는 것. 두 번째 문제는 카를로스를 사용해 당신을 협박하면 굴복시킬 수 있다는 실적을 남겼다는 것이야."

"앗……!"

아우라의 말을 이해한 젠지로는 안색이 창백해졌다.

"카를로스를 사용해 나를 협박하는 것이 유용한 수단이라고 알려 주고 말았어. 즉, 앞으로도 같은 수법을 사용할 것이란 뜻인가?"

"그럴 가능성이 높아."

아우라는 여왕다운 얼굴로 무정하게 고개를 위아래로 끄덕였다.

"……!"

사랑하는 아들의 안전을 위해 노력했는데, 장기적으로 봤을 때 아들이 위험에 처하게 될 가능성이 높아졌다면 그 노력은 그냥 후회스러울 뿐인 헛수고였다고 할 수 있었다.

"젠장!"

웬일로 감정을 고스란히 드러내며 오른 주먹으로 소파를 내려치는 남편을 보고 아내는 여왕다운 표정을 계속 유지하면서 제안했다.

"그러니 이번 일은 굉장히 값비싼 대가가 필요하다는 사실을 쌍왕국에게 알려 줄 필요가 있어. 일단 샤로와 왕가에는 신형 '쌍연지'를 몇 세트, 무상으로 양도해 달라고 요망서를 쓸게. 그리고 나중에 카파 왕국에는 신형 '쌍연지'를 쌍왕국 국내와 똑같은 가격으로 거래하도록 요구할 거야. 최우선 순위도 지르벨 법왕가보다 높여서 샤로와 왕가와 동격이 되도록 말이지. 내일 중에 공식 서면을 갖춰 줄 테니, 다음에 쌍왕국에 갈 때 브루노 왕에게 건네줘."

"알겠어."

심각한 표정을 지으며 고개를 끄덕이는 남편에게 여왕은 아내의 얼굴로 돌아와 생긋 미소 지었다.

"너무 심각한 표정 짓지 마. 당신은 틀림없이 아주 잘하고 돌아온 거니까. 적어도 되돌릴 수 없는 실패는 아니잖아. 마음 풀어."

"응, 고마워. 아우라."

아내의 이해심 많은 말을 듣자, 남편의 얼굴에서 초조함과도 비슷했던 긴장감이 빠져나가기 시작했다.

그 모습을 확인한 아우라가 계속해서 말했다.

"자, 그럼 저녁을 먹기 전에 먼저 목욕을 하는 게 어때? 돌아오자마자 그대로 잠을 잤다면 땀도 많이 흘렸을 테고, 향유도 다 써서 없을 거 아니야."

"응, 맞아. 그런데 아우라는?"

젠지로의 말을 듣고 여왕 아우라는 고개를 저으며 말했다.

"나는 지금 배가 이렇잖아. 미셸이 여러 사람의 도움 없이는 욕조에 들어가지 말라고 강하게 충고했으니, 아쉽지만 같이는 못 들어가."

사랑하는 아내의 말을 듣고 젠지로는 진심으로 아쉽다는 듯한 표정을 지었다.

"그래? 응, 알았어. 그럼 나 혼자 먼저 들어갔다 올게."

"그래, 천천히 들어갔다 와."

LED 랜턴을 비롯한 입욕용 도구를 든 젠지로가 거실의 문으로 나가는 모습을 본 아우라는 작게 숨을 내쉬었다.

"드디어 남편의 판단이 나와 어긋난 건가. 지금까지 한 번도 어긋나지 않은 것이 기적이나 마찬가지라면 마찬가지지만."

아우라는 조금 전 젠지로와 대화를 나누었던 내용에 대해 생각해 보았다.

아우라라면 주세페 왕태자 일행이 카를로스 젠키치의 비밀을 공표하려 한다고 해도 교섭에는 응하지 않았을 것이다.

물론 그렇게 하면 주변 제국이 카를로스 젠키치를 위험하게 바라보겠지만, 그것은 왕족이라면 크든 작든 누구에게나 닥치는 일이었다.

적어도 젠지로처럼 쉽게 양보하거나 하지는 않는다.

아우라의 경우에는 신선하고 유용한 마법 도구 아이디어가 떠오를 리가 없으니, 양보하고 싶어도 할 수 없는 점도 있긴 하지만.

아무튼, 이번 일은 아직 얼마든지 회복 가능한 이야기였지만, 앞으로의 일을 생각하면 절대 낙관적으로 바라볼 수는 없었다.

"이해가 빠르고 예상 이상으로 매우 총명한 남편이지만, 역시 태생이 왕족은 아니야. 이미 알고 있었잖아. 그걸 메워 주는 것이 내 역할 아니겠어?"

아우라는 확신했다.

이 엇갈림은 이번 한 번만으로 끝나지 않는다.

젠지로에게는 자신의 아이들이 생명의 위기에 처했을 때, 아이의 목숨마저도 값으로 환산해 냉철한 파워 게임에 참가할 도량이 없다.

그것은 특별한 일이 아니었다. 평민은 물론, 귀족 중에도 정이 깊어 그렇게 하지 못하는 사람이 많았고, 왕족 중에도 그런 사람은 존재했다.

그리고 그런 사람은 주변 사람들이 잘 보조만 해 주면, 깊은 정으로 오히려 평범한 왕족은 쌓지 못하는 깊은 신뢰 관계를 쌓기도 한다.

이것은 한마디로 적성의 문제다.

"그러니까 부족한 점을 메워 주는 것은 내 일이야. 지금까지 이렇게 남편에게 많은 도움을 받았잖아. 그 정도도 못 하면 그게 무슨 여왕이겠어."

여왕 아우라는 밝은 적갈색 눈동자에 강한 결의의 빛을 띠우며 그렇게 중얼거렸다.

『이상적인 기둥서방 생활 10』에서 계속

# [부록] 주인과 시녀의 간접교류 <sup>오 염 확 대</sup>

카파 왕국 후궁의 주인은 국왕의 배우자 젠지로와 여왕 아우라이다.

그리고 후궁의 책임자는 누구인가 하면, 바로 아만다 시녀장이다.

여왕 부부의 신뢰도 두텁고, 후궁 내의 사람들은 물론 출입하는 물품 관리까지 아만다 시녀장은 전체적인 지휘를 맡고 있다.

각 부분을 담당하는 중장년 시녀들도 모두 최종적으로는 아만다 시녀장의 말에 따르며, 젊은 시녀들은 아만다 시녀장이 부르기만 해도 반사적으로 자세를 바로 했다.

그리고 그런 대응은 모두 당연한 일이었다.

아만다 시녀장은 매우 유능한 시녀이자, 관리자이자, 엄격한 교육자이다.

그런 아만다 시녀장이 어느 날 밤, 시녀장실에 각 담당 책임자를 불러 모아 긴급 의제를 내던졌다.

"중대한 사태입니다!"

아만다 시녀장은 그렇게 말한 뒤, 탕 하고 오른손 손바닥으로 테이블을 내리쳤다.

젊은 시녀였다면 그것만으로도 움찔하면서 목을 움츠렸을 테지만, 다행히 이곳에는 배짱이 두둑한 중장년 시녀——각 담당 책임자들뿐이었다.

"자세한 설명을 부탁드립니다, 시녀장님."

정원 담당 책임자인 에밀리아가 침착한 목소리로 그렇게 재촉했다.

그 목소리의 영향을 받은 것인지, 아만다 시녀장은 조금 전보다 톤을 꽤 많이 낮춰 말했다.

"알겠습니다. 정말로 중대한 사태입니다. 여러분도 알고 계시리라 생각하지만, 오염이 확대되고 있습니다. 그것도 급속하게."

"오염? 더러운 부분이 있다는 말씀인가요? 그쪽이라면 이네스 담당이지만, 공교롭게도 지금은 자리를 비운 상태네요."

후궁의 담당 책임자는 전부 네 명이지만, 이 자리에는 세 명밖에 없었다.

유일하게 없는 사람이 지금 이름이 언급된 청소 책임자인 이네스였다.

이네스는 주인인 젠지로의 시중을 들기 위해 쌍왕국으로 날아갔다.

책임자가 없으니 더러운 곳을 미처 청소하지 못하는 일은 충분히 있을 수 있는 일이었지만, 아만다 시녀장이 하고자 하는 말은 그런 것이 아니었다.

"아닙니다. 이네스의 담당 분야는 제가 대행하고 있으니 문제없습니다. 문제는 젊은 시녀들에게 확대되고 있는 오염입니다. 여러분은 눈치 못 채셨나요? 지금 이 후궁의 시녀들이 어떤 상태인지."

시녀장의 말을 듣고 담당 책임자들 세 명은 서로 얼굴을 마주 보며 고개를 갸웃했다.

"젊은 시녀들에게 오염, 말인가요?"

"아~. 대략 알 것 같은 기분이 들어."

고개를 갸웃하던 욕실 담당 책임자 올라쟈 옆에서 조리 책임자인 바네사가 쓴웃음을 지었다.

"아만다, 그건 그거 아닌가? 오염된 것도 젊은 시녀지만, 오염원도 젊은 시녀라거나?"

바네사의 말을 듣고 아만다 시녀장은 그 말이 맞다는 듯이 크게 고개를 끄덕였다.

"말씀대로입니다, 바네사. 에밀리아와 올라쟈도 더 위기 의식을 가져 주세요. 원래 후궁에는 젠지로 님을 시중들기 위해 시녀 아홉 명을 채용했습니다."

하지만 시간이 지나 나이를 먹은 시녀들 세 명은 결혼을 위해 일을 그만두었다.

게다가 지금, 젠지로가 쌍왕국을 방문한 상태라, 그쪽에도 시녀 세 명이 따라갔다.

즉, 현재 이 후궁에 남아 있는 초기에 채용된 시녀는 세 명뿐.

나머지는 올해에 채용된 신입 시녀들뿐이었다.

아만다 시녀장은 크게 한숨을 내쉬었다.

"당연하다고 한다면 당연하지만, 신입 시녀들은 모르는 것이 있으면 선배 시녀에게 묻습니다. 저나 담당 책임자인 여러분에게 물으면 좋겠지만, 웬만한 일이 아니고서야 대부분은 선배 시녀에게 묻죠."

"그거야 어쩔 수 없는 일이지. 이러니저러니 해도, 우리는 동료가 아니라 상사니까. 젊은 아이들이 쉽고 친근하게 말을 걸기가 힘들지 않을까?"

바네사의 말은 지극히 당연한 것이었지만, 그렇기에 아만다 시녀장은 '중대한 사태'라고 하며 긴급회의를 연 것이었다.

"맞습니다. 신입 아이들에겐 죄가 없습니다. 하지만 그래선 안 됩니다. 지금 후궁에 남아 있는 선배 시녀는 페, 돌로레스, 레테, 이렇게 세 명뿐이에요!"

페, 돌로레스, 레테. 일명 '문제아 3인방'.

후궁 시녀로서 허용되는 아슬아슬한 라인을 과감하게 타고 있는 용자라 해도 과언이 아닌 아이들.

그 '문제아 3인방'이 현재 신입들에게 있어 유일한 선배, 유일한 본보기였다.

"확실히 중대한 사태네요."

"오염이라니, 아주 멋진 표현이야."

"그런가요? 그것 때문에 타락하는 신입이 있으면 잘라 버리면 그만 아닌가요?"

3인 3색의 의견을 내놓는 동료들에게, 아만다 시녀장은 조금 목소리를 높여 호소했다.

"징후는 이미 나오기 시작하고 있습니다. 젠지로 님께서 시녀들에게 가지고 나가도 좋다고 허락한 '휴대용 게임기'라는 놀이 기구.

초기의 아홉 명은 페, 돌로레스, 레테, 이 세 명 이외에는 사양하며 가지고 나가지 않았는데, 신입 아이들은 모두 아무렇지도 않게 가지고 나가고 있습니다."

그것은 확실히 '문제아 3인방'의 영향이라고밖에 할 수 없었다.

"아~. 하지만 젠지로 님께서 허락하신 일이니, 그 정도는 괜찮지 않을까?"

담당 책임자 중에서는 비교적 젊은 시녀에게 덜 엄격한 바네사가 그렇게 궁색하게 편을 들어 주었지만, 물론 그런 정도로 그냥 넘어갈 시녀장이 아니었다.

"당연히 안 되죠. 그 아이들은 장래에 '전(前)후궁 시녀'의 간판을 달고 바깥 세계로 돌아가잖아요? 그 문제아들의 양산형이 세상에 나가게 되면 후궁의 명성은 땅에 떨어질 겁니다. 문제아는 아주 일부의 예외로 묶어 둬야 해요."

꽉 주먹을 쥐는 시녀장을 보고 올라자가 차갑게 말했다.

"악영향이 걱정이라면 페, 돌로레스, 레테를 모두 잘라 버리는 건 어때요? 일단은 화근을 끊는 게 상식이잖아요?"

하지만 어떻게 보면 가장 간단하고 가장 올바른 제안에, 아만다 시녀장은 슬픈 표정을 지으며 고개를 저었다.

"안 돼요. 그 아이들은 작은 문제는 많지만, 아슬아슬하게 합격점은 받고 있거든요. 게다가 무엇보다 젠지로 님이 가장 마음에 들어 하는 시녀들이 그 세 명이에요. 자를 수는 없답니다."

"아, 맞아. 그런 상황이니 현재의 후궁에 한정한다면, 그 아이들 세 사람을 본받는 것도 꼭 틀린 행동이라고만 볼 수는 없을 것 같아."

바네사가 쓴웃음을 지으며 그렇게 맞장구를 쳤다.

후궁의 주인이 그렇게 태도가 느슨한 시녀들을 선호하는 것이다. 그러니 태도가 느슨한 시녀를 양산하는 것은 일리가 있는 이야기였다.

문제는 젊은 후궁 시녀들에게 있어, 현역 후궁 시녀로서 생활하는 시간보다 그 이후의 '전(前)후궁 시녀'라는 간판을 짊어지고 살아야 할 시간이 더 길다는 것이었다.

"저에게는 의무가 있습니다. 후궁 시녀라는 간판의 가치가 떨어지지 않도록, 그 아이들을 철저하게 교육하고 이끌 의무가요!"

실은 사람들을 잘 돌봐 주며, 젊은 시녀들을 가깝게 대해 주고 배려해 주는 아만다 시녀장은 그렇게 힘을 주어 단언했다.

"후궁은 능력이 있는 사람들이 일하는 장소지, 직무 수행 능력을 갈고 닦는 장소가 아니라고 생각하는데요."

올라쟈는 그렇게 따져 말하며 고개를 갸웃했지만, 전체의 방침을 결정할 권한은 어디까지나 시녀장에게 있다는 것도 잘 알았기 때문에, 더 이상 지론을 강하게 밀고 나가지는 않았다.

"그러니, 여러분도 협력해 주세요. 신입 아이들이 어느 정도 문제아들의 영향을 받고 있는지를 조사해서 더 늦기 전에 대처할 생각입니다. 괜찮아요, 아직 늦지 않았어요. 늦지 않았다고요!"

"으, 으응. 그래, 뭐냐, 협력할게."

"그러네요. 그게 좋을 것 같아요."

"시녀장의 결정이라면, 따르겠습니다."

뜨거운 아만다 시녀장의 선언에 세 담당 책임자들은 서로 다른 말과 표정으로 알겠다는 의사를 표시했다.

———◆———

다음 날.

평소와 마찬가지로 일을 하던 키가 큰 소녀——돌로레스는 무언가 제대로 언어로 표현할 수 없는 위화감을 느껴 고개를 갸웃했다.

"뭐지? 뭔가가 평소와는 다른 것 같은데. 은근히 안절부절못하겠다고 해야 하나, 이상한 시선이 느껴진다고 해야 하나……."

부드럽고 메마른 천으로 거실에 놓인 전자제품의 먼지를 닦으면서 돌로레스는 동료 두 사람에게 동의를 구했다. 하지만,

"너무 쓸데없이 민감한 거 아니야?"

"응. 아무런 느낌도 안 나는데~?"

몸집이 작은 소녀——페와 가슴이 크고 눈이 살짝 처진——레테는 같이 돌로레스의 말을 부정했다.

일하는 중에 잡담을 하면 상사의 질책을 받지만, 청소 책임자인 이네스는 젠지로와 함께 쌍왕국에 갔고, 그 대리를 맡고 있는 아만다 시녀장도 '잠깐 볼일이 있다'는 말을 남기고 자리를 비웠다. 그래서 세 사람은 마음껏 수다를 계속 떨 수 있었다.

두 사람의 대답을 듣고 돌로레스는 한숨을 내쉬었다.

"너희들에게 물은 게 잘못이었어."

단순바보인 페와 백치미가 있고 착한 레테가 돌로레스처럼 주변

을 경계할 리가 없었다.

그런 돌로레스의 말을 듣고, 페는 보란 듯이 입을 삐죽이며 반론했다.

"뭐야. 돌로레스는 꼭 곧장 그렇게 사람을 무시하더라? 여긴 후궁이잖아. 그렇게 신경을 곤두세울 필요가 대체 어디 있어?"

"……시녀가 긴장할 필요가 없는 후궁은 남대륙 전체를 찾아 봐도 이곳밖에 없을 거야. 두 가지 의미에서."

느슨한 후궁의 분위기에 아무런 위화감도 없이 녹아든 페에게 돌로레스는 무심코 자신은 돌아보지 않은 채, 그렇게 딴지를 걸었다.

원래 후궁이라는 공간은 누가 뭐래도 시녀가 항상 긴장을 하며 지내야 하는 장소였다.

일을 하다가 실수를 해서는 안 된다는 점에서도, 후궁에 드나드는 측실끼리의 암투에 말려들지 않아야 한다는 점에서도, 후궁이란 위벽을 깎아내는 듯한 긴장감이 감도는 전쟁터나 마찬가지였다.

살고 있는 사람이 여왕 부부 둘뿐인 후궁은 매우 특수한 부류에 속한다고 할 수 있었다.

게다가 그 주인 중 한 명인 젠지로가 매우 특수했다.

카파 왕국 후궁의 상식은 다른 곳에서는 전혀 통용되지 않는다고 단언해도 될 정도의 수준이었다.

"아~. 사전에 들은 이야기로는 엄청 질척거리는 곳이라고 들었어. 물론 평범한 후궁일 때의 얘기지만. 젠지로 님이 아우라 폐하 일편단심이라 다행이야."

납작한 가슴을 쓸어내리는 페를 보고 레테가 엄청나게 큰 가슴이 흔들릴 듯한 모습으로 끼어들었다.

"어라~? 하지만 프레야 왕녀가 측실로 들어온다고 들었는데~. 아직 비공식이지만, 정식으로 결정된 거 맞지~?"

비공식이지만 정식으로 결정되었다.

약간 모순된 것 같은 표현이지만, 왕궁 내부에 있다 보면 자주 듣는 표현이기도 했다.

즉, 밖으로 누설할 수는 없는 정보이지만, 관계자 사이에서는 이미 정식으로 결정되어 있어서, 그 준비를 위해 움직이고 있는 상태를 말한다.

"북대륙의 왕녀님이었던가?"

"응. 프레야 웁살라 전하. 지금 시녀를 계속 늘리고 있는 이유는 나중에 프레야 전하를 시중드는 쪽으로 이동시키기 위해서라는 이야기를 들은 적이 있어."

돌로레스의 말을 듣고 조금 생각한 후, 페가 안색을 바꾸며 소리쳤다.

"그럼 우리도 젠지로 님 쪽에서 그 프레야 왕녀 쪽으로 이동할지도 모른다는 말? 싫어! 난 싫어! 프레야 왕녀가 사는 곳은 별채잖아?!"

그렇게 말을 하는 페의 시선은 거실을 장식하는 여러 가전제품을 향해 있었다.

당연하지만, 같은 후궁이라도 프레야 공주가 들어가 살게 될 별채에는 가전제품이 없다.

아무리 더워도 냉장고를 열어 차갑게 식힌 과실수를 마실 수 없고, 가끔 휴일이 되어도 휴대용 게임기를 빌리기가 힘들어진다.

그렇게 세 사람이 시녀로서는 상당히 복에 겨운 투정을 부리고 있을 때, 열린 거실 문으로 시녀 한 명이 빠른 걸음으로 들어왔다.

"임무 중에 죄송합니다. 조금 지도를 부탁드리고 싶은데요."

미끄러지는 듯한 걸음걸이와 잘 단련된 몸 덕분에 자세가 바른 이 사람은 신입 시녀 중 한 사람으로, 이름은 루이사라고 했다.

양손으로 LED 랜턴을 안고 있는데, 걷는 자세만큼은 이상할 정도로 전후좌우로 전혀 흔들림이 없었다.

가르쳐 달라고 부탁하는 후배라는 존재를 유난히 좋아하는 페는 신입 시녀 앞에서 가슴을 폈다.

"왜? 뭘 모르겠는데? 뭐든 가르쳐 줄게. 선배로서."

몸집이 작고 동안인 페가 가슴을 펴도 어린아이가 장난으로 으스대는 것처럼밖에 보이지 않지만, 루이사는 진지한 표정을 유지하며 고개를 숙였다.

"감사합니다, 페 선배님. 욕실을 청소하는 중에 이 엘이디 랜턴의 광력이 약해져 올라쟈 님에게 보고했더니, '거실에 가서 전지를 교환하도록' 이라는 명령을 받았습니다. 전지를 교환하는 자세한 방법을 가르쳐 주세요."

신입 시녀의 말을 듣고 문제아 3인방은 모두 이해가 간다는 표정을 지었다.

"응. 그거는 배우지 않으면 모르는 거야."

"아무것도 모른 채 열려고 하다간 부서질 수도 있어~"

"좋아. 내가 가르쳐 줄게. 으으음……"

실제로 전자제품을 만져 본 적이 없는 사람이 설명서의 도움도 없이 혼자서 올바로 전지를 교환하기란 의외로 어려운 일이었다.

"봐 봐. 여기를 빙글빙글 돌리면 뒤가 열리잖아? 그러면 안에서 이런 동그란 통이 하나 나와. 이게 전지. 개수는 여덟 개. 틀리진 않겠지만, 잘 확인해 줘. 그리고 전지 안에 가느다란 전지가 들어가 있으니, 이 부분은 충전이 끝난 것과 교환해야 해."

"자, 이거지? 페."

"고마워, 돌로레스."

젠지로에게 직접 전수를 받은 페는 익숙한 손놀림으로 LED 랜턴의 전지를 교환해 갔다.

"이렇게 넣고, 조금 전에 빼낸 뒤쪽 부분을 반대로 돌려서 넣으면 교환 완료. 비뚤게 들어가는 경우도 있으니 조심하고. 그리고 안이 줄어든 전지는 충전을 해 둘 필요가 있어."

"이거지? 페."

"응, 그거야, 그거. 고마워. 레테."

전지 교환을 다 끝낸 페는 꺼낸 충전식 건전지와 충전기를 들고 거실 안뜰 쪽의 콘센트 꽂이가 가득한 발전기 부품 쪽으로 이동했다.

"보여? 이곳에 이렇게 꽂는 거야. 동시에 꽂을 수 있는 건 네 개까지이니까 네 개를 꽂은 다음 이 금속 두 개를 이 구멍에 꽂아 넣어. 꼭 끝까지 깊숙하게 넣어야 돼. 꽂으면 이곳에 오렌지색으로 빛나는 빛이 보이지? 이 빛이 사라지면 충전이 끝난 거야. 남은 네 개는 이 주머니 안에 넣어 뒀다가 빛이 사라지면 방금 전처럼 똑같이 하면 돼. 그리고 충전이 끝난 전지는 이쪽 주머니에 넣어서 저 서랍 안에 넣어 둬. 알았지?"

"네, 가르쳐 주셔서 감사합니다."

페의 의기양양한 설명을 다 들은 루이사는 척 하고 소리가 날 것처럼 자세를 바로 잡으며 인사했다.

그리고 실례합니다, 라고 한 번 더 인사를 하고 복도 밖으로 나간 루이사를 기다리고 있던 사람은 조용히 서 있던 아만다 시녀장이었다.

시녀장이 기다리고 있는데도 루이사는 놀라지도 않고 고개를 숙이며 인사했다.

"보고를 들어 보죠. 그 아이들은 어떻게 조언을 했나요?"

"네, 아만다 시녀장님. 보고하겠습니다. 주로 조언을 해 준 사람은 페 선배로……."

마치 전문 훈련을 받은 밀정처럼 세세하고 알기 쉬운 루이사의 보고를 들은 아만다 시녀장은 자신의 예상과는 달리 보고 내용이 긍정적이라 조금 눈을 휘둥그렇게 떴다.

"알겠습니다. 아무래도 문제는 없었던 것 같군요. 이제 돌아가도 좋아요. 수고했어요, 루이사."

"네, 실례합니다."

미끄러지듯이 떠나가는 루이사의 뒷모습을 바라보면서, 아만다 시녀장은 턱에 손을 대고 생각했다.

"아주 세세하고 알기 쉬운 지도이군요. 적어도 이번 일에 관해서는 케이트 일행보다도 더 좋았다는 느낌이 들어요. 이제 후배가 생겨 그 문제아들도 겨우 후궁 시녀로서의 자각과 자부가 생겨난 것일까요?"

그런 희망적인 관측을 하는 아만다 시녀장이었지만, 아쉽게도 그것은 잘못 짚은 예상이었다.

페의 설명이 매우 뛰어났던 이유는 설명 대상이 전자제품에 관한 것이었기 때문이었다. 호기심이 왕성하고 아무런 주저도 없이 젠지로의 친절을 그대로 받아들이는 문제아 3인방은 그 누구보다도 전자제품을 다루는 데 익숙했다.

보통은 아무리 주인이 친절하고 관용적이라도, 이 세계에서는 둘도 없는, 어떤 의미에서는 마법 도구보다도 귀중한 물건을 만질 때에는 조심스러워지기 마련이다.

그런 심리적인 벽에 갇혀 있던 시녀들에 비해 페를 비롯한 문제아 3인방이 전자제품을 잘 다루는 것은 사실 필연적이라 할 수 있었다.

게다가 지금 페는 이제 막 생긴 후배에게 좋은 모습을 보여 주고 싶어서 참을 수 없어 하는 '멋진 선배 모드'에 들어가 있었다.

이번 일은 그 두 가지 요소가 뒤섞인 예외적인 사례라는 사실을 아만다 시녀장은 곧 뼈저리게 느끼게 된다.

◆

거실 청소를 간단하게 끝낸 문제아 3인방은 침실 청소를 시작했다.

천천히 꼼꼼하게, 최대한 시간을 들여 침실 청소를 하는데, 시녀 미레라가 나타났다.

"실례합니다. 세탁이 끝난 이불을 가져왔습니다."

그 말대로 미레라는 양손에 대량의 흰 천을 들고 있었다.

미레라는 루이사와 동기인 신입 시녀였다.

말투도 행동도 매우 세련되어서, 이렇게 시녀 옷을 입고 있는데도 시녀라기보다는 시녀와 바꿔 입은 아가씨로밖에 보이지 않았다.

물론 후궁 시녀는 대귀족의 아가씨가 일을 한다고 해도 이상할 건 없지만.

많은 이불을 양손에 들고 입구에 서 있는 미레라를 보고, 돌로레스가 재빨리 날카로운 목소리로 말했다.

"수고했어, 미레라. 그건 그쪽에 놔 둬. 이쪽에서 처리할 테니, 너는 이제 돌아가도 돼."

선배 시녀의 말을 듣고 미레라는 품위 있게 눈을 깜빡이며 크게 놀라워했다.

"정말 괜찮으신가요? 이불을 소정의 장소에 돌려놓는 것까지가 저의 일이라고 올라쟈 님께서 말씀하셨는데요."

미레라의 말을 듣고 돌로레스가 아쉽다는 듯이 천장을 보더니.

"아, 그렇게까지 명확하게 말을 들었으면 어쩔 수 없는 건가? 부탁할게, 미레라."

그렇게 말하며 크게 한숨을 내쉬었다.

"네."

선배 시녀의 태도에 의문을 느끼면서도 미레라는 순순히 일을 하기 시작했다.

일이라고는 해도 이불을 지정된 서랍에 넣어 두는 것이 다였다.

그래서 아무리 미레라가 양갓집 아가씨 출신으로 익숙하지 않다고는 해도, 그다지 시간이 걸리는 일은 아니었다. 순식간에 일을 끝낸 미레라는 유난히 느긋하게 일을 하는 선배들이 의심스러워 말을 걸어 보았다.

"저어, 여러분. 굉장히 정성스럽게 일을 하시는데, 그래도 괜찮은 건가요?"

미레라의 말을 듣고, 바닥에 납작 엎드려 떨어져 있던 붉은 체모를 줍고 있던 돌로레스가 의기양양한 목소리로 딱 잘라 말했다.

"괜찮아. 지금은 아우라 폐하가 회임 중이시잖아? 그래서 공무로 어쩔 수 없이 왕궁에 나가실 때 이외에는 항상 이 침실에서 시간을 보내셔. 그러니 이 침실을 정리하는 데 가장 많은 시간과 수고를 들이는 건 당연한 일이야."

"그렇군요. 제가 주제 넘는 말을 했네요."

돌로레스의 말을 듣고 미레라는 이해했다는 듯이 사과를 한 뒤 고개를 살짝 숙였다.

하지만 동시에 걱정이 되는 점도 있어 물어보았다.

"하지만, 시간은 괜찮으신가요? 아무리 중요해도 침실에서만 시간을 보내면, 시간이 부족하지 않을까요?"

그 질문에 대한 대답은 돌로레스가 아니라 조금 전부터 몇 번이나 베개의 위치를 고치던 페가 했다.

"괜찮아. 대신에 거실이라든가 다른 곳 청소는 가능한 한 대충 해서 최단 시간에 끝내 두었으니까."

"네?"

"페!"

페의 대담한 부실 청소 선언에 미레라는 눈을 깜빡였고, 돌로레스는 당황한 목소리로 주의를 주었다.

"아니, 그런 게 아니야, 미레라. 별로 우리는 에어컨 바람을 쐴 수 있는 침실에 1초라도 더 오래 있고 싶다든가 그런 것이 아니라, 순수하게 회임 중이신 아우라 폐하를 위해서……."

"그럼 저는, 이만, 실례하겠습니다."

더 이상 대화를 나누었다간 '공범'으로 몰릴 것을 우려했는지, 미레라는 공손하게 고개를 숙인 뒤, 침실 밖으로 나가 버렸다.

"물론 혹서기인 지금, 이 방에 계속 들어와 있고 싶은 그 마음을 모르는 건 아니지만요."

라고 혼잣말을 흘리면서.


복도로 나간 미레라를 기다리고 있었던 사람은 역시 아만다 시녀장이었다.

"보고하세요."

"네. 아만다 시녀장님. 돌로레스 씨 일행은……."

이야기를 다 들은 아만다 시녀장은 한 손으로 얼굴을 감싸고 천장을 올려다보았다.

"……그 아이들은 참. 문제아는 역시 문제아일까요?"

"아만다 시녀장님……."

"괜찮습니다, 미레라. 담당 구역으로 돌아가세요."

3인방을 염려하는 듯한 미레라의 목소리를 듣고, 시녀장은 평소의 냉정한 표정을 되찾았다.

———————◆———————

그리고 그날 밤.

보통 청소 담당 시녀들은 거실 옆에 있는 방에 대기하다가 주인의 부름을 기다리는데, 현재 임신 중인 아우라는 넓은 거실이 아니라 좁지만 에어컨이 가동되는 침실에서 시간을 보냈다.

그래서 시녀들의 대기 장소도 침실과 문 하나로 연결되어 있어 부르면 바로 달려갈 수 있는 거실이었다.

"후우……. 오늘도 간신히 하루가 끝났구나."

"아아, 더워. 아우라 폐하. 빨리 침실로 불러 주지 않으시려나?"

"누가 아니래. 그때까지는 차가운 걸 마시면서 버티자. 자."

최대한 줄이고 줄인 작은 목소리였지만, 문제아 3인방은 편안한 자세로 거실의 소파에 앉아서 시녀용 목제 컵에 과실수와 설탕이 들어간 얼음물을 따라 마구 들이켰다.

기다리는 사이에 소파에 앉는 것도 음식물을 먹는 것도 젠지로가 모두 허용을 해 준 것은 사실이지만, 이렇게 당당하게 행동하는 사람은 문제아 3인방뿐이었다.

"실례합니다."

대기하고 있는 건지 편히 쉬고 있는 건지 알 수 없는 문제아 3인 방에게 그렇게 말을 하며 거실 안으로 들어온 사람은 검은 머리카락을 짧은 포니테일로 묶은 모습의 어리고 몸집이 작은 시녀였다.

"아~. 니르다. 무슨 일이야~?"

몸집이 작은 시녀——니르다를 눈치챈 레테가 평소와 다름없이 긴장감 없는 목소리로 말을 걸었다.

사사사삭 하고 작은 동물 같은 동작으로 가까이 다가온 니르다는 천진난만한 미소를 지으며,

"네. 오늘 밤에는 제가 휴대용 게임기를 빌리는 날이라 가지러 왔습니다!"

하고 말하며, 기쁘다는 듯이 가슴 앞에서 양손에 꽉 주먹을 쥐었다.

그 동작만으로 보는 사람이 어딘가 모르게 흐뭇해지는데, 아마 그건 이 소녀의 인덕 덕분이다.

"아, 그렇구나. 그럼 니르다도 상당히 빠졌나 보네? 재미있지? 그거."

페의 말을 듣고 니르다는 몇 번이나 고개를 끄덕이며 동의했다.

"네! 굉장히 재미있어요. 같은 방에 있는 미레라랑 루이사가 말리지 않았으면, 밤을 새며 했을지도 몰라요."

"아하하. 니르다는 '아직' 철야를 한 적이 없구나."

"철야를 할 거라면, 우기의 정원 담당인 날을 노려야 해. 다음 날에 일이 일찍 끝나니까 어떻게든 일이 끝날 때까지 버틸 수 있거든."

"그렇군요~."

순수한 니르다는 나쁜 선배들의 가르침도 솔직하게 받아들였다.

니르다는 솔직하게 좋아하고, 솔직하게 하는 말에 감탄하고, 솔직하게 웃었다.

이렇게 귀여운 후배 그런지 문제아 3인방도 무심코 니르다에게는 관대해졌다.

"그렇지. 니르다. 기껏 왔으니까 새로운 음식, 같이 먹지 않을래?"

그렇게 말하며 짝 하고 손뼉을 친 레테는 대답도 기다리지 않고 냉장고가 있는 곳으로 갔다.

"음식, 이요?"

"응, 음식. 젠지로 님이 먹을 수 있는 사람은 한번 먹어 보고 나중에 감상을 말해 달라고 한 음식이 있거든~."

평소의 멍한 움직임과는 달리 레테는 재빨리 움직여 냉장고 안에서 이런저런 음식을 꺼냈다.

가장 눈길을 끈 것은 금속제 그릇에 들어간 거뭇거뭇한 거품 덩어리였다.

"이건 뭔가요?"

"염소의 우유로 만든 생크림이래. 낮에 거품을 내 놨어~."

넣을 수 있는 설탕이 흑설탕밖에 없었기 때문에 겉보기에는 조금 그랬지만, 최근에는 염소젖의 비린내도 빠져서 젠지로와 마르그레테 이외에도 시식을 해도 좋다는 허락이 떨어졌다.

그리고 레테는 냉동실에서 꽁꽁 언 산딸기도 꺼냈다.

"그걸 어떻게 할 생각이신가요?"

어느덧 흥미진진하게 바라보며 소파에 걸터앉아 있던 니르다에게 레테가 기쁘게 웃으며 말했다.

"후후~. 이렇게 하는 거야~. 에잇~. 에잇~."

레테는 언 산딸기를 생크림이 들어간 그릇에 넣고 나무공이 같은 막대기로 열심히 갈았다.

언 산딸기가 찌부러져 차가운 생크림에 뒤섞였다.

잠시 뒤 완성된 음식은 즉석 딸기 아이스크림이었다.

물론 아이디어를 낸 사람은 젠지로였다.

달콤한 맛을 내기 위해 넣은 흑설탕 탓에 전체적인 색은 검었지만, 새콤달콤하고 차갑다는 것만으로도 흑서기의 소녀들에게는 최고의 음식이었다.

나무 접시에 나누어 담은 다음, 문제아 3인방과 니르다는 곧바로 나무 스푼을 이용해 검붉은 크림을 입에 넣었다.

"크으으!"

"이건……."

"응, 아주 잘 됐어."

"굉장해. 맛있어요~. 레테 씨."

열대야가 계속되는 가운데, 모두가 아이스크림(정확하게는 아니지만)을 먹고, 행복한 표정을 지었다.

"아직 더 있으니까 많이 먹어~."

"네. 감사합니다."

다정한 선배들에게 둘러싸여 니르다는 행복이 가득한 미소를 지었다.


아이스크림을 먹고 잊지 않은 채 휴대용 게임기를 들고 니르다가 찾아간 곳은 아쉽게도 자신의 방이 아니라 시녀장실이었다.

"니르다, 방금 거실에서 있었던 일을 보고하렴."

"네, 아만다 시녀장님."

선배들이 워낙에 당당하게 행동했기 때문에, 전혀 나쁜 일이라고 생각하지 않았던 니르다는 천진난만한 미소를 지으며 솔직하게 모두 아만다 시녀장에게 보고했다.

"……그렇게 레테 씨가 아이스크림을 만들어 주었습니다. 굉장히 맛있었습니다."

"…………"

한밤중에 놀이 기구를 빌리러 가고, 간 김에 슬쩍 야식을 먹었다.

그런데도 전혀 주눅이 들지 않은 니르다의 모습을 보고, 아만다 시녀장은 벌레를 씹은 것 같은 표정을 지었다.

"이것 참. 하필이면 니르다가 가장 크게 오염되었다니……. 변경백에게 뭐라고 사과를 하면 될지……."

"네? 아만다 시녀장님? 뭐라고 하셨나요?"

그것은 입안에서 혼자 중얼거린 소리였기 때문에 바로 앞에 서 있던 니르다의 귀에는 전해지지 않았다.

어리둥절한 표정을 지으며 고개를 갸웃하는 이 오촌 조카에게 뭐라고 말해 주의를 좋으면 좋을까. 아만다 시녀장은 잠시 고민을

할 수밖에 없었다.

———————————◆———————————

다음 날 아침 일찍.

페, 돌로레스, 레테, 문제아 3인방은 시녀장실로 불려 갔다.

불려 왔다는 사실만으로도 몸을 움츠린 페나 벌벌 떠는 레테는 그나마 귀엽다고 할 수 있었다. 하지만 아직 구체적인 말은 아무것도 하지 않았는데 마치 반성을 한다는 듯한 표정을 지으며 고개를 숙이고 있는 돌로레스는 한번 본격적으로 근성을 철저하게 고쳐 줄 필요가 있을 것 같았다.

그런 생각을 하면서, 아만다 시녀장은 천천히 입을 열었다.

"여러분들. 왜 불려 왔는지 짚이는 곳은 있습니까?"

"아니요."

"죄송합니다. 저는 잘 모르겠습니다."

"모르겠습니다~"

시녀장의 말을 듣고 문제아 3인방은 입을 맞춰 그렇게 말하며 고개를 저었다.

정말로 자각이 없는 건지, 아니면 너무 짚이는 곳이 많아서 함부로 말을 했다간 긁어 부스럼을 만든다고 생각했기 때문인지는 모르겠지만, 아무튼 간에 문제아 3인방은 아무 말도 하지 않았다.

그 반응을 예상하고 있던 아만다 시녀장은 일부러 크게 한숨을 내쉬고는,

"여러분의 신입 시녀들에 대한 대처 때문입니다."

그렇게 말한 뒤, 세 사람을 한꺼번에 노려보았다.

하지만 문제아들은 그런 아만다 시녀장의 눈을 보고도 고개를 갸웃거릴 뿐이었다.

"신입에 대한 대처, 요?"

"뭔가 잘못됐나요?"

"귀여워해 주고 있는데요~? 혹시 저희를 싫어하는 아이가 있다거나, 그런 건가요?"

전혀 짚이는 곳이 없다는 듯한 문제아 3인방의 대답을 듣고, 시녀장은 이번엔 진심으로 한숨을 내쉬었다.

"당연히 잘못됐지요. 기초를 철저하게 배워야 하는 신입들에게 요령 좋게 땡땡이를 치는 법이나, 후궁에서 편하게 지내는 방법을 가르쳐 주는 선배가 세상에 어디 있습니까?"

아만다 시녀장의 무서운 얼굴을 보고 세 사람은 곧장 사과하기 시작했다.

"앗, 네, 죄송합니다."

"저희들의 생각이 짧았습니다."

"죄송합니다."

하지만 그 사과의 말은 아무리 봐도 '혼나서 사과를 한다'였지, '나쁜 짓을 했다는 것을 이해했으니 사과한다'가 아니었다.

그리고 아만다 시녀장으로서도 너무 강하게 나가지 못하는 이유는, 이 아이들이 가르쳐 주는 내용을 지킨 시녀들이 주인인 젠지로에게 더욱 환영받는다는 무정한 현실 때문이었다.

"…………."

이번 일은 정공법을 사용해서는 돌파구가 열리지 않는다.

그 사실을 절절히 느낀 아만다 시녀장은 어쩔 수 없이 떡밥을 던지기로 했다.

"그런데 여러분도 이야기는 들었겠죠? 이르면 내년, 늦어도 내후년에는 이 후궁의 주인이 되실 분이 한 명 더 늘어납니다."

"네."

"소문은 들어서 알고 있습니다."

"프레야 전하 말씀이시죠~?"

세 사람의 대답을 듣고 아만다 시녀장은 고개를 끄덕인 뒤.

"그렇습니다. 그렇게 되면 필연적으로 후궁은 이 본채뿐만이 아니라 별채도 사용하게 됩니다. 우리 시녀도 젠지로 님과 아우라 폐하의 시중을 드는 본채 근무자와 프레야 전하의 시중을 드는 별채 근무자로 나뉘겠지요."

의외로 얌전한 표정을 지은 채 이야기를 듣는 세 사람을 보고, 아만다 시녀장은 헛기침을 한 번 한 뒤 확실히 알아들을 수 있도록 말했다.

"그때 저는 여러분 세 사람을 젠지로 님의 시중을 드는 본채에 남겨 둘 생각이었습니다. 안타깝게도, 젠지로 님께서 여러분의 행동을 호의적으로 보고 계시니까요."

"!!"

그 말을 듣고 문제아 3인방은 기뻐서 소리를 지를 뻔했다.

당연하다. 후궁이 천국인 이유는 젠지로가 가져온 전자제품이 있고, 유난히 관대한 젠지로라는 주인이 있기 때문이었다. 별채 근무는 딱 질색이었다.

그런 문제아 3인방의 심정을 정확하게 파악한 시녀장이 말했다.

"하지만 신입 시녀들이 여러분의 일하는 방식을 배웠다면, 반드시 여러분을 본채에 남겨 둘 필요는 없겠지요. 젠지로 님의 시중을 신입이 이어받아서 해도 아무런 문제가 없을 테니까요."

그 말을 들은 문제아 3인방의 반응은 극적이었다.

"죄송합니다. 다시는 신입들에게 그런 지도를 하지 않겠습니다."

"신입들에게는 후궁 시녀로서의 올바른 행동과 직무를 철저하게 가르쳐 주겠습니다."

"젠지로 님의 시중은 저희가 들게요!"

"……기대하겠습니다."

아만다 시녀장은 폐가 텅 빌 정도로 깊은 한숨을 내쉬었다.

# 이상적인 기둥서방 생활 ❾

초판 1쇄 발행   2017년 10월 31일

**저자** 와타나베 츠네히코

**발행인** 원종우
**발행처** (주)이미지프레임

**주소** (13814) 경기도 과천시 뒷골1로 6, 3층
**영업부** 02-3667-2653   **편집부** 02-3667-2654   **팩스** 02-3667-2655
**메일** edit01@imageframe.kr   **웹** vnovel.blog.me

**ISBN** 979-11-6085-388-9 02830   **(세트)** 978-89-6052-269-5